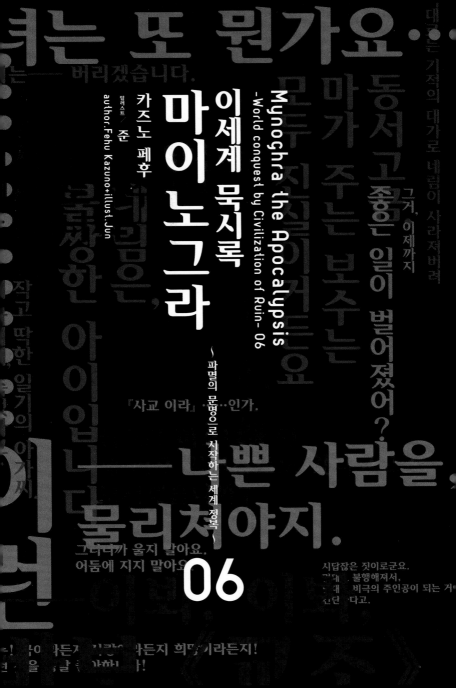

이세계 묵시록
마이노그라

Mynoghra the Apocalypsis
-World conquest by Civilization of Ruin- 06

카즈노 페후

일러스트 / 준
author.Fehu Kazuno+illust.Jun

~ 파멸의 문명으로 시작하는 세계 정복 ~

『사교 이라』 ··· 인가.

06

더는 아무것도 없는데, 사라져 버렸는데.
이 이상 살아있을 필요가 있을까요.

살아있기를 바랐다.
살아서 행복해지기를 바랐다.
그것만이 바람이었다.
하지만 그것조차도 그저 자신의 투정일 뿐일까?
더 이상 방법은 없는 것일까?
무력감만이 크레에를 지배했다.

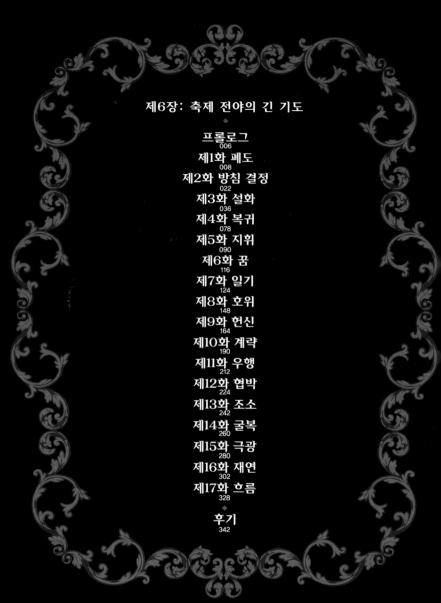

# 제6장: 축제 전야의 긴 기도

## Mynoghr the Apocalypsis
### -World conquest by Civilization of Ruin- 06
## CONTENTS

Mynoghra the Apocalypsis
-World conquest by Civilization of Ruin- 06

# 이세계 묵시록
# 마이노그라
~파멸의 문명으로 시작하는 세계 정복~
## 06

카즈노 페후
일러스트 / 준
author.Fehu Kazuno+illust.Jun

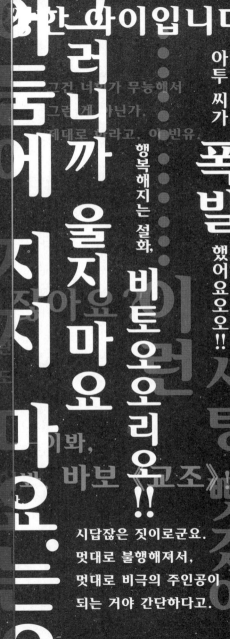

# 프롤로그

테이블 토크 RPG의 힘을 이용하여 아투를 빼앗았던 레네아 신광국.

플레이어, 마녀, 성녀라는 강력한 카드를 가진 상대에게 타쿠토는 《이름도 없는 사신》이라는 숨겨진 힘을 이용하여 일방적인 승리를 거두었다.

하지만 그 대가가 있었다.

타쿠토는 압도적인 힘으로 적을 무력화하고 레네아 신광국의 수도를 파괴했지만, 동시에 격렬하게 스스로를 갉아먹었다.

그 결과로 벌어진 비극이 이라 타쿠토의 의식 상실.

마치 자신이라는 존재를 잊어버린 것처럼 기억을 잃은 타쿠토는, 일체의 치료도 효과가 없어서 그저 자리보전하는 결과가 되어버렸다.

적에게 빼앗기고 타쿠토가 탈환한 심복, 영웅 아투 역시도 책임을 느끼고 분주히 움직였지만 그 헌신도 무위로 그쳤다.

적의 간계를 격파하고 아투도 되찾아서 이제부터 시작이라 생각하던 바로 그때의 비극.

이대로 지도자가 없는 마이노그라는 종언을 맞이하는 것인가?

모두가 절망에 빠지려던 그때, 아투는 마침내 결단을 내렸다.

바로 그것이 이 사태를 타개할 수 있는 새로운 영웅 소환.

하지만, 아투의 마음은 밝지 않았다.

왜냐면 소환하려는 그 상대는 『Eternal Nations』 사상 최악이
라 일컬어지는——.

《행복해지는 설화(舌禍) 비토리오》였으니까…….

# 제1화 폐도

【성왕국 퀄리아 극비 지정 문서
사신 현현에 대한 시계열 보고서】


——성왕력 157년, 녹황의 달


——제13의 날, 오후 1시 10분
복수의 고위 성직자로부터 강력한 마의 기척에 대한 보고 있음.


——동일, 오후 1시 30분
세 법왕 및 중앙 재임 추기경에게 통지와 긴급 회합 개최.
레네아 신광국에서 이상사태 발생이 잠정적으로 인정.


——동일, 오후 2시 15분
세 법왕 및 《신위의 성녀》로부터 준 성전 상태 이행 발령.
《일기의 성녀》 및 상급 성기사에게 긴급 소집 명령.


——동일, 오후 2시 40분
일기의 성녀의 기적으로, 레네아에서 일어난 이상 사태의 원인 및 『파멸의
왕 이라 타쿠토』 현현을 확인.

──동일, 오후 2시 45분
신위의 성녀 성전 선언.


──동일, 오후 3시 20분
관측반으로부터 레네아 방면에 원인은 불명이지만 대규모 화재가 발생했다는 보고 있음.
시간을 두고 진화로 수정 보고 있음.
앞선 화재 진화를 정정하고, 화염은 여전히 계속되고 있다는 보고.
관측반의 혼란 현저하여 보고에 어긋나는 부분이 보여서, 이후의 보고 정확성이 의문시된다.


──동일, 오후 4시
세 법왕의 성왕도 절대 방어 명령이 발령된다.


──동일, 오후 4시 5분
일기의 성녀, 신위의 성녀, 요청 수락. 방어 태세 구축.


──다음 제14의 날, 오전 5시 30분
여명과 함께 척후의 상황 확인.
레네아 방면에서 확인되던 화염은 이미 진화되었다는 것.
또한 동행 성직자로부터 사신 강림의 흔적을 확인했다는 보고 있음.


──동일

레네아 신광국과의 국경 지대를 봉쇄 지정.

이후 해당 도시를 **폐도**로 인정하고 제1급 금역으로 지정한다.

──레네아 신광국 수도 아믈리타. 구 아믈리타테 대교회 소실 부지…….

작은, 무척 작은 소녀가 황폐한 그 땅에 서 있었다.

아직 어른의 보호와 인도가 필요하다고 모두가 판단할 법한 나이에, 버거운 중책을 그 몸에 진 소녀.

소녀는 성왕국 퀼리아에서의 권력을 과시하는 것 같은 호화로운 복장을 입었고, 수반하는 자들은 일정한 거리를 두고서 그녀의 말을 기다리며 대기하고 있었다.

모든 것이 이질적인 그 소녀에게 보내는 것은 숭배의 마음.

자신과는 동떨어진 존귀한 존재에게 품는, 경외와 환희. 이 어린 소녀에게 보내는 시선은 대체 무엇을 의미하는 것인가.

그녀가 양손으로 품어든 거대한 서책이야말로…… 그 해답을 여실히 드러내고 있었다.

──성왕국 퀼리아에서 모르는 자 없으니.

가장 신에게 사랑받는 자. 《일기의 성녀 리트레인 네림 쿠오츠》는 많은 종자를 데리고, 멍한 모습으로 아믈리타의 참상을 바라보고 있었다.

"으으…… 지독해요……."

툭하니 꺼낸 그 말에 몇 명의 성기사가 말없이 끄덕였다.

그것은 과거의 영화가 마치 환상이었던 것 같은 광경이었다.

퀼리아 상층부에게 폐도로 인정된 그 도시는, 그 멸칭이 정곡을 찌르는 것처럼 황폐하고, 쇠하고, 사라졌다.

아니, 표면상의 황폐 따위는 이 경우 아무 상관없었다.

집이 불탔다면 또 세우면 된다.

음식이 곤란하다면 퀼리아에서 수입하면 된다.

사람만 남아 있다면, 그 길은 고난으로 넘쳐날지라도 반드시 원래의 나날로 돌아갈 수 있을 터다.

하지만 《파멸의 왕》이 남긴 상흔은 바로 그 사람들에게 깊은 상처를 새겼다…….

운명의 날로부터 이미 며칠이 지났다. 레네아 신광국에서 이상 발생이 확인된 그날. 성왕국 퀼리아의 혼란은 기록에 남기는 것도 꺼려질 만큼 한심한 수준이었다.

오랫동안 전쟁이라는 것과는 먼 나라였기도 하지만, 그 이상으로 레네아에서 발생한 현상이 그들을 공포에 빠뜨린 것이었다.

그 결과, 명령이 연신 뒤바뀌며 초기 대응에 지연이 발생했다.

세 법왕은 파멸의 왕의 위협이 자신들에게 미치는 것을 우려하여, 보신을 위해 레네아 땅을 금역으로 지정하기까지 했다.

그 결과, 이 땅에서 어떠한 일이 벌어졌는지를 판단하는 것이 어려울 뿐 아니라 어느 정도의 피해가 발생했는지도 불명이 되었다.

단 하나 분명한 것은, 레네아를 지켜야 할 성스러운 자들이 패배했다는 인정하기 힘든 사실뿐이었다…….

그리고 간신히 조사대 파견이 허가된 지금, 리트레인은 어린 몸으로는 받아낼 수 없을 정도의 슬픔과 무력감에 시달리고 있는 것이었다.

"──네림 님. 피해 범위에 대해서 대략적으로 판정할 수 있었습니다. 병마의 경우에는 이곳 아믈리타로부터 탈출한 사람들을 매개로 주변 촌락이나 도시에까지 만연하고 있는 모양. 퀼리아 본국과의 국경 지대에는 성기사단 및 병사들이 감시를 맡고 있기에 감염은 없습니다만, 일각을 다투는 상태임은 틀림없습니다."

리트레인 등 뒤에 서서 보고를 낭독하는 것은 한 여자였다.

물론 보통 여자는 아니었다.

감도는 험악한 분위기, 날카로운 눈매는 타인을 위축시켰다.

몸에 두른 무구는 여성으로서는 드물게도 움직임을 고려한 것으로, 곳곳에 금속제 플레이트가 장식되어 있다고는 해도 체형이 드러나는 그 디자인은 성왕국에서는 거의 볼 수 없는 것이었다.

제한이 많은 퀼리아에서는 자칫하면 욕정을 일으킨다고 비난을 받을 법한 복장이지만, 그런 지적을 하는 존재는 이 나라에는 없었다.

아니, 그런 엉뚱한 짓…… 그녀를 상대로 그런 생각을 하는 존재는 전무한 것이나 마찬가지.

왜냐면 규탄과 심판이야말로 그녀의 영역이자 불가침의 성역이기에…….

병사 하나는 긴장한 기색으로 그녀의 이름을 불렀다.

"이믈레이스 심문관님."

"……예. 무슨 일입니까?"

성왕국 퀼리아. 특무 성위—— 이단심문관 크레에 이플레이스.

일기의 성녀와 함께 황폐한 이곳 레네아의 땅으로 보내진 단죄의 칼날.

그것이 이 여자가 가진 직함이었다.

"탐문조사를 위해 주변으로 보낸 자가 귀환했습니다."

"……그렇군요. 그럼 보고를 부탁하죠."

악귀를 두려워 않는 사람들의 방패로서 사악에 맞서는 퀼리아의 병사는, 긴장한 표정으로 그녀에게 작은 목소리로 보고했다.

중앙에서 파견된 이 조사단에서 명목상의 책임자는 일기의 성녀 리트레인이다.

하지만 리트레인이 아직 어리기에 대리로서 이런저런 지시를 진행하는 실무상의 책임자가 바로 크레에 이플레이스였다.

그리고 그녀의 직함은 퀼리아의 병사나 성기사일지라도 긴장하게 만드는 것이었다.

——이단심문관.

그 이름대로 신의 신도인 이들을 상대로 강력한 조사와 개입권을 가진 그녀의 기분을 거슬렀다가는, 어떠한 재앙이 자신들에게 쏟아질지 알 수 없으니까.

이단심문관에게 조사를 위해 소환된 사람들은 수를 셀 수 없다.

하지만 그 후에 죄가 없다며 풀려난 자들의 숫자는, 셀 수 있을 정도밖에 존재하지 않았다.

성녀나 성기사와는 또 다른 의미로 퀼리아 안에서 확실한 존재감을 가진 존재.

그것이 퀼리아 이단심문국이자 이단심문관인 것이었다.

그런 심문관 중에서도 가장 신과 직무에 충실하다고 일컬어지는 크레에기에, 성기사나 병사들은 한 켠에 긴장감을 지니고 대했다.

"보고 드립니다. 구 대교회를 중심으로 대규모 화재 흔적과, 성기사 및 미지의 몬스터 시체를 다수 발견했습니다. 또한 주변에서는 이미 확인된 질병과는 별도로 주민의 기억 장해가 발생하여, 이 장소에서 어떠한 일이 벌어졌는지 현시점에서는 정보가 부족합니다."

과거의 영화, 그 구슬픈 말로.

파멸의 왕에게 유린당한 땅은, 질병이 만연하고 사람들이 자아를 잊어 미친 도시가 되었다.

그야말로 폐도의 호칭에 걸맞은 그 참상에 크레에도 미간을 찌푸렸다.

그것뿐인가, 성스러운 세력에게 가장 용서하기 힘든 사태가 연이어서 나왔다.

갑자기 이상 사태에 맞닥뜨린 레네아에서 무슨 일이 벌어졌는지를 자세히 아는 이는 드물었다.

선한 당사자는 모두 신의 곁으로 돌아갔고, 소수의 목격자는 기억에 혼란을 보였다.

더욱 조사한다면 무언가 이 도시를 덮친 무시무시한 일의 실마리를 찾을 수 있을지도 모른다.

다만…… 무언가 인지를 초월한 이상이 벌어졌다는 사실만큼은, 남겨진 가련한 사람들의 모습을 보면 쉽사리 상상이 갔다.

"──덧붙여서,《화장의 성녀 소아리나》님, 그리고《고개 숙인 성녀 펜네》님. 두 분 모두 이 땅에서 벗어났다고 합니다."

그런 와중에 성녀 생존의 정보였다. 이 사실에는 기력을 잃은 백성과 레네아 성기사들의 처참한 시신을 보고 의기소침했던 조사대도 약간의 희망을 되찾았다.

하지만 낭보야말로 동시에 흉보였다.

"두 성녀님은 살아계신 겁니까?"

아무런 감정이 없는 듯한, 마치 인형이 지닌 유리 눈처럼…….

공허한 그것을 병사들에게 향하고 크레에는 물음을 던졌다.

"아, 예…… 정보에 따르면."

"그건 참으로 좋지 않아."

"──윽!"

마음속까지 꿰뚫어 버리는 것 같은 시선을 받고 병사들은 저도 모르게 한기를 느꼈다.

이 자리에, 이 레네아 조사단에 크레에가 참가하고 있다는 것. 그것이야말로 쉽사리 무시무시한 추측을 하도록 만들었으니까.

이단심문관은 때로 성녀조차 단죄할 권한을 가진다.

그 사실이, 퀼리아 중앙이 무엇을 상정하고 그녀를…… 그리고 일기의 성녀 리트레인을 이 땅으로 보냈는지를 명확히 드러냈다.

"성녀가 자신이 시작한 일에 뒷정리도 못 하고 도망치다니…….
그것도 둘 다. ──이건 성녀들이 가진 신앙에 의문을 가질 수밖에 없겠군요. 참으로 좋지 않아."

모두가 숨을 삼켰다. 그것은 과연 어떠한 의미를 지닌 것일까?
아니—— 말하지 않아도 알 수 있었다.

크레에는 두 성녀를 상대로 이단 인정을 검토하는 것이었다.

자신들이 제멋대로 판단해서 나라를 일으키고, 백성을 선동하
고, 끝내 멸망했다.

게다가 자신들이 토벌했다고 드높이 선언한 파멸의 왕에게 역
습을 당해서.

대체 얼마나 되는 사람들이 죽었을까? 대체 얼마나 되는 사람
들이 지금도 고통받고 있을까? 자신들이 시작했으면서 뒷정리도
하지 않고 도망치다니, 어떠한 이유가 있더라도 결코 용서받을
일이 아니다.

크레에는 성직자로서의 책무 이전에 한 사람의 인간으로서, 두
성녀가 저지른 일에 강한 분노를 느끼고 있었다.

파멸의 왕이 초래한 재난은 지워 버려야만 한다.

그 사신이 아직 건재한 이상, 마이노그라와 가장 가까운 장소
인 이곳 남방주는 여전히 위험에 처해 있다.

남쪽의 암흑 대륙에 대한 대비도 필요하고, 이전부터 계속 혼
란스러운 북부 대륙의 안정을 꾀하기에는 어찌 생각해도 전력이
부족하다.

중앙의 성도, 그 깊은 안쪽에서 기도를 바치는 《신위의 성녀》
가 움직이지 않는 이상, 앞으로 사악한 세력과의 싸움에는 필연
적으로 일기의 성녀가 끌려 나간다.

엘 나 정령 계약 연합의 정세도 결코 좌시할 수 없는 상황에,

눈앞에 무료한 듯 서 있는 소녀의 어깨를 얼마나 큰 책임이 내리누를 것인가……

그녀의 주변을 둘러싼 그 상황에, 크레에가 품은 초조함은 둔한 두통마저 불러 일으켰다.

하지만 시작해야만 한다.

가능한 일부터, 그녀에게는 그것밖에 허락되지 않으니까…….

"──네림."

크레에는 옆에 있던 소녀에게 말을 걸었다.

얼굴 높이를 맞추려는 것인지 굳이 무릎을 꿇으면서까지 말을 건네는 그 표정에서는 여전히 감정이 드러나지 않았지만, 조금 전까지의 험악함은 어디에도 없었다.

"아, 예. 무슨 일인가요, 이플레이스 이단심문관."

하지만 그 대답에 크레에의 표정이 살짝 흐려졌다.

조금 전까지 감정 따위는 존재하지 않는 인형 같은 태도를 취하던 크레에가, 처음으로 자신 안에 있는 생각을 겉으로 드러낸 것이었다.

그리고 그것은 의아하게도 깊은 슬픔이었다.

"우선은 이 땅을 구제할 생각입니다. 파멸의 왕이 남긴 상흔은 너무나도 끔찍합니다. 분리되었다고는 해도, 이 땅에 사는 사람들은 원래 퀼리아의 백성. 버려두는 것은 신께서 결코 허락하지 않습니다."

슬픔 그대로, 무언가를 확인하듯 크레에는 자신의 보고를 계속했다.

성녀 리트레인을 빤히 바라보는 눈동자는, 어딘가 상대의 분위기를 관찰하는 것처럼도 보였다.

"화장의 성녀 소아리나 님과 고개 숙인 성녀 펜네 님의 탐색은 일단 보류하겠습니다. 그녀들이 어떠한 생각으로 이 땅을 벗어났는지는 알 수 없지만, 사람을 나누기에는 여유가 없겠죠."

"저기……."

두리번두리번 주위로 시선을 향한 리트레인은, 당황한 듯 일기를 넘겼다.

그리고 무언가를 찾듯이 내용을 확인하기 시작했다.

크레에는 그 모습에 조용히 눈을 감고, 이윽고 무언가를 떨쳐 내듯이 또한 조용히 눈을 떴다.

"그래…… 또 그러는군요, 네림. 그건 참으로 좋지 않아요."

일기를 넘기는 손을 가로막듯이 살며시 손을 뻗었다.

"확실히 당신의 힘이라면 이 땅의 사람들을 구할 수 있겠죠. 가장 신께 가까운 힘이라고 불리는 그 힘이라면……."

일기를 읽는 것을 막았다는 사실에 놀랐는지, 동그랗고 순진무구한 눈동자가 크레에를 포착했다.

순수하고 더러움을 모르는, 맑은 그 눈동자를 바라보며…….

"하지만 잊지 말아 주시기를. 그 대가는 터무니없는 것. 소관은 당신이── 그 일기의 힘만큼은 사용하지 않기를 바라는 겁니다."

그렇게, 어디까지고 슬픈 듯. 크레에는 작은 성녀에게 말했다.

"그건……?"

"이쪽 이야기입니다. ──그리고, 소관은 부디 크레에라고 불러 주시지요. 너무 딱딱한 건 싫어하니까."

어색한 미소를 짓고 크레에는 일어섰다.

어딘가 온기가 느껴지는 그 태도에, 리트레인은 그만 자신 안에 감추었던 불안을 흘리고 말았다.

"저기, 제 아버지는 찾았는지……."

하지만 그 도중에 작은 성녀는 말문이 막혔다.

리트레인의 아버지── 그러니까 양아버지인 상급 성기사 베르델은 현재 행방불명으로 취급되고 있었다.

리트레인은 과거에 한 번 이 도시에서 비밀리에 재회했지만, 그 후에 벌어진 혼란으로 또다시 인연이 끊어졌다.

이런 상황이다. 아버지가 전화에 휘말리지 않았는가, 안부를 걱정하는 것은 지극히 평범한 감정이라 할 수 있을 것이다.

하지만 그 바람은 결코 용납되지 않는 것.

리트레인은 성녀가 되었을 때부터 자신의 양아버지와 관계가 끊어졌다.

특정한 누군가가 아니라 만민의 수호자여라. 그것이야말로 결코 그르쳐서는 안 될 성녀의 자세다.

"아으…… 죄송합니다, 이플레이스 심문관."

"크레에입니다."

"으으, 크레에…… 씨."

가만히, 무기질적인 눈동자가 리트레인을 꿰뚫었다.

그 시선을 견디지 못하고 주의나 질책에 대비하여 무심코 꽉 눈을 감은 그녀의 머리에, 다정하게 닿은 것은 다름 아닌 크레에의 손이었다.

　서투르고 어색하지만, 그곳에는 분명한 따스함이 있었다.

　"……괜찮아요. 당신의 아버님은 반드시 찾을게요. 당신은 이제까지 그만한 대가를 신께 바쳤으니까."

　다정한 음색인 반면, 그녀의 표정에는 감출 수 없는 비통함이 엿보였다.

　"……그러니까 분명히, 괜찮아요."

　크레에의 그 말은 마치 작은 성녀 리트레인을 달래는 것 같기도 하고…….

　무엇보다도 크레에 자신을 달래는 것 같았다.

**SYSTEM MESSAGE**

레네아 신광국이 멸망했습니다 .
《 화장의 성녀 소아리나》
《 고개 숙인 성녀 펜네 카므에르》가 행방불명이 되었습니다 .

OK

# 제2화 방침 결정

대주계 안쪽 깊숙이, 마이노그라의 【궁전】에서는 앞선 싸움에서 입은 피해 검증과 앞으로의 방침에 대한 회의가 진행되고 있었다.

주요 멤버가 모인 이 자리에서 주도를 맡은 것은 《오니의 아투》.

그들의 주인인 타쿠토가 없는 상황, 어딘가 처참한 분위기 가운데서 회의는 시작되었다.

"자, 현재 마이노그라를 둘러싼 상황은 모두 아실 거라 생각합니다."

입을 열자마자 꺼낸 말에, 그 자리에 있던 이들은 전원 조용히 끄덕였다.

앞선 싸움…… 그러니까 성왕국 퀼리아에서 갈라진 레네아 신광국과 그들을 이끄는 자들.

테이블 토크 RPG 세력이라 불리는 자들과의 싸움은 혼란과 충격의 연속이었다.

일방적인 습격과 아투의 이탈, 그리고 타쿠토의 출격과 아투 탈환.

최종 결전에서는 그야말로 파멸의 왕이라는 호칭에 걸맞은 파괴를 적에게 초래하고, 그에 이르는 과정은 그 누구라도 예측 불가능.

이라 타쿠토라는 존재를 세계에 알린 싸움이었다.

하지만 결과적으로 보면…… 과연 이것을 승리라고 할 수 있을까? 분명히 아투는 다시 마이노그라 휘하로 돌아오고, 신광국은 완벽할 정도로 파괴당했다.

그러나 그 대가는 너무나도 컸다.

"굳이 돌려서 이야기하지는 않겠습니다. 현재 타쿠토 님께서는 기억을 잃으셨고, 국가를 이끌 수가 없는 상황입니다."

바로 그것은 왕의 부재.

이라 타쿠토의 상황이 마이노그라를 둘러싼 위기를 여봐란 듯이 드러내고 있었다.

국가란 왕이고, 왕이란 국가다.

타쿠토의 상황이 좋지 않은 지금, 마이노그라는 이제까지의 어떠한 싸움보다도 궁지에 빠졌다고 할 수 있었다.

"왕의 용태에 무언가 변화는……?"

"아뇨, 안타깝게도."

지푸라기라도 붙잡으려는 심정이리라, 어딘가 쓸쓸한 표정으로 전사장 기아가 아투에게 물었지만 조용히 돌아온 말에 어깨를 떨어뜨렸다.

타쿠토의 현재 상태를 간단히 설명한다면 기억 상실이라고 표현하는 것이 가장 가까우리라.

말이나 일반적인 상식은 남아 있는 모양이지만 자신이 누구인지를 완전히 망각하여 아이덴티티를 잃은 것 같았다.

지금은 자기 방 의자에 앉아서 하루 종일 밖을 멍하니 바라보고 있었다.

어째선지 이따금 기억이 돌아오는지 운이 좋다면 아투와 대화도 가능하지만, 그렇다고 해도 그것은 아주 잠깐이라 도저히 국가를 이끄는 것은 불가능했다.

원인 불명. 해결책 또한 불명.

단 하나 알 수 있는 것은 시급한 대처가 필요하다는 명백한 사실뿐이었다.

"왕의 좋지 않은 용태. 그 책임은 제게 있지만, 지금은 그런 사실을 논할 틈이 없다는 것은 여러분도 이해할 거라 생각합니다."

아투는 자신의 한심함과 무력감에 어떻게 되어버릴 것 같았지만, 자신을 질타하는 말을 꺼냈다.

아직 끝나지 않은 것이다. 자신이 적의 수중에 떨어졌을 때에도 타쿠토는 자신을 구해 주었다.

그렇다면 이번에는 자신이 그를 구할 차례다. 그리고 타쿠토가 없어도 자신이 할 수 있는 일은 얼마든지 있다.

"왕께서 부재하시는 동안의 마이노그라 운영. 그리고 왕께서 빨리 쾌차하시도록 저희가 할 수 있는 최선을 행한다——로군요."

"예, 현재 제가 대리로서 국가의 운영권을 양도받았습니다. 익숙하지 않은 일이지만, 여러분의 협력이 있다면 그 점에 대해서는 문제없습니다."

한때는 타쿠토의 상황에 침울하기는 했지만 지금의 아투는 비교적 평정을 유지하고 있었다.

애당초 영웅으로서의 기능과 동시에 지도자로서의 기능도 가진 아투라면 국가 운영을 하는 것도 문제없었다.

다크 엘프들의 서포트도 있으니까 국내를 따지자면 그다지 불안은 없다.

"국내는 문제없겠죠. 하지만 국외로 시선을 향한다면 그럴 수도 없겠지."

"예. 국외로의 대응은 급선무. 다만 정보가 부족해서는 어떠한 판단도 리스크가 될 수 있습니다."

문제는 외부다.

몰타르 옹의 날카로운 지적도 지금 이 자리에서는 믿음직했다.

그가 말했다시피 국내 이상으로 국외의 움직임이 성가셨다.

레네아 신광국 파괴는 이미 앞선 싸움으로 이루어졌다. 그리고 중추인 《흡입의 마녀 에라키노》 격파와 그녀를 사역하는 플레이어—— 쿠하라 케이지 배제도 완벽하게 진행되었다.

하지만 그 후의 상황이 너무나도 불명이었다. 상대측에 여력이 남아 있더라도 곧바로 행동으로 옮길 수 있으리라 생각하지는 않지만, 다른 선 세력의 동향을 파악하지 못하는 것은 너무도 위험했다.

하지만 마이노그라는 이 세계에서 『Eternal Nations』 무렵과는 전혀 다른 커다란 어드밴티지를 가지고 있었다. 그것이 바로 그들이다.

"그 점은 안심하시길. 왕께서 쉬실지라도 저희 신하는 건재. 이미 수하를 풀어서 정보 수집에 애쓰고 있습니다."

그들 다크 엘프는 원래 암살이나 정보 조작에 뛰어난 일족.

타쿠토도 확실하다고 보증한 능력은 이런 상황 아래서도 유감

없이 발휘되었다.

"그건 좋습니다. ……그래서, 무언가 판명된 사실은 있습니까?"

그 말을 기다렸을 것이다. 미리 내용을 자세히 확인했을 에므루가 정보를 이야기했다.

그것은 마이노그라에게 그다지 좋지 않은 부류의 내용이었다.

바로 성녀 둘의 생존 확인, 그리고 현재 소재는 불명.

결국 마녀 에라키노의 바람대로 두 사람은 살아남은 것이었다.

그녀들이 가진 기묘한 우정을 가까이서 보았던 아투로서는, 두 성녀가 앞으로 얌전히 있을 것이라고는 입이 찢어져도 말할 수 없었다.

또 하나의 걱정거리가 아투의 머리를 복잡하게 만들었다.

"소재 불명이라는 건 걱정이군요. 이건 어딘가에 숨어서 재정비를 꾀하고 있으리라 보면 되겠죠. 그때는 우리가 왕을 대신해서 끝을 내야……."

"그렇군요……. 아니, 타쿠토 님께서 자신의 계획을 일방적으로 끝내실 리가 없으니, 물론 두 성녀도 예정에 넣으셨을 터. 그러나 이루지 못했다는 것은 역시 그 시점에서 아슬아슬했던 거겠죠……."

"왕의 옥체를 우선하는 이상, 저희로서는 어쩔 수 없었다는 것이로군요."

아투는 기억을 다시 떠올렸다. 최후의 그때, 타쿠토는 성녀 소아리나를 확실하게 처리하려고 했다.

하지만 갑자기 그 행동을 중지하면서까지 철수를 선택했다.

전투 중에 살짝 두통을 느끼는 것 같은 동작은 있었지만, 품고 있던 폭탄이 바로 그 순간에 폭발했던 것이리라.

그것만이 아니었다.

그때 분명히 그는 혀를 찬 뒤에 말했다. '역시나 그건 무리였나' 라고.

그러니까 자신들로서는 지각할 수 없는 무언가 이상이 발생하여 어쩔 수 없이 작전을 변경한 것이다.

결과가 바로 이것이었다.

타쿠토조차 예상할 수 없었던 그것은, 결과적으로 타쿠토 본인을 해치게 되었다.

"아투 씨. 왕께서는 현재 어떤 상황이신가요? 그게, 이대로 쉬신다면 회복하시는 게……."

"아뇨. 단언할 수는 없습니다만, 시간이 해결한다고 생각하는 것은 조금 낙관적일지도 모르겠습니다."

슬프게 건넨 에므루의 질문에 아투는 답답한 심정으로 잔혹한 현실을 들이밀었다.

이 상황에서 아투도 그저 잠자코 보고만 있지는 않았다.

기억 상실과 망각이라는 바탕으로, 능력에 관련성이 있는 메어리어를 불러서 몰래 타쿠토를 진료한 적이 있었다.

하지만 돌아온 대답은 기이했다.

'기억을 잃었다기보다는, 임금님 본인이 처음부터 거기에 존재하지 않는 거야…….'

통상과는 다른 이상. 타쿠토의 상황은 조사하면 조사할수록 절망적인 사실을 들이밀었다.

그렇기에 아투는 생각했다.

이대로 시간을 거듭하더라도 타쿠토가 회복될 가능성은 안타깝지만 낮다.

그것은 그때 본인의 태도에서도 명백했다.

무언가 이 상황을 타파할 수단이 필요했다.

그리고 다행인지 불행인지는 제쳐놓고, 아투는 그럴 수단을 하나 알고 있었다.

"타쿠토 님의 현재 용태는 아마도 능력 사용에 기인하는 바. 하지만 현재로서는 무엇이 악영향을 미치고, 어떻게 대처하면 회복될지 전혀 상상이 가지 않습니다."

회의 자리가 더욱 어두워지는 느낌이었다.

물론 물리적인 이야기가 아니다. 그 자리에 있는 이들이 의기소침하다 보니 이런 착각을 일으키는 것이었다.

하지만 아투의 다음 말에, 착각은 전혀 다른 모습을 내비쳤다.

"타쿠토 님을 둘러싼 문제에 대해서, 어느 영웅의 협력을 구하겠습니다."

그 말에 전원의 시선이 아투에게 향했다.

놀람, 그리고 기대였다.

이미 그 결단을 아는 몰타르 옹은 유일하게 냉정한 태도로 상황을 지켜보고 있지만, 다른 이들이 드리운 기대의 기색은 그저 보기에도 명백해서 그들이 얼마나 흥분했는지 엿보였다.

그만큼 이 나라에서 영웅이라는 존재가 가진 영향력은 컸다.

"영웅의 이름은《행복해지는 설화(舌禍) 비토리오》. 전투 능력은 전무하지만 그 불리함을 뒤집을 만큼 심모원려에 뛰어난 영웅입니다. 그의 능력에 대해서 설명하기는 어렵습니다만…… 힘만으로 대처할 수 없는 복잡한 상황에서 진가를 발휘한다고 해둘까요."

"훌륭하군! 그야말로 이런 상황에 적격이지 않습니까! 바로 그 영웅을 불러서, 왕의 현재 용태를 해결해야 합니다!"

"예! 왕께서 자리보전하셨다고 들어서 어떻게 되는 것인지 걱정했는데, 희망이 생기기 시작했어요!"

"음, 이 상황을 타파하기에는 그것이 최상의 방법이겠군요. 듣자하니 왕께서도 인정하실 정도의 지모를 가졌다고. 저도 벌써부터 뵙는 게 기대되는군요."

그 밖에도 그 자리에 있는 엘프루 자매나 서기를 맡은 문관 등이 희색을 드러냈다.

조금 전까지의 폐쇄감이 마치 거짓말처럼 회의실에 활기와 열기가 넘쳐났다.

"영웅을 소환할 자원은 부족하지 않습니다. 준비도 딱히 필요가 없으니 내일에라도 소환을 진행하고 싶습니다. 그자라면 반드시 타쿠토 님께 차도가 있을 책략을 짜내어 주겠죠."

조용히 이야기하는 아투.

그녀를 바라보는 다크 엘프들의 눈동자에는 강한 의지의 불꽃이 깃들어 있었다.

이번에야말로 자신들의 왕을 지키고 마이노그라를 유일무이한 패권국가로서 이 세계에 군림토록 하겠다는 강한 의지였다.

그 첫걸음이 새로운 영웅 소환. 자신들의 평온을 방해하는 모든 존재에 대한 반역의 봉화가, 지금 막 올랐다고 할 수 있을 것이다.

허나…….

"하지만…… 그게, ……모두에게 부탁할 것이 좀 있습니다."

그 열기에 찬물을 끼얹는 존재가 하나 있었다.

어쩐지 미묘한 표정을 짓고, 무언가를 말하기 어렵다는 듯 조마조마하는 태도를 취한 소녀였다.

그것은 다름 아닌 아투였다.

가장 먼저 기염을 토하더라도 이상하지 않을 그녀의 태도에 다크 엘프들은 내심 고개를 갸웃거렸다.

그들의 곤혹스러운 심정이 전해지지 않는지, 아투는 무언가 결심을 한 모습으로 갑자기 영문 모를 소리를 꺼냈다.

"조금이라도 되니까, 지금 이 자리에서 세계 최고로 머리가 이상하고, 세계 최고로 언동이 불쾌하고, 세계 최고로 본인을 짜증나게 만드는 존재를 생각해 보지 않겠습니까?"

다크 엘프들은 또다시 고개를 갸웃거렸다.

과연 그것에 무슨 의미가 있을까? 하지만 딱히 반론할 의미도 없었기에 시키는 대로 마음속으로 아무리 생각해도 가까이 두고 싶지 않은 그 인물을 그렸다.

그리고…….

"그것이 비토리오입니다."

아투가 갑자기 폭탄을 투하했다.

"단언하죠. 처음부터 저는 폭발합니다. 하늘에 떠오른 해가 지듯, 물이 높은 곳에서 낮은 곳으로 흐르듯…… 비토리오는 제게 전력으로 싸움을 걸고, 저는 전력으로 그것을 받아들이겠죠. 그것이 진리이자, 두 사람의 존재 방식입니다."

이따금 재능 넘치는 자는 대가로 무언가 평범한 사람과 동떨어진 감성을 가지는 경우가 있다.

아투가 이르기를, 비토리오도 그런 부류라고 한다.

입만 열면 타인을 부추기고 불쾌하게 만든다.

무엇을 생각하는지 잘 알 수가 없고, 그저 결과를 낸다. 그렇지만 행동도 발언도 불성실하며 부적절.

존재하는 것만으로 타인을 짜증 나게 만드는 영웅. 그것이 비토리오인 것이다.

"여러분께 부탁하고 싶은 건, 제가 폭발해서 비토리오를 죽이려고 한다면 말려달라는 겁니다. 정말로, 녀석과 제 상성은 최악이거든요."

『Eternal Nations』 상사로 원하지 않는 영웅 당당히 1위, 부하로 두고 싶지 않은 영웅 당당히 1위.

그 영웅은 안타깝게도 오니의 아투를 놀리는 것을 무척 좋아한다고, 그렇게 설정되어 있었다…….

세계관에 사실감을 주기 위한 삽화로 그려졌던, 몇 번이나 자신을 폭발하게 만든 그 영웅을 떠올리는 것만으로도 아투의 마음은 그저 침울했다.

"정말이지…… 생각하는 것만으로…… 속이 꼬여…….."

말문이 막혀서는 부들부들 떨기 시작하는 아투.

그녀 안에서 비토리오라는 존재가 어떠한 것일지를 더없이 보여주는 태도였다.

아투라는 소녀는 사악한 파멸의 왕을 섬기는 영웅에는 걸맞지 않게 적잖이 어린아이 같은 부분이 있었다.

그래서 감정을 드러내는 태도는 그리 드물지 않지만, 그럴지라도 이것은 적잖이 한도를 넘어섰다고 할 수밖에 없었다.

그만큼 오니의 아투라는 존재는 행복해지는 설화 비토리오에게 혐오감을 품고 있었나 보다.

"가능하다면 그런 녀석은 소환하고 싶지 않아요. 하지만 그의 두뇌와 능력만큼은 으뜸. 그 존재에게 두뇌 싸움에서 이길 수 있는 자는 타쿠토 님을 제외하고 달리 존재하지 않는다고 단언할 수 있습니다…… 그만한 존재예요."

아투의 이야기에 다크 엘프들도 그저 고개를 끄덕일 수밖에 없었다.

"큭, 생각했더니 갑자기 짜증이 나는군요……."

——대체 그 영웅을 얼마나 싫어하는 거야.

명백하게 기분이 나빠진 아투를 보고 그 자리에 있는 멤버들은 무어라 형용할 수 없는 표정을 지었다.

하지만 그만큼 싫어하면서도 그의 힘을 인정한다.

영웅이 얼마나 굉장한지는 이해하지만, 이번에 소환할 자는 어떠한 존재인가.

흥미나 불안, 다양한 감정이 뒤섞이는 가운데, 새로운 영웅 소환은 바로 코앞까지 다가왔다.

마이노그라에게 새로운 혁신의 시기가 찾아오려 하고 있었다.

소환 전야는, 최근의 폭풍처럼 지나간 나날을 생각하면 한층 더 적막했다.

조용히, 천천히 시간이 흐르고, 누구에게도 방해받지 않는…… 둘만의 밤.

아투는 의자에 앉아서 멍하니 창문으로 밤의 풍경을 바라보는 타쿠토 옆에 서서, 자신이 진심으로 경애하는 주인에게 온화한 시선을 향했다.

"생각해 보면, 이렇게 조용한 시간을 함께 보내는 것도 처음일 지도 모르겠네요……."

대답은 없었다.

타쿠토의 마음은 이곳에 없어 보였고, 실제로도 그의 마음은 그곳에 없을 것이다.

하지만 아투는 그럼에도 변함없이 말을 건넸다.

"타쿠토 님. 사실은 이러면 안 되겠지만, 저는 어딘가 이 상황 이 그립다고 여기고 있어요. ──그 무렵에도 이렇게 밤늦게 둘 이서 대화를 나누었죠. 다만 그 무렵의 저는 대답할 수 없었으니 까 타쿠토 님의 이야기를 듣기만 했지만요."

과거의 시간이 아투의 뇌리에 떠올랐다.

타쿠토와 아투가 이 세계로 찾아오기 전, 병상에서 매일 밤처럼 거듭했던 만남.

그것이 설령 타쿠토의 일방적인 대화이고, 통상적으로 생각한다면 도저히 제정신이라고는 여겨지지 않는 행동이었을지라도.

그곳에 인연은 분명히 존재했다. 그리고 그 인연은 지금도 강하게 두 사람을 묶고 있었다.

바로 그렇기에…….

"그러니까 이번에는 제가 타쿠토 님께 이야기를 하는 거예요. 타쿠토 님이 건강해지셔서, 또 평소처럼 둘이서 보낼 수 있을 그때까지……."

대답은 없었다. 하지만 아투는 자신의 마음이 반드시 타쿠토에게 닿으리라 믿고 있었다.

그의 말은 자신에게 닿았다. 그러니까 자신의 말도 분명히 닿으리라고.

그렇게 타쿠토에게 이야기를 건네고, 계속계속, 그가 밤의 적막에 이끌려 잠이 들 때까지.

아투는 그리운 추억에 잠기는 것이었다.

## SYSTEM MESSAGE

일시적으로 《오니의 아투》가 마이노그라의 지도자가 되었습니다 .
같은 기간 중 , 이라 타쿠토는 지도자에서 이탈합니다 .
생산 항목이 새로이 선택되었습니다 !

생산 중 !《행복해지는 설화 비토리오》

`OK`

# 제3화 설화

폭풍 전의 고요라는 말이 있다.

일반적으로 큰 사건 전에는 꺼림칙할 정도의 적막이 있다는 속담이다.

이날도 그 적막으로 가득한 날이었다.

"그럼 소환 의식을 시작합니다. ……이슬라의 예를 고려하면 괜찮을 거라고는 생각하지만, 혹시 모르니 주의는 해두기를."

주변을 경호하는 다크 엘프 총사가 알겠다는 듯 끄덕였다.

일찍이 모든 벌레를 통치하는 여왕을 만들어낸 의식장에서, 아투는 이전과 마찬가지로 영웅을 만들어 내려 하고 있었다.

이번에 사용하는 것은 산더미 같은 황금.

RPG 세력 브레이브 퀘스투스 마왕군을 격파했을 때 입수한 것인데, 이 자리에는 주변을 가득 메울 정도의 양이 모여 있었다.

영웅의 소환은 횟수를 거듭할수록 비용이 높아지는 성질이 있다.

그만큼 있던 금화도, 이번 소환에 반 이상을 소비하게 된다.

아직 여유는 있지만, 이제까지와 같이 물처럼 쓸 수는 없을 것이다.

기아나 몰타르 옹, 에므루나 엘프루 자매같이 주요 멤버들은 일부러 이 자리에 부르지 않았다.

비토리오는 속임수가 특기인 영웅이다. 상황을 설명하기 전에 쓸데없는 소리를 불어넣어서는 위험하다고 경계한 것이었다.

——비토리오의 재능은 특수하다. 아투조차 무슨 일이 벌어질지 예상할 수 없었다.

그렇기에 최대한의 긴장감과 최대한의 경계심을 가지고 의식을 진행했다.

그녀가 눈을 감고 잠시 후…… 금화의 산에 변화가 일어났다.

우선 중력이 사라진 것처럼 금화가 둥실 떠올랐다.

그러는가 싶더니 그것들은 마치 돌풍에 흩날리듯 빙글빙글 호를 그리고, 작은 소용돌이가 되어 의식장 중심으로 모였다.

황금의 소용돌이는 점점 밀도와 속도를 높이고, 이윽고 하나의 덩어리로 변했다.

그리고 구체였던 덩어리가 천천히 사람의 형태를 갖춰, 갑자기 유리가 깨지는 것 같은 소리와 함께 터지고——.

"행복해지는 설화, 비토오오리오! 소환의 부름에 응하여, 오늘도 기운차게 찾아왔습니다아아!"

그것이 나타났다.

키는 족히 2미터를 넘는다. 다른 이들과 비교해서 키는 크지만, 기이할 정도로 가는 체구. 건강하지 못한 피부색과 어우러져서 자칫하면 굵고 다니나 여겨지기도 했다.

팔다리는 이상하게 길고, 눈동자는 꺼림칙할 정도로 검게 빛났다.

몸에 두른 의복은 마이노그라라는 국가를 나타내듯이 어슴푸레한 어둠이 느껴지는 색상이지만, 사람의 감성으로는 이해할 수 없는 디자인이었다.

머리에는 기묘한 디자인의 모자.

그리고 무엇보다── 마치 거짓말을 늘어놓는 근성을 미처 감출 수 없다는 것 같은 표정이, 그 영웅이 어떠한 존재인지를 여실하게 이야기했다.

다크 엘프 총사가 숨을 삼키는 소리가 새어 나오는 가운데, 아투는 그를 응시하고 일거수일투족을 관찰했다.

이윽고 새로운 영웅── 비토리오는 거만한 태도로 귀족식 인사를 하더니 시선을 들어 자신을 맞이한 집단으로 흥미를 옮겼다.

"어라?"

꾸며낸 것 같은 경악의 태도.

"어라어라어라?"

꾸며낸 것 같은 곤혹의 태도.

그 모든 것이 아투를 짜증 나게 만들고, 동시에 경계심을 드높였다.

그는 틀림없는 비토리오다. 호출된 그것은, 조금의 차이도 없이 그녀가 아는 영웅이었다.

그렇기에 무엇보다 성가시고, 무엇보다도 예상이 가지 않았다.

"나의 위대한 왕이자 심연의 어둠이신, 이라 타쿠토 님은 어디에?"

우선 처음으로 그 말이 나왔다는 사실에 아투는 내심 안도했다.

이미 이슬라로 경험한 일이지만, 그가 타쿠토를 자신의 주인으로 인식하고 있는지 조금 불안했던 것이다.

아니다, 마음을 놓는 것은 아직 이르다.

아직 히죽히죽 기분 나쁜 미소를 지으며 주위를 찬찬히 관찰하는 저 기인이, 그 안에 어떠한 생각을 감추고 있는지는 미지수였다.

오히려 지금도 경박하고 거리낌 없는 그 미소의 뒤로 간계를 꾸미고 있으리라 생각하는 편이 그의 존재 방식을 생각하면 자연스러웠다.

하지만 이미 주사위는 던져졌다. 아투가 그의 힘을 빌리는 것은 기정사실이고, 그렇다면 지금부터 해야 할 일도 이미 기정사실이었다.

그러니까 그에게 현재 상황 설명과 협력 의뢰였다.

아투는 약간의 긴장감과, 이제부터 확실하게 벌어진 혼란에 크나큰 불안을 품으며 뜻을 다지고 입을 열었다.

"잘 왔습니다, 비토리오. 타쿠토 님에 대해서는 제 쪽에서 설명하죠."

"이럴수가! 아투 양 아닙니까! 여전히 빈약한 몸매에, 나도 동정을…… 푸흡! 그, 금할 수 없군요! 크큭!"

처음부터 도발로 나섰다.

아투는 미간에 파란 힘줄을 드리우면서도 그 말을 무시했다.

이 정도로 화를 내선 언젠가 눈을 뜰 타쿠토를 대할 낯이 없다.

지금 중요한 것은 무엇보다도 타쿠토의 안부이고, 그가 쾌차하는 것이다.

그러니까 이 자리에서 아투가 가진 프라이드나 분노 따위는 무가치한 것이나 마찬가지.

이야기를 진행하는 것이야말로 최대의 목적이고, 나아가서는 타쿠토의 이익으로 이어지는 것이다.

그럴지라도 빈약하다는 말을 들은 것은 나중에 제대로 책임으로 지도록 만들겠다는 속마음도 있었지만…….

"쓸데없는 잡담은 나중에 실컷 하고. 우선은 타쿠토 님과 이 세계에 대한 현재 상황을 설명하겠습니다."

"으음? 아투 양이 말인가……. 그럼 하실까요?"

턱에 손을 대고, 여봐란 듯이 미간에 주름을 짓고…… 참으로 바라던 바가 아니라고 그러듯 이야기를 재촉하는 비토리오.

이런 식의 불성실한 태도는 이미 상정해서 그다지 마음이 동요하지는 않았다.

그러기는커녕 아투로서는 그의 도발이 이 정도로 그쳤다는 사실에 조금 놀란 심정을 품었다.

아무래도 비토리오로서도 빨리 정보가 필요한 듯했다.

주인인 타쿠토의 안부를 신경 쓸 정도의 이성이 그에게 있었다는 사실은 놀랐지만, 일단 해후의 첫 단계는 돌파했다고 판단해도 될 것이다.

"그럼 설명하죠. 조금 길어지겠지만 들어주시길. 우선은 우리가 이 세계로 찾아왔을 때까지 이야기는 거슬러 올라갑니다──."

다크 엘프 총사가 이 자리에 있었기에 전생이나 『Eternal Nations』에 대한 이야기는 할 수 없었다.

아투는 주의해서 말을 고르며, 이 세계에 찾아온 뒤로 자신과 타쿠토에게 벌어진 일과 현재 말려든 싸움에 대해 설명을 진행했다.

………

……

…

"그건 너희가 무능해서 그런 게 아닌가. 제대로 하라고, 이 빈유."

"──윽!"

끽소리도 나오지 않는다는 것은 바로 이것이었다.

아투도 신랄한 말에 반론이 나오지 않았다. 아니, 반론을 꺼낼 수가 없었다.

왜냐면 비토리오의 말은 한 마디 한 문장도 그르지 않은 정론이고, 그녀들의 무력함이 바로 이 상황을 만들어 냈으니까.

왕을 지키지도 못하고서 뭐가 부하냐. 아투는 자책의 심정에 사로잡혔다.

지키기는커녕 도리어 보호를 받고서 이 꼴이었다.

나야말로 타쿠토의 영웅이라 자청하기에는, 지금의 아투는 명백히 무력했다.

"아──앗! 타쿠토 님 가여우셔라! 이런 무능한 놈들을 지키셔야 하다니 타쿠토 님 가여워! 게다가 쓸데없이 뒤를 닦아 주다가 와병하시다니! 아아! 불쌍하게도! 허나 위대한 어둠의 왕 이라 타쿠토여! 당신은 하나 실수를 저지르신 겁니다! 그것이 바로 처음으로 부를 영웅 선정! 그렇다면? 정말로 필요한 영웅은 누구였느냐! 예스! 바로 나, 비토리오!"

기나긴 대사가 끝나고 아투의 짜증은 더욱 격해졌다.

하지만 그녀도 마구 격분해서 상대의 페이스에 넘어가는 짓은 하지 않는다.

그저 크게 심호흡하며 그 도발에 넘어가지 않겠다고 냉정을 지켰다.

"당신의 지적, 지금은 기꺼이 받아들이죠. 무엇보다도 타쿠토 님께서 건강을 되찾으시는 게 최우선입니다. 비토리오…… 우리로서는 타쿠토 님의 힘을 되찾을 방법을 알 수 없습니다. 당신의 그 지혜, 그 능력을 빌려 주시길."

"흐음? 아투 양치고는 무척 기특한 마음가짐이로군요! 나 좀 재미없어졌어!"

역시 조금 전의 말은 그저 아투를 놀리기 위한 것이었을까? 아투가 넘어오지 않는다는 것을 알고 비토리오는 명백하게 의기소침, 그 자리에 웅크려서는 정말로 질린다는 듯 흙장난을 시작했다.

하지만 갑자기…….

"앗! 나, 좋은 게 떠올랐어! 이런, 아니었지── 어흠. 확실히 우리의 왕이신 이라 타쿠토 님의 상황은, 간과할 수 없는 국난. 저 비토리오, 타쿠토 님을 위해 온몸을 바쳐 이 문제 대처에 나서서, 반드시 왕의 마음을 되찾도록 하지요! 맡겨주시길 아투 양! 저 비토리오에게! 안심하고 전부 맡기시길! 진짜 정말로."

"……잘 부탁합니다."

아투는 그렇게 대답할 수밖에 없었다.

일단 어떻게든 당초의 예정대로 그에게 타쿠토의 쾌차 수단 모색을 의뢰할 수 있었지만…….

그 말 구석구석에서 강렬하게 감도는 수상쩍은 사기꾼의 향기가 아투를 그저 불안하게 만드는 것이었다.

비토리오가 마이노그라에 참가한 다음의 일이었다.

그가 열망하는 기억 상실에 빠진 타쿠토와의 알현 후, 마이노그라의 주요 인물과 만남도 마치고…….

그럼 바로 그가 실력 발휘를 해줄 것이라 생각하는 마이노그라를 덮친 것은, 참으로 위와 정신에 나쁜 나날이었다.

"이건! 뭡니까?"

어느 날의 일이다.

어느샌가 마이노그라의 중진 지위를 얻고 만 에므루가 이제는 자신의 역할이 무엇이었는지 알 수가 없게 되어버릴 정도의 사무 처리에 쫓기던 때였다.

어디선지 모르게 나타난 비토리오가 불쑥, 그녀가 정리하는 서류를 들여다본 것이었다.

"히엑! ……저기, 지난번 일을 정리하고 있는데요."

그가 일체의 기척도 없이 나타난 탓에 그만 깜짝 놀랐지만 어떻게든 대답하는 에므루.

솔직히 그녀로서는 히죽히죽 꺼림칙한 미소가 얼굴에 들러붙은 이 기묘한 영웅이 거북했지만, 타쿠토가 부활하기 위한 방법을 찾는다는 중대임무가 주어진 관계상 무시할 수도 없었다.

어떻게든 평온을 가장하며 정중한 대응을 해야 한다고 마음먹었다.

"호호호오?! 보고서로군요? 그럼 실례지만 좀 확인을……."

한편 비토리오는 그런 에므루의 속마음 따위는 전혀 모르겠다는 듯 그녀가 손에 든 서류를 거칠게 낚아채고 닥치는 대로 뒤지기 시작했다.

"호~~~옹. 허어…… 어?! 앗. 아앗, 그렇군. 스읍── 하아아아아."

명백하게 한숨을 내쉬었다.

비토리오라는 영웅이 얼마나 성가시고 민폐인지는 이미 피해를 입은 사람들로부터 싫을 정도로 들었다.

덧붙여서 아투의 조언도 있었기에 당초에는 적당히 이야기를 맞추어 줘서 물러나기를 바라자고 생각했다.

하지만 자신이 자는 시간도 아끼며 완성한 보고서나 정리 기록 서류 등을 앞에 두고 이런 태도를 취하니 그만 말이 튀어나왔다.

"저기, 뭔가요?"

"아니? 아무것도? 아니아니, 아무것도? 다만…… 뭐…… 그렇지?"

"대체 뭔가요?!"

인내의 한계였다.

도발임을 알면서도 도저히 참을 수가 없었다.

그도 그럴 터. 그처럼 도를 넘은 성격파탄자는 마이노그라에는 존재하지 않았고, 다크 엘프 부족에도 존재하지 않았다.

이제까지의 모든 인생을 다시금 생각하니 유일하게 엘프족 장로 따위가 이따금 아니꼬운 말을 던진 일은 있었지만, 눈앞의 기인과 비교하면 그것도 애들 장난이나 마찬가지.

에므루만이 아니라 마이노그라에 사는 사람들은 이제까지 이렇게나 극단적으로 성가신 인물과 맞닥뜨린 적이 없었던 것이다.

어떤 의미로 마이노그라의 주민은 자신의 인내력을 시험하는 시련의 한복판에 있다고 할 수 있으리라.

그리고 에므루의 시련이 본인의 의사를 무시하고 개시되었다.

"의식이, 낮구나 싶어서."

"예? 의, 의식?"

"뭐라고 할까, 열의가 부족하다고 할까…… 당신은 마이노그라에서도 중요한 위치를 차지하는 직책이죠? 이렇게 조잡하게 일을 하고서도 급료를 받는 게 부끄럽지는 않나요?"

그야말로 청산유수 같은 매도와 도발과 조소의 탁류가 에므루를 덮쳤다.

그것들의 일부, 혹은 대부분이 그녀에게 미지의 단어였지만 바보 취급한다는 것은 간단히 이해할 수 있었다.

사실 티 나게 이쪽을 바라보고 히죽히죽 웃고 있었다.

바보 취급 이외의 의도가 느껴지지 않았다.

"그, 그럼 구체적으로 어떻게 하면 되는지! 부디 가르쳐 주셨으면 하는데요!"

거친 목소리로 말하는 에므루. 평소의 온화하고 이성적인 그녀가 이렇게까지 감정을 드러내는 일은 드물다.

하지만 그 태도야말로 비토리오가 기다려 마지않던 것이라.

"그 정도는 스스로 생각하라고. 사회인이잖아요?"

"허어?! ──큭, 크윽!!"

에므루의 얼굴을 분노로 새빨갛게 만들기에 충분했다.

"히엑! 화가 났다고 괜히 들이대지 마시고. 뭐, 그럼! 안녕히 계시올시다!"

그 태도에 만족했는지, 아니면 놀리다가 질렸는지.

에므루의 표정을 한바탕 즐긴 비토리오는 티 나는 말투로 내뱉고는 왔을 때와 똑같이 어딘가로 사라졌다.

그 뒷모습을 노려보며 에므루는 그저 분하다는 듯 이를 갈았다.

………

……

…

또 다른 날의 일이다.

이번 표적은 다크 엘프 전사단. 나라와 왕을 위해서 더더욱 단련을 거듭하고자 나날이 분투하는 기아를 필두로 한 이들이었다.

"세상에! 다크 엘프는 타쿠토 님께서 주신 총기로 무장을 한 겁니까! 그건 훌륭하군!"

이번에도 갑자기 그 남자는 나타났다.

훈련 중이라고는 해도, 아니, 훈련 중이었기에 긴장하고 있던 그들이 미처 깨닫지도 못한 사이에 접근.

과연 어떠한 수단을 사용했는지 의아해 하면서도 전사장 기아는 그를 응대했다.

"예, 왕께서 하사하신 신의 나라의 무기로 저희는 이제까지 이상으로 강력한 전력이 될 수 있었습니다. 더더욱 단련에 힘써, 왕의 검과 방패가 될 수 있도록 나날이 정진하고 있습니다."

"그렇다면, 타쿠토 님의 안전도 완전 완벽——하겠군요!"

"큭! ……그건!"

기아의 말에서 조금 전까지의 기세와 자신감이 사라졌다.

이미 비토리오는 이제까지 마이노그라에서 벌어진 일의 전모를 대략적으로 파악했다.

그렇다면 이 지적도 고의적인 것으로, 당연히 이유는 핀잔을 주기 위해서일 것이다.

기아는 아투로부터 주의하라는 말을 잔뜩 들었는데, 바로 이렇게 나오시느냐며 마음속에 일종의 각오를 다졌다.

하지만 어찌 된 일인지, 비토리오는 갑자기 가슴을 누르며 그 자리에 웅크리고 한심한 목소리로 울기 시작한 것이었다.

"음?! 무, 무슨 일이십니까, 비토리오 경."

이렇게 되었으니 기아로서도 말을 걸 수밖에 없었다.

아투로부터 가능한 한 무시하라는 말을 들었지만 여기서 모양새만이라도 걱정하는 태도를 내비치지 않고서는 전사단 단장으로서의 신용 문제도 있고, 무엇보다 정말로 부상이나 질병이 있을 경우에는 큰일이다.

"기아 전사장이 지켜 주지 않아서 당한 부상이, 아파."

"예? 그건 대체 무슨……."

"우리 왕의 마음을 대변하는 겁니다."

비토리오의 음습함은, 기아의 배려를 모조리 어딘가 저편으로 내던져버리는 것이었다.

"아파. 아파…… 이대로는 죽어 버려. 누군가가 지켜 주지 않았던 탓에, 맥없이 푹 죽어 버려."

"그, 그건 뭐냐! 왕을 모독하는 건 용서치 않겠다고!"

"왕이 아니라 널 모독하는 거라고요."

비토리오는 벌떡 일어서더니, 순간 진지한 표정으로 말을 던졌다.

완급을 겸비한 그 도발에 기아의 분노는 점점 끓어올랐다. 이 남자는 무엇을 위해 마이노그라로 온 것인가? 자신의 책무도 다 하지 않고 나라에 불화를 초래해서, 대체 무엇을 생각하고 무엇을 하고 싶은 것이냐? 천성적인 기질로 타인을 도발하고 격노하게 만드는 것을 즐긴다고는 들었지만 이것은 너무나도 지독했다.

아무리 이 영웅이 왕의 쾌차에서 중요하다고는 해도, 이대로는 나라의 붕괴조차 부를 수 있다.

무엇보다…… 이런 인물이 왕을 구할 수 있으리라고는 여겨지지 않았다.

기아는 경우에 따라서는 비토리오를 상대로 어떤 각오가 필요하지 않을까, 생각했다.

"확실히 우리가 한심한 탓에 현재 왕의 상황을 만들어 냈다. 그 오명은 결코 씻어 낼 수 없는 것이지. 하지만 그 자리에 없었던 비토리오 경이 그런 소리를 하는가? 애당초 이제까지 소환되지 않았다는 것이, 왕께서 신임하시지 않는다는 증명이 아닌가."

살기등등.

에므루와 달리 그대로 잠자코 분노에 떨고만 있을 만큼 기아는 좋은 사람도 아니고 자제심이 강하지도 않았다.

그러기는커녕 아직 결과도 제대로 내지 않았으면서 이렇게까지 제멋대로 떠들어 대는 이를 상대로 물러나서는 안 된다.

그것은 주위에서 이야기를 듣고 있던 다크 엘프 전사들도 마찬가지로, 단숨에 그 자리가 험악한 분위기로 뒤덮였다.

그런 다크 엘프들의 분노를 한 몸에 받고 비토리오가 어떠한 태도로 나섰느냐면······.

"히에엑! 이 어찌나 무시무시한가! 이대로는 아무것도 못 하는데 아주 분노만 앞서는 다크 엘프들한테 살해당하겠어! 일단은 도망칠 수밖에!"

"기, 기다려라 비토리오 경! 큭! 도망치는 건 빠르군!"

사람들을 잔뜩 도발하고는 곧바로 도주.

과연 이 행위에 의미는 있는가? 아니면 그저 단순히 그의 취미인가······.

본래의 목적—— 타쿠토의 쾌차로 이어지는 무언가 수단을 얻을 중요한 임무 따위는 어디로 가버렸는지, 비토리오의 활동에 따른 피해는 급속하게 퍼져나갔다.

타쿠토는 현재 기억을 잃고, 왕으로서의 지휘 일체가 불가능했다.

그렇기에 항의와 불만의 말은 고스란히 아투에게 찾아왔다.

오니의 아투는 영웅으로서의 긍지 따위는 대체 어디로 가버렸는지, 그런 표정으로 책상에 푹 엎드려서 머리를 부여잡고 있었다.

"예, 예상 이상이에요. 예상 이상으로 더 성가셔…….."

"사탕 뺏겼어—."

"전에 임금님한테 받은 과자, 모조리 가져가 버린 거예요…….."

옆에서 잔뜩 화가 난 태도로 입술을 삐죽이는 엘프루 자매에게 무어라 형용할 수 없는 표정으로 미소를 지으며, 아투는 뺨이 굳어졌다.

오늘의 비토리오 피해자 1호와 2호였다.

그리고 얼핏 보면 다른 사람들과 비교해서 평온한 말투로 여겨지지만 아니었다.

비토리오는 자매가 아직 정신적으로 어린 부분이 있고 분별력이나 판단력이 부족한 부분이 있다는 사실을 이해하고서, 가장 곤란하게 여길 방식을 선택해서 괴롭히는 것이었다.

게다가 자매가 남몰래 소중히 여기던, 왕에게 직접 받은 과자를 빼앗는다는 최악의 형태로.

이것이 낮에 벌어진 일이었기에 다행이지만, 혹시 만월의 밤에 저질렀다면 틀림없이 마이노그라에 피가 비처럼 뿌려졌을 것이다.

물론 그것은 비토리오의 피다.

모든 것을 알고서 제대로 낮 시간을 골라서 범행에 이르렀음은 명백했지만…….

엘프루 자매한테서 시선을 피했더니 그곳에는 몰타르 옹과 전 사장 기아.

그 밖에도 자주 보는 문관부터 평소에는 그다지 엮일 일이 없는 다크 엘프 주민.

끝내는 《브레인 이터》나 《유사 인간》 등의 마이노그라 유래 유닛까지 있었다.

이들 전원이 아투에게 호소하고자 이 자리에 있는 것이었다.

물론 내용은 하나밖에 없다. 일도 하지 않고 남들한테 참견하는 것밖에 재주가 없는 기인을 어떻게든 해라, 였다.

어쩔 수도 없다.

한 번 제대로 두들기면 말을 좀 듣게 될까? 그런 짓을 해봐야 헛수고임은 빤히 알지만, 아투는 계속해서 머리를 부여잡고서 비토리오를 조용히 만들 방법을 생각했다.

물론 아무리 생각해도 답은 나오지 않았다. 애당초 그런 형편 좋은 방법이 있다면 이미 아투가 실행했을 테니까.

그런 가운데, 트러블은 또다시 날아들었다.

"크, 큰일이에요!"

당황한 모습으로 급히 달려온 것은 에므루였다.

어제 잔뜩 푸념을 들었는데 또 도발당했나? 아투는 그렇게 생각했지만, 그녀가 당황한 모습을 보기에는 아무래도 무언가 문제가 발생한 모양이라고 미간을 찌푸렸다.

"무슨 일입니까? 설마 비토리오가 뭔가?"

"나갔어요……."

"예?"

머리가 이해하기 전에 목소리가 새어나왔다.

"마을을 나가서, 멋대로 어딘가로 가버렸나 봐요!"

"예에?!"

그만 뒤집어진 비명을 터뜨리는 아투.

착각하고 있었다! 그녀는 경악으로 눈을 부릅뜨고, 미처 감출 수 없었던 초조한 심정이 표정으로 드러났다.

비토리오는 항상 그녀의 예상을 웃돈다.

그것도 나쁜 방향으로……. 알고 있었을 터인데도 그만 까맣게 잊고 있었다.

아니, 알고 있었지만 눈을 돌렸던 것이다.

설마 그런 일이 벌어지지는 않으리라고, 희망적 관측을 품고 있었다.

하지만 현실은 비정했다.

뚜껑을 덮고 있던 문제는 당연히 분출되어 주위를 끌어들여서 는 대소동으로 발전한다.

"비토리오는 뭔가 말했습니까! 설마 배반? 이런 타이밍에?!"

무심코 일어섰지만, 일어서도 할 수 있는 일이 아무것도 없었 기에 책상을 후려쳤다.

행복해지는 설화 비토리오라는 영웅은 『Eternal Nations』 안 에서도 무척 특수한 성질을 가진 영웅이다.

그중 하나가 조작이 안 된다는 것이었다.

이 영웅은 국가에 소속되어 있으면서도 플레이어의 지시를 전혀 받아들이지 않는 것이다.

'조작 불가의 영향이 이런 부분에서 나타나다니! 원래부터 남의 이야기를 들을 법한 영웅은 아니었지만, 이걸 방치해 두는 건 너무나도 위험해!'

그 영웅은 지시를 듣지 않는다. 그러고서 자신의 판단에 따라 멋대로 행동하고 멋대로 능력을 구사한다.

그의 성가신 능력은 무수히 존재하지만, 가장 위험한 것은──── 일부 플레이어 커맨드 구사.

구체적으로는 건물 건축이나 유닛 생산, 끝내는 기술 개발이나 도시 설립 등등 『Eternal Nations』에서 지도자가 할 수 있는 거의 모든 행동을 비용도 무시하고 진행하는 것이다.

이 능력은 얼핏 유리하게 여겨지지만, 이것은 사실 무척 위험했다.

일에는 밸런스라는 것이 있다. 순서라는 것이 있다. 취사선택이라는 것이 있다.

국가를 운영하는 지도자가 선택하는 행동은 모든 것이 각자의 이론에 따른 강고한 질서 위에서 성립된다.

그것들이 상호적으로 작용하여 국가 번영과 적국 격파로 이어진다.

뭐든 닥치는 대로 손을 대면 그만이라니, 그저 어린애 주장에 불과하다. 선택해서는 안 되는 선택이라는 것도 존재한다.

그리고 비토리오는 그것들을 무시한다. 무시할 수 있다.

무시하고 제멋대로 한다.

피아 가리지 않고…… 말이다.

즉 그것은 자신들에게 이익이 되기도 하고, 동시에 불이익이 되기도 한다는 사실을 의미한다.

다시 말해서 그가 본인밖에 모를 이론에 따라 능력을 구사할 때마다 마이노그라에 미증유의 불이익을 부를 가능성을 시사하고 있었다.

'타쿠토 님이라면 비토리오를 제어할 수 있었어. 타쿠토 님만큼 저걸 훌륭하게 다루는 플레이어는 『Eternal Nations』에는 달리 존재하지 않았지. 그러니까 저것도 타쿠토 님께 존경심을 품고, 어지간해서는 이상한 짓을 하진 않을 거라 착각했어!'

비토리오는 설정에 따라 책모에 뛰어나다고 여겨진다.

마치 그 설정을 이해하고 이용하듯, 타쿠토는 비토리오의 무질서를 완벽하게 다루었다.

그야말로, 플레이어 이라 타쿠토야말로 비토리오의 진정한 주인이라는 소문이 돌 정도로…….

하지만 그것은…… 무질서와 혼돈을 사랑하는, 책모의 영웅 앞에서는 그다지 의미가 없는 일이었을지도 모른다.

아니다—— 그가 바로 그이기에, 비토리오는 자신의 신념을 따라 행동한 것이다. 혼돈과 무질서야말로 그의 영역이기에.

'비토리오의 능력을 이용하면 국가를 배반하는 것조차 가능! 하지만…… 그러는 목적을 알 수가 없다고요?! 아니, 어쩌면 전혀 다른 목적이 있으니까 대주계에서 나갔다? 그렇다고 해도 그저 트집만 잡을 뿐인 저것에게 어떤 책략이? 대체 타쿠토 님의 쾌차와 어떤 관계가?'

그의 행동은 항상 터무니없고 남이 이해할 수 있는 것이 아니었다.

하지만 『Eternal Nations』의 설정에서 그의 행동은 전부 깊은 통찰력과 지혜, 그리고 크나큰 장난기에서 비롯되었다고 한다.

그 행동을 이해할 수 없는 것은 그 사람이 비토리오가 보는 세계에까지 다다르지 않았다는 증거라고.

'비토리오의 목적을, 전혀 알 수가 없어──.'

아무 생각도 없이 하는 행동이라면 아직은 용납할 수 있었다.

확실하게 생각하고서 하는 행동이기에, 아투는 이렇게까지 초조한 심정을 품은 것이다.

'칫! 우선은 진정해야 해. 모르는 일을 알려고 하는 건 시간 낭비예요. 특히 비토리오에 대한 거라면…….'

자신이 정신을 바짝 차리지 않으면 마이노그라의 앞날은 암초에 부딪힌다.

타쿠토의 도움을 전혀 얻을 수 없는 지금, 아투의 손에 마이노그라의 미래가 맡겨져 있다.

아투는 재빨리 머리를 굴려 자신이 가능한 범위에서 우선 대처에 나섰다.

이럴 때에 필요한 일은 정보 수집. 다른 무엇보다도 세세한 부분에 중대한 힌트가 숨겨져 있다.

"우선은 현재 상황을 정리해야 합니다. 뭐든 괜찮습니다. 무언가 그와 관련된 정보는 있습니까?"

무엇이 비토리오가 이런 행동을 취하도록 만들었는지를 우선은 확인할 필요가 있었다.

초조한 기분을 억누르고, 아투는 정보를 가져온 에므루에게 물었다.

그 영웅의 성격을 생각하면 반드시 자신들에게 무언가 메시지를 남겼다고 생각했으니까.

"아뇨, 그게…… 이런 편지가."

"……편지, 인가요?"

에므루가 주머니에서 편지 한 장을 꺼냈다.

정성껏 접어 놓은 그것은 무언가 컬러풀하게 장식되어서, 얼핏 보면 무슨 소녀가 친구에게 장난삼아서 준비한 편지 같은 모습이었다.

하지만 그 내용이 자신들에게 터무니없는 폭탄이 되리라는 사실만큼은 이해할 수 있었다.

겉모습 그대로의 팬시한 내용은 아닐 것이다. 여하튼 쓴 사람은 저 비토리오니까…….

"일단 볼 수 있겠습니까? 저것이 무슨 생각으로 이런 행동에 나섰는지를 조금이라도 이해할 필요가 있습니다."

"예, 그게…… 보시지 않는 편이 아무래도 좋겠다고 생각하지만요……."

"아뇨, 보겠습니다. 봐야만 하겠죠. 바라는 바는 아니지만……."

에므루의 말에 무심코 뺨이 굳어졌다.

아마도 완전히 이쪽을 바보 취급하는 내용일 것이다. 에므루가 보여주기를 주저할 정도로…….

하지만 비토리오의 의도를 확인해야만 하는 이상, 이 편지를 방치한다는 선택지는 존재하지 않았다.

사실은 지금 당장 불태우고 모든 것을 잊고서 또다시 평상시의 업무로 돌아가고 싶은 참이었지만.

——아투는 조용히 숨을 삼켰다.

과연 비토리오는 정말로 배반했나?

정말로 타쿠토에게 존경심을 가지고 있지 않나?

저 사기와 모략의 영웅이, 무엇을 생각하고 무엇을 남겼는지 각오를 다지고 받아들이기 위해…….

---

삼가 아룁니다.

평안한 봄날, 어찌 지내고 계십니까? 항상 신세를 지고 있습니다. 여러분의 희망, 비토리오입니다.

이번에 이렇게 편지를 드리는 것에는 이유가 있습니다.

사실은 저, 심각한 괴롭힘을 당하고 있습니다.

그 상대는 다름 아닌 마이노그라 여러분.

신인 괴롭히기라고 할까요, 역시 우둔한 여러분은 우수하며 의욕 넘치는 제가 마음이 들지 않는 모양.

그야말로 문장으로 표현할 수 없을 수많은 괴롭힘을 당하고 있었습니다.

가슴은커녕 관찰력도 빈약한 아투 양에게는 아무 일도 벌어지지 않는 것처럼 보였을까요?

아뇨, 저는 굳세게 행동했을 뿐.

마음속으로는 울고 있었던 겁니다.

저는, 울고 있었던 겁니다. (여기 중요)

하지만 울기만 해서는 시작되지 않는 것 또한 사실. 왜냐면 말만 앞서고 아무것도 못 하는 무능한 것들 대신에 타쿠토 님을 구할 수 있는 것은 저 비토리오 말고는 없으니까요…….

힘내라, 나여. 지지 마라, 나여.

그렇기에 저는 여행을 떠나고자 합니다.

자신을 찾는 여행이라고 할까요.

저 자신이 진정한 의미에서 빛날 수 있는 장소를 찾는, 새로운 인생의 첫걸음입니다.

지금의 제게는 그것이 필요한 겁니다.

이러한 이유가 있으니, 지금은 일단 작별의 인사를 드리겠습니다.

그리고 어차피 무능한 아투 양은 배신 따위를 경계하고 있겠지만, 제가 타쿠토 님께 그런 의리 없는 짓을 저지를 일은 절대로 없다고 못을 박아 두겠습니다.

감쪽같이 세뇌당해서 마이노그라를 배신한 빌어먹을 영웅과는 달라서요!!

그럼 이윽고 이 세상을 다스릴 위대한 신 이라 타쿠토 님── 그
분의 유일무이한 심복 비토리오가.

가련하고 초라한 완전 빈유에게, 사랑을 담아서──.

그럼 이만.

---

"이런! 빌어먹을 자시이이이익!"

아투 절규. 동시에 격노.

그녀의 폭발과 함께 나무 책상이 기세 좋게 박살났다.

"꺄아아! 터졌다! 아투 씨가 폭발했어요오오!!"

옆에서 조마조마하게 분위기를 살피던 에므루가 아투의 폭발
에 그만 비명을 터뜨렸다.

여전히 분노가 가라앉지 않는지, 둘이 되어버린 죄 없는 책상
을 몇 번이고 짓밟아서 파괴하는 아투.

그때마다 우직우직 기분 나쁜 소리가 울리고, 그럴수록 마이
노그라에 공헌하던 나무 책상은 보기에도 무참한 모습으로 바뀌
었다.

"지, 진정하십시오, 아투 경! 그 마음은 알겠지만 물건에 푸는
건 좋지 않습니다!"

"그렇습니다! 마음은 이해합니다! 마음은 참으로 이해합니다만
지금은 부디 참아 주시길!"

아투에게 직접 호소하고자 다가온 몰타르 옹과 기아가 황급히

달래려고 했다.

하지만 이제까지 지위 탓에 잔뜩 인내를 강요당하고, 이제 와서 가장 큰 트러블과 도발을 당한 아투에게 그런 말은 아무런 효과가 없었다.

그러기는커녕 소리를 지르면 지를수록 그녀의 분노는 커질 뿐이었다.

"그 변태가! 나를 이렇게까지 깔보고! 다음에 만나면 그 자리에서 처죽여 주겠어!"

"퇴각! 전원 퇴각이다! 말려들기 전에 도망쳐라!"

"서둘러라! 아투 경은 기다려 주지 않는다고!"

노현자와 전사장은 무슨 일인가 당황했지만, 아투의 등에서 특징적인 촉수가 뻗어 나오기 시작한 것을 확인하고는 황급히 비명처럼 소리를 높였다.

그와 동시에 몰타르 옹과 기아의 호령을 들은 이들이 일제히 문으로 밀려들어 도망쳤다.

아투의 분노와 함께 등 뒤에서 뻗어 나온 촉수는 이미 주위의 가구를 모조리 파괴하고, 건물의 구조물에까지 손을 대려 했다.

그럼에도 여전히 아투의 분노는 가라앉지 않았다.

"자자, 우리가 마지막인 거예요. 가요, 언니."

"사탕……."

"젠자아앙! 화가 치밀어어어! 적어도! 적어도 뭘 하는지 정도는 설명하라고! 그보다도 『완전』은 뭔가요 『완전』은! 그건…… 나도, 으, 으으…… 이제 싫어! 그 녀석이랑 같이 일하는 거 싫어! 으아아앙! 타쿠토 니이임!!"

마지막으로 엘프루 자매가 가뿐히 문으로 나가고, 아투는 홀로 남겨졌다.

어떤 의미로 방치당했다고도 할 수 있는 상황에 아투의 분노는 가라앉지 않고, 이번에는 분통이 터진 어린아이처럼 떼를 쓰며, 지금은 의지할 수 없는 주인에게 도움을 청하는 것이었다…….

마이노그라의 도시, 드래곤탄은 표면상으로는 평상시의 일상으로 돌아왔다.

도시의 주민에게 국가가 처한 상황을 상세히 전할 필요도 없으니까 이 평온은 당연했다.

하지만 이것은 도시장이기도 한 유랑 엘프, 안텔리제의 수완에 따른 바가 컸다.

상층부가 지금 혼란에 빠진 상태이기에 마이노그라 휘하 몬스터의 지원은 한정적이지만 그럼에도 주민들이 밤낮으로 열심히 도시 개선에 나서서, 드래곤탄만 본다면 거리에는 분명히 활기가 있었다.

그런 어느 날. 습기를 머금은 미지근한 바람이 거리로 불어 묘하게 들러붙는 날이었다.

남편은 도망가고 여자 홀로 딸을 기르는 지극히 평범한 거리의 주민 집에, 해도 기울어갈 무렵에 방문자가 찾아온 것이었다.

조심스러운 똑똑 노크 소리에 고양이 수인인 어머니는 요리에서 손을 뗄 수 없는 자신을 대신해서 대응해 달라며, 네 살이 된 어린 딸에게 말을 건넸다.

"어머? 손님일까? 토토, 미안한데 좀 나가보겠니?"

"예~!"

활기찬 대답과 함께 고양이 귀와 꼬리를 파닥파닥 흔들었다.

어린 딸은 타다닥 문으로 달려가, 발돋움을 하며 손을 뻗었다.

"누구세요~?"

이곳 드래곤탄은 마이노그라의 지배 아래에 있다.

폰카븐의 도시였던 옛날과 달리, 현재 이곳에서는 브레인 이터나 도시의 자경단이 엄중하게 경비를 하고 있기에 도둑이나 범죄자 따위는 흔적도 없었다.

그래서 이렇듯이 경계심도 없이 대응하더라도 별반 문제는 없지만, 그건 그렇고 과연 이런 시간에 방문하다니 누구일까? 그다지 교우 관계도 넓지 않아서, 고개를 갸웃거리며 문으로 시선을 향하는 어머니.

그리고 딸의 손이 천천히 문을 열고…….

"아안~녕, 하아~십니, 까아~!"

불쑥, 명백하게 수상쩍은 인물이 얼굴을 내밀었다.

"히엑!"

기묘한 치장의 상의에 부자연스럽게 가늘고 긴 팔다리.

그리고 그의 얼굴에 떠 있는 사기꾼 같은 미소.

수인 소녀 토토는 그만 엉덩방아를 찧고 멍한 표정으로 그 괴인을 바라봤다.

"저, 저기…… 무슨 용건이실까요?"

수상쩍은 인물의 갑작스러운 방문에 어머니는 당황했지만, 다소 냉정함이 남아 있었는지 딸에게 달려가서 재빨리 등 뒤로 아이를 숨겼다.

그 모습을 빠안히 핥듯이 바라보는 남자는, 그대로 스르륵 문을 통해 집으로 들어와──.

"당신은 지금, 행복하십니까아~?"

──비토리오는 히죽히죽 꺼림칙한 미소를 짓는 것이었다.

## 🎭 행복해지는 설화 비토리오

특수 유닛

전투력: 0  이동력: 3

《사악》《영웅》《광신》《선동》《세뇌》
《설득》《협박》《설법》《절복》《선교》
《파괴 공작》《마력 오염》《문화 쇠퇴》
《분서》《사기》《통화 위조》《스파이》
《은밀》《위장》《잠복》《도주》

※ 이 유닛은 조작할 수 없다.

※ 이 유닛은 전투에 참가할 수 없다.

※ 이 유닛은 일부 지도자 커맨드를 사용한다.

※ 이 유닛은——

### 해설

**~입에서 넘쳐 나오는 설화의 말은,**

**결코 누구도 이해하지 못하고~**

비토리오는 마이노그라의 영웅 유닛입니다.
이 특수한 유닛은 모든 영웅 가운데 가장 이상한 능력을 지녔고, 기본적으로 플레이어가 조작할 수는 없습니다.
또한 이 유닛은 보유한 능력에 더해서 일부 지도자 커맨드 사용이 가능하고, 고유 AI의 판단에 따라 그것을 구사합니다.
그 결과는 플레이어에게 유리하게 작동하기도 불리하게 작동하기도 하지만, 비용을 무시하고 능력을 사용할 수 있기에 제대로 쓸 수만 있다면 강력한 영웅입니다.

마이노그라의 도시 드래곤탄에서는 최근에 기묘한 광경을 볼 수 있게 되었다.

이질적이고 기이한 의상을 입은 괴인 남자에게 이끌려 다니는 집단이 그것이었다.

"자아! 여러분! 그럼, 여기서 다시 한번 묻도록 하죠~! 세계에서 가장 머리가 좋고 멋있는 신…… 그건~?"

""""위대한 신 이라 타쿠토 님!!""""

"구웃!!"

남자의 구령에 집단이 일제히 대답했다.

그 일사불란한 모습은 기이하게 여겨지고, 남녀노소 불문하는 그 구성은 일종의 광기조차 느껴졌다.

그들의 눈동자는 어딘가 황홀감에 차있지만, 번쩍번쩍 어두운 빛이 다른 이들을 끊임없이 압도했다.

집단은 남자를 둘러싸듯이 모여서 그의 일거수일투족을 눈에 새기겠다는 듯 묘한 집중력을 발휘하고 있었다.

바로 그 모습이야말로 남자가 바라는 것이리라.

어디라도 들릴 목소리는 꺼림칙할 정도로 집단을 지배하고 있다.

"그럼, 이 세상에서 가장 강하고 훌륭한 신은~~?"

""""위대한 신 이라 타쿠토 님!!""""

"나이스으으으!!"

누가 선창하는 것도 아닌데 일사불란한 대답의 합창.

집단 밖에서는 무슨 일이냐며 의아하다는 표정으로 상황을 살피는 주민도 있지만, 굳이 따지자면 엮이고 싶지는 않다는 듯이 다들 총총히 그 자리를 뒤로했다.

물론 예의 집단은 그런 사람들을 신경 쓰는 기색은 전혀 없었다.

그들의 시선이 향한 곳은 단 한 사람.

그 남자의 이름은 비토리오.

행복해지는 설화라는 이명을 가진, 어엿한 마이노그라의 영웅이었다.

"더 크게, 더 크게! 신을 칭송하죠! 이라 타쿠토 님을 경배하죠! 유일무이! 만부부당! 덕고망중(德高望重)! 수외혜중(秀外惠中)! 제육정식! 연중무휴! 우리의 신 이라 타쿠토 님을!!"

""""ㅇㅇㅇㅇㅇㅇㅇㅇ!!""""

"꺄아아아!"

사람들이 터뜨리는 환희의 파도. 그들의 가장 앞 열에서는 고양이 수인 모녀가 함께 함성을 터뜨리고 있었다.

유난히 광신적이고, 유난히 광기 어린 두 사람이었다.

어디에나 있을 법한 이 모녀조차 이런 지경인 것이다.

그들이 보고 있는 공동 환상은 틀림없이 그들에게 무엇보다도 멋지고, 무엇보다도 기분 좋고, 그리고 무엇보다도 고귀한 것이리라.

환호성은 멈추지 않았다. 오히려 그것은 점점 열기를 드리우며 커지고 있었다.

그들에게는 보이는 것이리라. 그 시선 앞에, 사랑하고 경배하는 존재가.

기도와도 닮은 환호성이 끊임없이 이어졌다.

그 광경은 열광적이고, 환상적이고, 비현실적이고, 또 어딘가 이상해서…….

마치 우상을 숭배하는 것 같기도 했다.

"으음~! 좋은 느낌입니다! 여러분의 성원은, 반드시 신께 닿고, 축제의 날에 열매를 맺을 테죠! 반드시!!"

""""오오오오오오!!""""

비토리오의 말에 집단의 열광은 최고조에 다다랐다.

도시 중심부에 위치한 길 한 모퉁이를 당당히 점거하고 벌이는 소동이었지만, 이미 제정신인 주민은 모두 떠나고 길가의 가게도 모조리 폐점, 본래라면 가장 먼저 뛰어올 위병조차 시선을 피하며 모르는 척하는 꼴이었다.

"이라 타쿠토! 이라 타쿠토! 우리의 왕! 우리의 지도자! 위대한 신!"

""""와아아아아아아아!!""""

열광이 최고조에 달하며 더는 참을 수 없었을까.

비토리오의 인도를 따르던 집단은 어딘가를 향해 천천히 행진하기 시작했다.

어디로 가려는 것인가? 신앙의 열기에 들뜬 그들 본인조차 그것은 정하지 않았을지도 모른다.

단 하나 알 수 있는 것은…….

틀림없이 그들이 가는 곳곳에서 같은 일을 한다는 것이었다.

신에게 기도를 올리고, 사랑을 이야기하고.

그 규모를 점점 더 키우며.

광기 어린 집단은 마치 거친 파도같이.

아직 그들을 모르는 가련한 사람들에게, 가르침을 설복한다…….

그 광경을 시청사의 자기 방 창문을 통해 말없이 바라보고, 드래곤탄 도시장인 안텔리제 안티크는 무언가 생각에 잠긴 표정을 짓고 있었다.

"저건…… 뭘까요?"

창문으로 내려다보는 그녀 옆에는 멍한 표정으로 함께 그 광경을 바라보는 한 문관.

전직 위병이자 최근에는 전속 비서로서 수완을 발휘하고 있는 수인이 건넨 지극히 지당한 물음에, 시선을 옮긴 안텔리제는 한순간 어깨를 으쓱이며 무어라 표현하기 힘든 안색을 드러냈다.

"새로운 영웅……이라고 해. 꽤나 이상한 분이네."

비토리오의 정보는 이미 안텔리제에게 전해졌다.

그녀가 직접 대화를 나눈 적이 있는 영웅은 아투 단 하나.

그 인상이 강한 탓인지, 비토리오라는 새로운 영웅이 현재진행형으로 벌이는 소동을 받아들이기에는 적잖이 마음의 정리가 필요했다.

그녀의 표정은 그런 복잡한 속마음을 드러내는 것이라고 할 수 있으리라.

"허어, 그건 또 참으로. 하지만 새로운 종교……일까요. 안텔리제 도시장, 잘도 허가하셨군요?"

드래곤탄에는 토착 종교가 존재한다.

그것은 원래 소속 국가였던 폰카븐에서 대대로 이어진, 선조령을 믿는 원시적인 종교다.

본래라면 종교를 넓힌다면 수많은 이해관계나 문제가 발생하니까 위정자에게는 신중한 판단이 요구된다.

하지만 이번 일은 그런 신중하며 충분한 검토를 모조리 뛰어넘는 모양새로 예외적으로 진행되었다.

"뭐, 딱히 부정할 일도 아니고, 그런 부분은 개인의 자유라서 다들 엄하지 않으니까. 게다가 여긴 마이노그라인걸."

사실 처음부터 허가를 내리지는 않았다.

예의 영웅이 어느샌가 멋대로 진행하고 멋대로 시작한 일이었다.

물론 안텔리제도 황급히 비토리오를 불러내어 사태 설명과 활동의 즉각 정지를 요청했지만…….

정신이 들자 그의 말에 넘어간 끝에, 허가까지 내렸다는 것이 일의 전말이었다.

"본국에서는 뭐라고 합니까?"

"일단 상황을 보고 싶대. 저쪽도 버거운 모양이야. 상세한 보고만큼은 하도록 꽤나 **빡빡**하게 굴더라고."

안텔리제도 어쨌든 도시장의 지위를 받은 중요 인물이다.

자화자찬이지만, 자신을 뛰어난 인물이라 객관적인 시선으로 인식하고 있었다.

그렇기에 그만큼 간단히 넘어갔다는 사실에 강렬한 위화감을 품고 있었다.

서둘러 본국의 아투에게 연락을 취했더니 어쩔 수 없다는 분위기로 추인되는 결말이었다.

비토리오의 형편에 맞는 전개가 반쯤 억지로 만들어지는 인상을 씻을 수가 없었다.

"허어, 그렇군요……. 아, 이야기가 너무 길었군요. 무언가 따로 해야 할 일은 있겠습니까?"

"아니, 딱히 없어."

"알겠습니다. 그럼 실례하겠습니다."

"응~, 고마워. 그럼~~."

달칵, 조용히 문이 닫혔다.

"——상황을 본다기보다, 상대할 여유가 없다는 편이 옳을지도 모르겠지만 말이지."

비서가 떠난 방에서 안텔리제는 혼잣말했다.

결코 들려줄 수 없는, 들려줘서는 안 되는 말이었다. 현재 마이노그라에는 상층부만이 알고 있어야 하는 문제가 존재한다.

하지만 그보다도 지금은 눈앞의 걱정거리로 마음이 쏠렸다.

홀로 남은 방에서 당당히 술을 컵에 따르며 안텔리제는 깊은 생각에 잠겼다.

'하지만…… 이상한 짓을 하는구나. 애당초 마이노그라의 주민은 다들 이라 타쿠토 왕을 숭배하는 감정을 품고 있어. 그걸 굳이

종교로 떨어뜨려서 성립시키는 의미는 어디에 있을까?'

마이노그라의 주민이 된 사람은 모두가 예외 없이 왕에 대한 충성이 이식된다.

그것은 나날이 강해지고, 그의 위엄과 하루하루의 평화로운 삶으로 강고하게 변화한다.

안텔리제도 처음에는 그렇게나 두려워하던 왕을 상대로, 지금은 그 어떤 공포의 감정도 품지 않는 것이었다.

뭐, 긴장은 하지만…… 그것은 굳이 따지자면 위대한 존재를 앞에 두었을 때의 감정이다.

순도 높은 이 충성심은 물론 도시에 사는 사람들도 마찬가지일 터.

컵을 쭉 들이키자 강렬한 주정이 목을 태우고 위로 미끄러져 들어갔다.

창밖에서 흘러드는 환호성을 술안주로 삼으며, 타쿠토에게 직접 받은 술의 맛에 빠져들었다.

'아투 씨한테 설명은 들었는데, 그 영웅── 비토리오 경은 책모에 뛰어나다고. 그럼 이 행위에 의미가 없을 리가 없겠지만…….'

얼핏 헛수고로 보이는 행위다.

도시의 주민을 아무리 신도로 만들어 봐야 결국 마찬가지. 종교가 외부로 퍼지도록 꾀하는 것일까? 그렇다면 납득은 가지만 조금 치졸하게 느껴졌다.

퀼리아에서는 성인 아로스를 핵심으로 하는 성교를 믿고, 폰카븐에도 토착 종교가 존재한다.

드래곤탄의 주민은 이라 타쿠토 왕을 향한 충성심이 있으니까 쉽게 받아들였지만 다른 나라에서는 이렇게 되지도 않을 터.

그러기는커녕 경우에 따라서 금교로 지정될 수도 있다. 오히려 퀼리아나 엘 나 같은 종교 국가가 대책에 나설 것은 불을 보듯 뻔했다.

이 땅에서 종교를 일으킬 이유를 전혀 이해할 수 없었다.

본래라면 필요 없는 일이다. 덧붙여서 헛수고이기도 하다.

'뭐, 내가 종교가 가진 힘을 모두 아는 것도 아니고. 어쩌면 의외의 이유가 있을지도 모르니까 말이야. 그렇다고 하더라도 차례차례…… 정말이지, 성가신 일은 끼리끼리 몰려다니는 습성이라도 있는 걸까?'

한숨을 내쉬었다. 술의 취기만이 이런 절박한 상황 아래의 유일한 위로였다.

본국, 그러니까 대주계에 있는 마이노그라의 본거지에서 아투랑 다크 엘프가 이번 비토리오의 행동에 대해 어떻게 판단하고 있을지는 아직 알 수 없다.

적어도 아투와 편지로 대화를 나눈 느낌으로는, 혼란에 버거워한다는 것은 분명했다.

마이노그라를 괴롭히는 걱정거리는 그것만이 아니었다.

폰카븐과의 교섭이나 대화도 계속해야만 하고, 현재의 국가 정세를 생각하면 양국의 전력을 강화하는 것이 급선무였다.

일단…… 지금은 북쪽도 동쪽도, 그리고 남쪽도 잠잠했다.

하지만 언제 또다시 야심을 가진 자들이 나타날지 알 수 없다.

그때…… 과연 현재 마이노그라의 상황에서 대처가 가능한가?
일개 도시를 다스리는 이로서는 적잖이 과분한 정보와 일개 도시
를 다스리기에는 차고 넘치는 지식이 안텔리제를 절망적인 기분
으로 만들었다.

'무엇보다도 다름 아닌 이라 타쿠토 왕이 원인 불명의 기억 상
실로 와병 중이라는 게 가장 큰 문제야.'

아투 탈환 성공과 레네아 신광국 격파라는 낭보를 들은 뒤에 특
대급의 폭탄을 전달받은 안텔리제의 위장이, 스트레스성 위산 과
다로 망가지지 않은 것은 불행 중의 다행이리라.

이후로 부하들 앞에서도 평정을 지키고, 사실을 전적으로 숨기
고 정보 누설을 저지할 수 있었던 것도 불행 중의 다행이다.

다만 어디까지나 거대하고 전모를 미처 알 수 없는 크나큰 불
행 가운데, 아주 작은 다행이지만.

'하아…… 좀 더 편하게 지낼 수 있겠다고 생각했는데. 어쩌면
이 세계는, 내가 생각하는 것보다도 몇 배나 위험한 걸까? 알고
싶지 않은 사실이었어.'

생각하면 할수록 절망에 빠지는 심정으로, 그만 술을 마시는
속도도 빨라졌다.

그렇지만 말이다.

그녀는 의식을 전환했다.

이대로 술주정이나 해봐야 아무것도 시작되지 않는다. 그리고
자신은 썩어도 드래곤탄의 도시장이다.

할 수 있는 일이 조금이라도 남아 있다면 발버둥 쳐야 하는 법.

어떻게든 발버둥 치겠다.

안텔리제는 컵의 내용물을 기세 좋게 흘려 넘기고, 타는 듯한 목의 열기와 함께 일어섰다.

"좋아! 누구 있어? 이봐―!"

그렇기에 결단했다.

그와 동시에 바로 사람을 불렀다. 떠올랐다면 즉시 실행.

이런 높은 행동력이 안텔리제가 우수하다고 평가받는 요소 중 하나이기도 했다.

다만 이따금 게으름을 피운다는 나쁜 방향으로 발휘되기도 했지만…….

"그렇게 큰 소리로 안 부르셔도 들린다고요, 도시장. 정말이지, 용건이 있다면 아까 한꺼번에 마쳤으면 될 텐데……."

"시끄럽네―. 지금 떠올랐다고, 지금!"

하지만 기분파 같은 구석이 있는 안텔리제와 달리 부하는 게으름을 몰랐다.

그녀가 말을 건네자 금세 대답이 돌아오고, 조금 전에 나간 비서가 고개를 절레절레 내저으면서도 나타났다.

"그래서, 무슨 일입니까?"

"응―, 말이랑 호위를 좀 준비해 주겠어?"

"어라? 어디로?"

비서가 의아하다는 표정으로 행선지를 물었다.

평소라면 또 게으름 피울 생각인가? 그런 잔소리 하나라도 날아오겠지만, 이번에는 제대로 목적이 있는 외출이라 헤아렸을 것이다.

말하지 않아도 헤아리는 사람은 비서로서 유능하다. 자신 안에 있는 의문을 숨기지 않고 던지는 점도 어우러져서, 무척 유능한 부하를 길러냈다며 만족스럽게 끄덕였다.

"대주계. 본국에서 직접 아투 씨와 논의하고 싶은 게 있거든."

"굳이 본국까지 간다니, 뭔가 문제라도 있었습니까?"

"아니, 그냥——."

거기까지 대답하다가 퍼뜩 입을 다물었다.

이 이상 말하진 않아도 되고, 이 이상은 그가 알아서는 안 된다.

생각이 표정으로 드러났는지 비서 남자는 "알겠습니다. 바로 준비하겠습니다"라고 대답하더니 조용히 머리를 숙이고 그대로 물러났다.

그 뒷모습을 바라보며 다시금 좋은 부하라고 그 배려에 내심 감사했다.

그러면 혹시 이제까지의 태도나 대화에서 이미 어느 정도 상황을 헤아렸을지도 모르지만…….

『아무도 이름을 모르는 종교』…… 말이지. 통칭은 있는 모양이지만, 대체 어떤 의도가 있는 걸까?'

비토리오가 이 도시에 오고 아직 사흘 정도밖에 안 지났다.

그럼에도 불구하고 신자의 숫자는 이상한 기세로 늘어나고 있었다.

지금은 아직 기묘한 사람들의 모임에 불과한 그들이 이 이상 늘어난다면.

가령 포교의 손길이 마이노그라만이 아니라 다른 나라로 뻗어나가기 시작한다면.

그녀의 예상을 넘어서, 이 도시와 마찬가지로 포교가 성공한다면…….

아마도 대륙 전체를 끌어들이는 혼란이 벌어진다.

걱정은 이미 확신에 가까운 것으로 변하고 있었다.

SYSTEM MESSAGE

드래곤탄에서 종교가 설립되었습니다.

~~ 사교 이라 ~~

위대한 신 이라 타쿠토를 찬양하라! 영원불멸의 절대신을!
그 앞에 신은 없고 그 뒤에 신은 없다.
유일무이한 그 이름을 찬양하라!
다가올 축제의 날에 대비해서 한결같이 기도를 바치는 것이다!

OK

# 제4화 복귀

영웅이니까, 마녀니까…….

그래서 마음도 몸과 마찬가지로 강인하다, 라는 생각은 살짝 틀렸다.

그들도 다른 이들과 마찬가지로 마음을 가진 존재다.

물론 타인과 동떨어진 정신성을 가진 부분은 있지만 그럼에도 완전하고 완벽하게 자기 완결되어 상처 하나 받지 않는 존재는 아니다.

그것은 《오니의 아투》라 불리는 영웅 역시도 마찬가지였다.

"타쿠토 님…… 기분은 어떠실까요?"

타쿠토와 함께 마이노그라로 돌아온 그날부터 그녀는 틈만 나면 이렇게 자신의 주인이 쉬는 방으로 찾아왔다.

타쿠토의 얼굴을 보지 않으면 진정이 안 된다는 이유도 있었고, 애당초 그녀는 타쿠토 제일주의니까 그가 건강하던 무렵부터 옆에 있었다는 이유도 있었다.

특히 최근에는 비토리오 일로 속앓이가 그치지를 않는 것이다.

전날도 긴급하게 방문한 안텔리제로부터 이라교라는 종교 발족과 그들의 이상한 행동에 대한 보고를 받은 참이다.

완전히 선수를 빼앗기고 있다는 것은 이해하지만, 그렇다고 해서 곧바로 대책을 취할 수 있을 리도 없다.

상황을 보겠다는 애매한 대답만 들은 안텔리제에게는 참으로

면목이 없지만, 아투로서도 한계에 다다른 실정이었다.

그렇기에 그녀에게 일과가 된 이 시간만이 유일한 위안이었다.

물론 타쿠토는 현재 스스로를 잃고, 의식도 분명치 않았다.

하지만 당초의 동요에서 벗어나서…… 오히려 지금은 산더미처럼 발생하는 문제에 고민하는 그녀에게는, 타쿠토의 상황을 확인하는 것에 더해서 또 다른 목적이 있는 듯했다.

"아아아~~. 일하기 싫어요, 타쿠토 님……. 머리를 쓰는 일은 이렇게나 피곤한 거군요. 항상 훌륭한 전략을 생각하는 타쿠토 님은 정말로 굉장해요."

타쿠토가 쉬는 침대로 휙 다이빙해서 데굴데굴 굴렀다.

왕 전용 침대라서 그야말로 킹사이즈를 넘는 크기인 것이 다행이었다.

일반적인 1인용 침대와 다르게, 소녀 하나 정도라면 뛰어들어서 굴러다녀도 자고 있는 주인에게 영향은 없으니까.

다만 보통 그런 칠칠치 못한 행위, 도저히 할 수 없을 테고 할 생각도 없다.

하지만 타쿠토의 기억과 의식이 애매한 지금, 아투는 조금 대담해졌다.

그렇다, 그녀는 타쿠토의 컨디션을 확인한다는 명목 아래, 누구에게도 거리낌 없이 타쿠토 성분을 즐기는 것이었다.

"그건 그렇고 저 사기꾼! 대체 무슨 생각인지……. 타쿠토 님을 찬양하는 종교라니 감탄했지만, 하지만 그 전에 할 일이 있을 텐데."

영웅들이── 아니, 마이노그라에 사는 모든 존재가 현재 가장 주력해야 할 일은 타쿠토의 부활에 기여하는 것이다.

아투도 무언가 자신이 할 수 있는 일은 없느냐며 필사적으로 생각하고 있었다.

비토리오의 행동은 목적이 불명이기도 해서 우선순위를 그르친 것 같다는 생각이 그치지를 않았다.

"조만간에 힐문해야 한다니 너무너무 우울해요. 이렇게 되면 타쿠토 님 기운을 보급해서 이 분노를 억누를 수밖에 없겠네요. 스읍…… 하아. 으──응, 타쿠토 님의 냄새 진정되네. 이대로 자버리고 싶을 정도예요……."

아무도── 타쿠토 본인조차 보고 있지 않으니까 그야말로 제멋대로 구는 아투.

침대 시트에 얼굴을 파묻고는 있는 힘껏 심호흡하며 주인의 향기를 즐겼다.

그녀는 그대로 몇 분 정도 음미하다가 꿈의 세계로 들어갈 뻔했지만, 퍼뜩 무언가 떠오른 듯 기세 좋게 시트에서 얼굴을 들었다.

"하지만 그건 안 돼요! 제가 없다면 마이노그라는 이대로는 멸망해 버려요. 그뿐만 아니라 저 변태 사기꾼한테 제멋대로 휘둘리는 사유물이 되어, 뭔가 영문 모를 유쾌한 나라가 되어버리겠죠! 그걸 막을 수 있는 건, 타쿠토 님의 진정한 심복인 저 아투뿐이에요!!"

콧김과 함께 충분한 기합으로 기염을 토하며 스스로 질타했다.

아직 해야 하는 일은 많다. 타쿠토와의 평온한 한때로 충분히 휴식은 취했다.

이제는 그저 노력할 시간이다. 마이노그라의 상황은 결코 낙관시할 수 없고, 그녀의 분전이야말로 미래로의 인도가 될 터이기에.

의식을 다잡고 마지막으로 경애하는 주인의 얼굴을 기억에 새기고자 아투는 타쿠토를 다시 돌아봤다.

"제 노력에 모든 게 걸려 있어요. 그렇죠—, 타쿠토 님~!"

하지만…….

"——그, 그러네…… 아투."

"——예?"

무어라 말할 수 없는 쓴웃음을 머금은 타쿠토와 눈이 마주쳤다.

"아, 어? 어, 저기, 아으아."

곤혹과 혼란이 아투를 지배했다.

잘못 본 것도, 기분 탓도 아니다. 아투의 망상도 환각도 아니다.

의식과 지혜를 겸비한 그 눈동자는 분명히 타쿠토의 눈이고, 자신의 침대에서 태만을 누리는 아투를 조금 곤혹스러운 표정으로 바라보는 그 모습은 그야말로 그녀가 계속 바라던 것이다.

"안녕, 걱정을 끼쳤네."

그 말에 아투는 간신히 조금 전 자신의 추태를 떠올리고 얼굴을 새빨갛게 물들였다.

허둥지둥 황급히 변명을 떠들어 대려고 했지만, 이어서 타쿠토의 의식이 확실히 돌아왔다는 사실에 환희의 표정을 지었다.

그리고 최종적으로——.

글썽글썽 눈에 눈물을 잔뜩 머금고…….

"비토리오가 절 괴롭혀요오오오!!"

"아, 아하하하하…….."

이제까지 팽팽히 당겨져 있던 것이 터지듯이 타쿠토에게 울며 매달렸다.

힘든 일이 너무 많으면 정신이 자신을 지키기 위해서 유아 퇴행한다고는 들었는데, 지금 아투를 보기에는 아무래도 비슷한 상황에 빠진 듯했다.

제아무리 타쿠토라도 아무 말도 못 했다.

의식이 돌아온 직후에 이래서야 그도 혼란스러울 뿐이었다.

──타쿠토는 마이노그라의 영웅답지 않은 아투의 모습에 무어라 형용할 수 없는 표정으로 웃을 수밖에 없었다.

………

……

…

칭얼거리는 아투를 달래어 어떻게든 기분을 풀었다.

타쿠토를 위한 일이라고는 해도, 비토리오를 소환한다는 결단은 그녀에게 참기 힘들었나 보다.

달래는 타쿠토도 어떻게 대응하면 좋을지 몰라서 시종일관 곤란하다는 표정이었지만, 그 와중에도 아투와의 재회를 기뻐하는 감정은 볼 수 있었다.

시간으로 따지면 몇 분이었을까. 간신히 진정된 아투는 퍼뜩 놀라서 타쿠토를 확인했다.

"타쿠토 님! 몸 상태는 괜찮으신가요?! 그게…… 또 이제까지 같은 상태가 되어버리시진 않을지 저는……."

재회의 기쁨으로 한동안 잊고 있었지만 지금 마이노그라에서 가장 중요한 사항이 타쿠토의 상태였다.

현재는 기억을 완전히 되찾아 건강한 모습을 보여주고 있었다.

하지만 또 갑자기 자신을 망각하는 것은 아닌가 하는 두려움이 아투에게는 있었다.

무슨 원인으로 타쿠토가 기억을 잃었는지도 불명, 그리고 무슨 이유로 그가 기억을 되찾았는지도 역시나 불명.

타쿠토의 안부를 걱정하는 것은 종자로서 당연한 태도이자 가장 중시하는 부분이다.

"응, 안심해. 그건 괜찮아. 뭐, 문제는 좀 남아 있지만, 이제까지 같은 상황에 되지는 않을 거야. 그보다 내 기억이 없는 동안에 무슨 일이 있었는지 가르쳐 주겠어?"

"…………그런가요, 알겠어요. 그럼 이제까지 있었던 일과 벌어진 일, 전부 이야기해 드릴게요. 나의 왕이여."

조금 신경 쓰이는 점은 있었지만, 아투는 그 기분을 억누르고 그가 요청하는 대로 보고를 진행하기로 했다.

평소 타쿠토는 다정한 부분이 눈에 띄지만, 그러면서도 완고하다. 그가 괜찮다고 한 이상 끈덕지게 물어봤자 얼버무릴 뿐이리라.

무언가 있다는 것은 틀림없지만, 아투와 타쿠토는 이런저런 의미에서 오래 알고 지냈다. 그만큼 말하지 않더라도 이해할 수 있는 관계성이 두 사람에게는 존재했다.

그래서 아투는 자신의 걱정을 일단 잊기로 하고, 이제부터 진행하는 보고에 일체의 빠지는 내용이 없도록 세심한 주의를 기울이며 기억을 일깨웠다.

이제까지 그녀와 마이노그라에 벌어진 일을…….

우선은 타쿠토가 기억을 잃은 다음부터의 행동을.

이어서 비토리오를 소환한 뒤로 그가 갑자기 실종될 때까지의 대략적인 행동을.

평온한 표정으로, 마지막 이야기만 조금 진지한 분위기로…… 타쿠토는 계속 아투의 이야기를 들었다. 이따금 살짝 시선을 돌려서 생각하는 모습을 드러냈지만 대체로 평소의 그가 전략을 생각할 때와 같은 태도였다.

이윽고 그는 천천히 침대에서 일어나더니, 으─응 기지개를 켜며 몸을 풀고 이야기를 시작했다.

"그건 그렇고. 그런가, 비토리오…… 예상대로일까."

그 말에 아투는 모든 것을 이해했다.

지금의 상황은 이미 타쿠토의 손바닥 위, 비토리오가 소환된 것도 타쿠토 안에서는 예상의 범주이자 작전의 일환이었다는 것을.

"서, 설마 제가 비토리오에게 조력을 요청할 것을 예상하셨던 건가요?"

"응, 예상하던 몇 가지 플랜 중 하나로 말이지. 아투에게는 힘든 결단이었지? 고마워."

"아, 아뇨 전혀요!"

85

양손을 붕붕 흔들며 허둥지둥 대답을 했다.

'고마워'—— 그 말만으로 아투는 이제까지의 노고가 보상을 받은 기분이었다.

그렇게까지 분노와 마음고생으로 가득한 나날은 전에 없었다. 하지만 그것들이 모두 이제는 행복과 기쁨의 조미료에 불과했다.

아투 안에서 타쿠토에 대한 경애의 마음이 이제까지 이상으로 커져갔다.

자신이 물러나지 않을 각오로 내린 결단도, 그만큼 의문스럽게 생각했던 비토리오의 행동도 모두 이미 계산된 일이었다.

모든 것은 결과가 이야기한다.

타쿠토의 부활이라는, 부정하기 힘든 결과가.

과연 비토리오가 어떠한 수단을 사용했는지는 현재 불명이다.

자신으로서는 도저히 추측할 수 없는 복잡하게 뒤얽힌 지모 끝에 타쿠토는 부활을 이룬 것이리라.

분하지만 그 기적을 만든 비토리오의 지혜는 진짜.

하지만 무엇보다도…… 심원한 신산귀모의 권화인 저 어둠의 사기꾼조차 자신의 책략 안으로 끌어들인 타쿠토의 끝없는 지모!

아투의 마음은 점점 고양되고, 기쁨과 행복, 그리고 흥분으로 최고조에 다다랐다.

이미 승리 확정.

이제는 제멋대로 구는 사기꾼을 이 자리로 불러내서 이제까지의 무례를 타쿠토가 엄하게 질책하는 것이다.

타쿠토가 비토리오를 질책하는 자리 옆에서 드높이 웃는 자신을 그리며, 아투는 모두 타쿠토의 예상 그대로 진행된다는 사실에 환희했다.

'조금 전까지 그게 만든 웃기지도 않은 종교로 고민했던 게 거짓말 같아요! 아무래도 정식 명칭이 불명인 건 불편하니까 공적으로는 『사교』라고 통하고 있지만…….'

아투는 잔뜩 들떠서는 두근두근했다.

눈동자는 반짝반짝, 기쁜 나머지 어린아이처럼 팔짝팔짝 그 자리에서 뛰어올랐다.

모두 눈앞에 있는 타쿠토의 뇌리에 떠오른 수만 가지 작전 중 하나이고, 그가 선보이는 예술적인 수준의 지휘로 만사가 최선으로 진행되고 있으니까.

"역시 타쿠토 님! 타쿠토 님 굉장해요! 그 상황에서 부활할 방법을 이미 세우셨다니! 저 아투는 생각도 미치지 못했던 『Eternal Nations』세계 랭킹 1위의 실력, 아투는 감탄했어요!"

"하하핫, 너무 추켜세우는 거야, 아투. 실제로 위험했다는 건 분명하니까. …… 게다가 비토리오의 손을 빌리게 되어버리기도 했고."

"하지만 그것조차도 타쿠토 님의 예정 그대로였잖아요? 지긋지긋한 사기꾼이지만 이렇게나 멋들어지게 타쿠토 님의 손바닥 위에서 춤을 추다니 오히려 우스꽝스럽네요! 타쿠토 님을 신으로 삼은 종교를 만들어서 밤낮으로 이상한 종교 행사를 시작했을 때는 역시나 불안했지만, 설마 그것도 책략의 일환이었다니!"

흥분한 나머지 빠른 말투로 떠들어 댔다. 다름 아닌 타쿠토. 비토리오의 이 행동도 예상한 범위 안이고, 당연히 그는 긍정할 것이라고 생각했다.

하지만…….

"어? 잠깐만. 그 녀석, 뭘 하는 거야?"

"……예?!"

진지한 표정의 타쿠토에게 농담의 분위기는 전혀 없었다.

그 말에 한순간 놀란 아투도, 그의 말을 어떻게 판단해야 할지 곤혹스러웠다.

하지만 평소부터 전략에서는 동요하는 경우가 거의 없는 타쿠토가 이다지도 어색한 미소를 지으며 확신에 이르렀다.

침묵은 두 사람이 냉정하게 일을 되새김질하기에 충분한 시간을 주었다.

그러고서…….

"혹시 이거 위험한 거 아닐까…….."

아투와 타쿠토. 긴 이별과 고난을 넘어 재회를 이룬 이 주종의 뇌리에 스친 말은 기묘하게도 같아서…….

아직 비토리오가 어떠한 책략을 사용한 것인지, 아는 이는 없었다.

# 제5화 지휘

기적과도 같은, 기묘하고 갑작스러운 부활극이 끝난 뒤의 이야기.

아니, 지금부터야말로 시작이라고도 할 수 있을 것이다.

대주계에서는 타쿠토의 부활이 금세 알려지고, 사정을 아는 이들은 앞다투어 【궁전】으로 달려와서 그 쾌거를 저마다 축하했다.

마이노그라 왕의 부활.

모두가 진심으로 바라던 일이자, 그를 위해 수많은 수단이나 방법을 모색했음에도 전혀 회복의 징조가 보이지 않았던 난제이기도 했다.

그 부활은 그야말로 기적의 현현처럼 여겨졌다.

"왕이시여! 몸은 이제 괜찮으신 겁니까?!"

"아아, 이제 괜찮아. 걱정 끼쳤네."

마이노그라 궁전. 알현실.

이 자리에서 마지막으로 대화를 나누었던 것은 과연 언제였던가? 오랜만에 주요 부하들이 전원 집합한 알현실에서는, 다크 엘프들의 환희 때문인지 일종의 고양된 분위기 같은 것이 배어 나오고 있었다.

"왕이시여! 이때를 위해, 밤낮 없이 훈련을 하고 있었습니다! 다크 엘프 총사단은 준비 만전입니다! 명령을!"

"이것 참, 역시 저희같이 왜소한 존재가 왕의 방식을 헤아리다니 불경에도 정도가 있었군요. 제가 왕을 치유하겠다며 설치던 얕은 생각이 몹시 부끄럽습니다."

기아와 몰타르 옹.

여전하지만 타쿠토에게 강하게 심취한 두 사람의 기쁨은 헤아릴 수 없었다.

"차, 참으로 무사하시어 다행이에요……. 얼른 안텔리제 씨한테도 알릴게요!"

에므루.

이번 사태에서는 눈에 띄는 활약이야 없었지만, 흔들리는 마이노그라의 뼈대를 지탱하던 수면 아래의 공로자였다.

자신만이 아니라 친구이기도 한 안텔리제에게도 낭보를 알리고자 하는 모습에서 그녀의 성격이 엿보였다.

"다행이다―."

"건강해져서 안심이네요, 언니."

엘프루 자매 역시도 기뻐 보였다.

마녀가 되어 정신에 큰 변화가 있었을지라도 원래의 모습까지 바뀐 것은 아니었다.

결국 그녀들은 타쿠토를 무척 좋아하고, 평소의 임금님이 돌아오기를 강하게 바랐으니까.

더 이상 소중한 사람을 누구도 잃고 싶지 않다―― 틀림없는 그녀들의 본심이었다.

"여러분. 타쿠토 님께 올릴 말은 간결하게! 왜냐면! 이 정도 일, 우리의 왕께는 곤란의 축에도 들어가지 않으니까! 저는 타쿠토 님께서 이렇게 건강해지실 것을, 분명하게 확신하고 있었으니까요!"

그리고 아투.

입으로는 모두를 막는 것 같은 말을 하면서도 그녀의 얼굴은 기쁨을 미처 감추지 못했다.

오히려 이들 중에서 가장 기뻐하는 것으로조차 여겨졌다.

그 후로도 타쿠토는 마이노그라의 중추에 관여하는 다크 엘프나 부하들로부터 이런저런 표현을 사용한 축하의 말을 받았다.

조금── 아니, 상당히 부끄러웠지만 이제까지 자신이 빠져 있던 상황을 생각하면 이렇게 되는 것도 어쩔 수 없나 싶어, 타쿠토는 커뮤니케이션 장애 나름대로 열심히 대답하는 것이었다.

………

……

…

축하의 말도 일단락되고 차분히 사고의 바다에 잠길 수 있게 되었을 무렵.

타쿠토는 간신히 여기까지 다시금 태세를 갖출 수 있었다는 사실에 안도했다.

생각해 보면…… 드래곤탄과 접촉한 뒤로는 문제만 이어진 기분이었다.

암흑 대륙 남부에서의 야만족 습격과 그에 이은 적대 세력──
브레이브 퀘스투스 마왕군 출현.

문제 하나를 해결했나 싶었더니 이어지는 적은 테이블 토크 RPG 세력. 그녀들의 급습과 그에 따른 일련의 문제들.

끝내는 타쿠토가 활동이 불가능해질 정도의 소모를 겪고, 회복하기에 이렇게까지 시간이 걸리고 말았다.

세계의 상황은 아직 혼돈에 빠져 있다.

다른 플레이어, 그 배후에 있을 존재.

확실하게 찾아올, 모든 것을 건 싸움.

현실적인 국가 운영만이 아니라 그런 이상 현상에도 대처해야만 한다.

하지만 그것 또한 타쿠토가 보낸 일상이었다.

이제까지도 어려운 적에게 맞섰다. 그것이 『Eternal Nations』라는 게임 안의 이야기인지 현실인지는, 타쿠토에게는 그다지 관계없었다.

적이 있다면 반드시 무찌른다.

빼앗긴 것을 모두 다시 빼앗기 위해서.

타쿠토는—— 결의를 새로이 했다.

"좋아, 그럼 바로 힘내서 가볼까!!"

여하튼 할 일은 사실은 수수했다.

우선은 내정. 무엇보다도 내정.

이런저런 문제는 있지만 토대인 국가 운영을 소홀히 할 수는 없다.

이런 상황이기에 더더욱.

"그럼 바로 타쿠토 님께 지도자 권한을 돌려드릴게요. 부디 마음껏 저 비토리오를 징벌해 주세요!"

타쿠토의 선언에 촉발되었는지 환한—— 봄날을 떠올리게 만드는 미소를 짓고서 제안했다.

지도자 권한을 대리적으로 부여하는 방법은 어디까지나 일시적인 수단이다.

건축이나 생산, 외교 등 국내에서 다양한 지시를 내릴 수 있지만, 반면에 타쿠토처럼 유닛의 시야를 공유하거나 텔레파시를 보낼 수는 없다.

그래서 시스템의 능력을 최대한으로 발휘하기 위해서는 조기 반납이 필요한 것이었다.

물론 실리적인 이유보다도 본래 타쿠토가 가져야 할 것이니까, 그런 이유가 더 크지만.

타쿠토가 지도자라는 사실이야말로 최대이자 최강의 무기인 것이다. 반납하지 않을 이유는 어디에도 없었다.

하지만…….

"아, 그거 말인데. 아직 제 컨디션이 아니니까 지도자 권한을 그대로 둬줄래?"

"예? 그, 그런가요?"

갑작스럽게 기세가 꺾였다.

주위에서 돌아가는 상황을 지켜보던 이들도 조금 놀란 기색을 드러냈다.

"응. 뭐, 솔직히 말하겠는데, 아투를 탈환할 때에 사용했던 능력. 내 상태가 좋지 않았던 건 그게 원인이거든. 아무래도 연속으로 사용하기에는 무리가 있었나 봐. 가능하다면 조금 더 회복에 전념하고 싶은 참이야."

"그건…… 시간만 있다면 문제없다, 그런 이야기입니까?"

대화에 끼어드는 것이 어리석은 짓임을 알고서도 물은 것은 몰타르 옹이었다.

타쿠토가 부활했지만, 그 상세한 이유는 여전히 판명되지 않았다.

왕에 대한 신뢰는 있지만, 그의 입장을 생각하면 만에 하나의 사태를 걱정하는 것은 당연했다.

"응, 조금 쉴 시간이 있다면 괜찮아. 딱히 연 단위도 아냐. 그러네…… 한 달 정도면 충분할까? 뭐, 근육통이라든지 마력 소모라든지, 그런 거라고 생각하면 되겠네."

"알겠습니다. 그럼 옥체 주변에 한층 더 호위를 붙여야 겠군요."

"그렇게까지 할 필요도 없다고 생각하지만 말이지."

타쿠토는 태연하게 말했지만 그를 제외하고는 한층 더 호위를 충실히 하자고 결의했다.

다음에야말로 타쿠토를 지켜내겠다는 굳은 결의를 바탕으로.

"텔레파시나 유닛 확인이 안 되는 게 난점이지만, 지도자로서 가장 소중한 건 여기—— 머리니까. 그 점은 안심했으면 해."

"처음부터 불안 따윈 없습니다! 그럼 타쿠토 님, 마음껏 명령하시길!"

"하하하, 고마워."

모두 깊이 머리를 숙였다.

왕의 귀환을 축복하듯, 그의 부활을 축복하듯.

이런저런 문제는 있지만 여기서 마이노그라는 다시금 시동을 걸었다.

　──그리고 잊지 않기를.

　『Eternal Nations』는 국가 운영 시뮬레이션 게임.

　다시 말해서 시간이 지나면 지날수록, 규모와 국력은 커진다는 것을.

　"자, 내정 시간이야."

　들뜬 목소리로 타쿠토가 선언했다.

　마이노그라에 사는 모두가 자국의 번영을 바라지만, 누구보다도 강한 집착과 애착을 드러내고 있는 것은 다름 아닌 타쿠토이리라.

　그는 무엇보다도 이 시간이 좋았다.

　"이미 국내의 상황은 어느 정도 파악하고 있어. 수정할 점이 몇 가지 있으니까 그걸 채워나가자."

　타쿠토의 구령에 따라 국가라는 이름의 거대한 생물이 목을 쳐들고 태동을 재개한다.

　이미 머릿속에서 작전은 이루어지고 있었다.

　이제부터는 실무적인 조정과 지시를 진행하는 것뿐이다.

　타쿠토는 자신이 파악한 정보와 어긋나는 점은 없는지 현상 파악을 진행했다.

　"확인하는 건데, 새로운 시설은 건설 못 하는 거지? 몰타르 옹.

현재 연구는 멈춘 상태던가?"

"예, 《6대 원소》는 어떻게든 연구를 완료하고 다음 연구 항목은 보류 중입니다. 그러나 지금부터 신규 기술을 연구한다면⋯⋯ 앞선 연구로 얻은 식견을 참조한다면 오랜 시간이 걸리지는 않을까 생각합니다."

첫 의제에 대한 답변은, 모두가 입을 모아 떠들어 대던 용맹한 말에서 돌변하여 조금 실망스러운 내용이었다.

그도 그럴 터, 마이노그라의 국가 운영에서 바라는 만큼 결과가 나오지 않는 것이 바로 연구에 대한 부분이었으니까.

물론 이것은 몰타르 옹을 필두로 하는 다크 엘프들이 무능한 탓이 아니었다.

단순하게 생각해서 신기술의 개발은 하루아침에 이룰 수 없는 일이라는, 지극히 상식적이며 뒤집기 힘든 이유에 따른 바였다.

오히려 이 세계에 와서 이제까지의 기간 동안에 《군사 마법》과 《6대 원소》를 완성시킨 것을 칭찬해야 할 것이다.

하지만 그럼에도 아직은 부족했다.

"현재 마이노그라의 약점은 기술 부족. 수많은 부하나 시설이 있지만, 바탕이 되는 기술을 확립하지 않고서는 고려하는 게 불가능해요⋯⋯."

아투의 말은 정곡을 찔렀다.

다양한 능력을 가진 시설. 다양한 기적을 일으킬 수 있는 마법. 그리고 다양한 힘을 휘두르는 영웅.

아무리 무한한 가능성과 압도적인 힘을 지녔을지라도 쓸 수 없다면 전혀 쓸모가 없다.

본래라면 수 년 단위── 그야말로 수십 년이라는 단위로 국가를 운영하는 『Eternal Nations』의 약점이, 바로 시간에 따른 무력함이었다.

그리고 이 약점은 그들이 있는 이 세계의 싸움과 가장 상성이 나쁘다고 할 수 있었다.

이미 현재 연구 상황에서 해금되는 건물은 모두 지었다.

드래곤탄에서는 아직 짓고 있는 건물도 있지만 그것도 대주계에서 진행한 일의 재탕, 현재 상황을 크게 바꿀 수 있을 정도는 아니었다.

사실대로 말하면, 기술이라는 큰 족쇄 탓에 마이노그라는 제대로 움직일 수가 없었다.

하지만 그것조차도──.

"아, 깜박하고 말 안 했는데, 기술은 훔쳐 왔으니까 괜찮아."

타쿠토의 손에 걸리면 간단히 해결되는 것이었다.

놀란 시선이 한 점으로 모이는 가운데, 타쿠토는 어디선지 모르게 두루마리 같은 것을 몇 개나 꺼냈다.

양피지 다발로 여겨지는 그것은 각각이 마치 틈을 메울 것 같은 기세로 빽빽하게 적혀 있고, 보일락 말락 하는 호화로운 문자 장식 따위를 바탕으로 중요한 정보임은 한눈에 알 수 있었다.

"《정련》《연극》《어업 양식》《성채 건축》《선진 수렵》── 종교 계열은 기술은 아무래도 개념이 너무 달라서 무리였지만, 우리라도 이용할 수 있는 건 모조리, 말이지."

놀란 모두의 침묵이 이곳을 지배하는 가운데, 어느샌가 그것들은 높이 쌓여 하나의 산으로 변했다.

그것들 모두가 신성한 국가가 심혈을 기울여 쌓아올린 기술서로, 그것들 모두가 결코 다른 나라로 반출해서는 안 될 가장 중요한 국가 기밀이다.

마치 당연하다는 듯, 오히려 이때를 예견했다는 듯, 예술적일 만큼의 선견지명과 전략을 겸비한 한 수.

탁월한 그 수완에 옛날부터 타쿠토 옆에서 그의 실력을 보았던 아투도 놀란 심정을 감출 수 없었다.

"어, 어느새── 설마 그때?!"

타쿠토는 그 물음에 가볍게 끄덕여 정답이라고 전했다.

타쿠토가 레네아 신광국으로 잠입했을 때, 그는 《이름도 없는 사신》이 가진 《완전 모방》의 능력을 이용해서 성녀가 되어 정보 수집을 진행했다.

그때에 성녀가 가진 권한을 최대한 이용하여 정보를 모조리 빼앗은 것이었다.

빼앗긴 아투를 되찾는다는 하나의 행동 사이에, 그 밖에도 영향을 미칠 다양한 의도와 성과를 끼워 넣었다.

그야말로 타쿠토가 『Eternal Nations』에서 가장 우수한 플레이어라는 칭송을 받는 이유였다.

참고로 그때 아투는 딱히 하는 일도 없이 혼자서 여유를 주체 못 할 정도였지만, 다행히도 이 자리에서 그것을 지적하는 사람은 없었기에 그녀의 명예는 지켜졌다고 할 수 있을 것이다.

안타깝지만 아투는 어차피 종자이고, 솔직히 타쿠토가 없으면 꽤나 엉망진창이 되는 성격이었다.

"……그렇게 기술의 문제는 일부 해결했어. 메인인 마법 계통에 큰 진전이 없는 건 아쉽지만, 이것만으로도 지을 수 있는 건물은 대폭 늘어났어. 우선은 거기서부터 손을 대자."

부하들이 탁월한 그 수완에 감동과 놀람, 그리고 표현하기 힘든 경외를 느끼는 가운데, 타쿠토는 얼른 다음 방침을 결정했다.

그의 입장에서 이 정도 일, 딱히 자랑할 일도 놀랄 일도 아니었다.

그저 할 수 있으니까 했다. 그것뿐이었다.

"그럼 이미 생각해 둔 방침을 전달할게. 우선 대주계와 드래곤 탄에서 각자 【주지육림】과 【이형 동물원】을 긴급 생산으로 건축. 드래곤탄에는 추가로 【연병소】【마법 연구소】【시장】【진료소】【공방】【구경거리 가옥】도 만들어 두자."

정보의 격류가 단숨에 밀려들었다.

물론 각각에 의도와 의미가 있고, 당연히 만들 수 있으니까 만든다는 간단한 이야기가 아니었다.

앞선 기술 탈취와 마찬가지로 두세 수 앞—— 그뿐만 아니라 머나먼 미래까지를 내다보는 선택이었다.

"연구는, 그러네…… 방침을 조금 바꾸어서 《의학》으로. 완성되면 《의료 마법》을 연구해서 【폐쇄 병동】 건축을 목표로 할게. 걸리는 시간에 대한 논의는 일단 보류하고."

다른 이들의 이해 상황을 완전히 잊어버린 것처럼 이어지는 설명에, 황급히 에므루나 몰타르 옹 등의 멤버들이 수중의 종이에 글자를 휘갈겼다.

한 글자 한 마디도 놓치지 않고, 나중에 의도와 작전을 묻기 위해서였다. 지금은 생각하는 시간조차 아까웠다.

"아, 그리고【궁전】의 레벨을 한 단계 올리자. 기술이 모였으니까 국가 규모로 조건은 채워졌어. 그리고 유닛 생산은 나중에 자세히 생각하겠지만, 일단 균형을 맞춰서 할까. 《반편이》는 강하지만 비용이 너무 많이 드니까, 일단 각각의 지형에서 도합 둘이겠네."

더더욱 이해의 범주를 넘어서는 단어가 튀어나왔다.

그것이 어찌어찌 새로운 부하임은 이해할 수 있지만 어떻게 운용하는지, 애당초 어떤 생김새인지조차 알 수 없었다.

그저 타쿠토가 건넨 말이 가진 꺼림칙한 울림은, 다크 엘프들에게 자신들보다 강한 존재가 태어난다는 확신을 품게 만들었다.

"그런 느낌인데. 신경 쓰이는 부분이 있다면 질문해 줘."

질문이라고 그래도……

그것이 다크 엘프들이 처음에 품은 감상이었다.

모르는 단어들이 너무나도 많이 튀어나온 탓에, 우선 설명을 원한다는 것이 솔직함 심정이었다.

마이노그라의 건축물은 일반적인 국가가 만드는 그것과는 크게 다른 면모를 가지고 있다.

건물 각각이 특수한 힘을 지니고, 짓는 것만으로 국가나 도시에 무언가 효과를 초래하는 것이다.

그렇기에 이름만으로는 어떠한 의도로 선택된 것인지도 알 수 없었다.

그렇기에 이것은 실질적으로 아투 한 사람에게만 던져진 말이 되었다.

"비, 비용이 상당한데요. 괜찮을까요?"

그에 대한 아투의 대답은 지극히 지당하고, 지극히 표면적인 말이었다.

하지만 가장 알기 쉽고, 그러면서 중요하기도 했다.

타쿠토도 그 물음에 만족했는지 기다렸다는 것처럼 설명을 시작했다.

"솔직히 안 괜찮아——. 아마 이걸로 국고는 텅텅 비겠지. 마왕군한테서 얻은 금화 보너스도 끝. 이제부터는 그저 세수에 기대할 뿐이야."

반대로 말하면, 그만큼 많던 브레이브 퀘스투스의 금화를 모두 소비해서라도 이 선택을 할 가치가 있다는 의미였다.

마이노그라의【시장】에서 금화를 마력으로 교환하는 비기 같은 행위는, 비장의 카드로 남겨 두면 앞으로 다양한 국면에서 활약할 것은 명백했다.

그런 카드를 여기서 전부 버린다.

아투도—— 그리고 다크 엘프들도 타쿠토의 각오와 그가 내린 결단의 중요성을 자연스럽게 이해할 수 있었다.

방에 적막이 내려앉았다.

이번 침묵은 왕에 대한 전면적인 찬동이었다.

"그럼 바로 건축을 개시할게요. 드래곤탄은── 지도자 권한을 가진 제가 방문해서 긴급 생산을 할 필요가 있겠지만, 그쪽도 서둘러서."

"응, 부탁할게."

간결하게 대답하고 타쿠토는 크게 기지개를 켰다.

몸이 굳어졌는지 우둑, 기분 나쁜 소리가 울려서 모두 당황했지만 그들을 손으로 제지하고 떠올랐다는 듯 계속 말했다.

"아, 그렇지. 폰카븐에도 사정 설명과 협력을 바라는 친서를 보내서 시간을 좀 벌게. 어쨌든 저 나라는 마이노그라의 총기가 가져다준 무력이 없으면 지역 평정이 힘들어. 그들에게는 미안하지만, 지금은 그런 약점을 좀 이용하자."

부정하는 목소리는 없었다.

유일하게 에므루가 살짝 안텔리제를 걱정했지만, 물론 타쿠토니까 그녀에게도 제대로 도움을 줄 것이라며 고개를 끄덕였다.

"다른 외국들── 레네아 신광국 쪽은 성녀의 움직임이 신경쓰이지만…… 아무래도 지금은 어딘가로 완전히 도망친 것 같네. 아마도 암흑 대륙의 어딘가라고 생각하지만. 뭐, 크게 신경 쓸 필요는 없어. 나라에게 버림받은 종교가의 말로는 비참한 법이지."

아투가 조금 신경 쓰는 기색을 내비쳤다.

그것은 내버려 둔 적이 생각지 않은 위협이 되지는 않을지 걱정하는 마음인가, 아니면 적잖이 동료로서 농밀한 시간을 보낸 상대를 걱정하는 작은 연민인가.

"뭐, 레네아 신광국 쪽은 안심해도 돼. 늦지 않게 준비를 갖추고 있어. 거긴 이제 무언가를 할 만큼의 여유는 없을 거야. 퀼리아도 레네아의 상황을 방치하고 이쪽에까지 손을 대진 않겠지."

엘프루 자매가 작은 목소리로 '아─아'라고 중얼거렸다.

마녀인 그녀들이 타쿠토에게 명령을 받아서 한 일이었다.

역병과 망각의 만연. 그것은 적대하는 성기사들에게 그치지 않고 도시 전체를 뒤덮은 형태로 구사되어, 지금도 이어지고 있었다.

틀림없이 지금쯤 그 땅은 지독한 상황일 것이다.

하지만 두 사람에게는 아무래도 상관없는 일이었다. 진심으로, 아무래도 상관없는 일이었다.

"유일한 걱정거리라면 엘 나 정령 계약 연합과 서큐버스 군대인데……. 아, 이런 쪽의 정보는 아직 이야기 안 했지."

타쿠토가 상급 성기사 베르델이 되어 레네아 신광국에서 얻은 것은 다수 있었다.

그중에서도 중요한 것들 중 하나가, 엘 나 정령 계약 연합의 상황에 대한 것이었다.

그것은 서큐버스 군대와 마녀 바기아라고 불리는 존재.

십중팔구 플레이어 세력일 테지만, 어떠한 게임인지는 정체를 알 수 없었다.

여하튼 중요한 점은, 엘프의 나라가 서큐버스들에게 지배당했다는 것과 성왕국 퀼리아가 그에 대처하러 나섰기에 움직임이 둔화되었다는 사실이다.

부하들에게 그런 설명을 하며 타쿠토는 정보 공유를 꾀했다.

"세상에나! 엘프들의 나라가 그런 상태가 되었다니……! 허나 왕이시여, 그렇다면 지금 이상으로 경계를 강화할 필요가 있을지 고려해야 하겠군요."

몰타르 옹이 눈을 크게 뜨고서 놀란 목소리를 높였다. 하지만 조급한 지적에도 타쿠토는 냉정하게 대답했다.

"한동안은 폰카븐에 방파제 역할을 맡길 예정이야."

그 말에 몰타르 옹은 크게 숨을 삼키고 깊이 머리를 숙였다.

정통 대륙과의 경계 지역을 그들에게 맡긴 것은 그런 의도도 있었다며 감탄했기 때문이었다. 모두 계획대로, 그렇다면 이 이상 할 말은 아무것도 없었다.

그런 부하의 태도에 타쿠토도 만족스레 끄덕였다.

이 계획은 타쿠토의 독단이었지만 폰카븐도 그 정도는 이미 이해하고 있을 것이다.

"다만, 이만큼 일을 해주니까 나름대로 답례는 해야겠지."

레네아 신광국과의 전쟁 당시, 공동 전선에서도 폰카븐의 협력을 얻었다.

일방적으로 요구만 들이미는 것은 국가의 위신에도 영향을 미친다.

이에 대한 해결책으로 타쿠토가 언급한 것이《파멸의 정령》이다.

새로이 생산할 예정인 이 부하는 마법 유닛으로, 드래곤탄의 【용맥혈】에서 생겨나는 대지의 마나를 이용할 수 있다.

그리고 대지의 마나로 가능해지는 군사 마법은《토지 평범화》.

이것은 토지에 따른 효과를 삭제하고 그야말로 아무런 특이점도 없는 평범한 토지로 변화시키는 마법이다.

풍요로운 특성조차도 없어지는 단점이 있어서 얼핏 쓸모가 없는 미묘한 효과로 여겨진다.

하지만 암흑 대륙의 메마른 대지에서는 이 마법이야말로 둘도 없는 빛을 발한다.

어디까지고 이어지는 황폐한 대지에 녹음이 되살아나는 모습을 상상하면 그 의미를 간단히 알 수 있을 것이다. 평범화란 때로 그렇게나 큰 가치가 있다.

더욱 상위의 토지 개선 마법에는 뒤처지지만, 국토 대부분이 활용 불가능할 정도로 황무지인 폰카븐에게 얼마나 큰 가치가 있을까.

타쿠토는 이 유닛을 파견하여 그들에게 답례할 생각이었다.

메마른 토지로 이제까지 잔뜩 쓴맛을 보았던 그들이다. 이 선물은 즉각적으로 효과를 발휘하리라는, 반쯤 확신 같은 것이 있었다.

"이걸로 우리가 있는 암흑 대륙은 우선 안심할 수 있다 치고, 문제는 북쪽── 정통 대륙인가."

타쿠토는 이어지는 문제로 사고를 전환했다.

확실한 형태로 끝이 나지 않는 이상, 어떤 의미로 전쟁 중이라고도 할 수 있는 성스러운 국가 문제였다.

레네아 신광국은 성왕국 퀄리아와는 다른 나라이지만 그렇다고 퀄리아가 잠자코 있을 리도 없고, 구 레네아의 토지도 허공에 뜬 모양새다.

이쪽은 아직 구체적인 대책이 없었기에, 폰카븐이 막고 있는 동안 시급한 대처가 필요할 것이다.

덧붙여서 서큐버스가 지배하는 상세 불명의 엘 나 정령 계약 연합. 남쪽과 비교해서 북쪽은 문제투성이였다. 마음을 놓을 수가 없다.

타쿠토의 뜻을 올바르게 받아들였는지, 몰타르 옹은 원하던 정보를 보고하기 시작했다.

"현재 상세한 상황이 불명인 엘 나 정령 계약 연합과는 달리, 레네아와 퀼리아에 대해서는 어느 정도 정보가 들어와 있기에 앞으로의 판단에 도움이 되었으면 합니다."

"레네아 신광국의 수도에는 나름대로 타격을 줬을 테지. 퀼리아가 그곳을 부흥시키고자 움직인다는 느낌일까?"

"그야말로 왕의 혜안 그대로인 상황입니다. 그 땅에는 현재 퀼리아에 남은 성녀 중 일기의 이름을 받은 존재가 파견되어, 엘프루 자매가 뿌린 망각과 질병의 대책으로 분주히 움직이고 있습니다."

"성녀가 나와 있다…… 인가."

왕이 눈을 감고는 잠시 생각하는 모습을 내비치고, 부하들이 침묵을 지켰다.

타쿠토는 자신의 기억을 다시 떠올렸다.

그것은 그가 상급 성기사 베르델로서 레네아의 땅에서 암약하던 무렵의 기억이었다.

그때 《일기의 성녀》에 대해서는 어느 정도 정보를 얻었다. 어떠한 능력을 가지고 있는지는 불명이었지만, 직접 대화를 나눈 인상으로는 그다지 싸움 등은 특기가 아닌 듯 여겨졌다.

마이노그라나 암흑 대륙 침공을 꾀한다기보다는 역시나 레네아 신광국의 뒤처리가 목적이리라고 타쿠토는 판단했다.

그러고 보니 일기의 성녀는, 정령 계약 연합 쪽으로 남아 있는 한 성녀——《신위의 성녀》가 구원으로 움직인다고 했다.

성왕국 퀼리아의 힘을 믿는 것은 아니지만, 성녀가 움직인다면 연합을 멸망시킨 서큐버스들이 마이노그라로 의식을 향할 가능성도 열어질 것이다.

"결국에 우리한테는 아직 유예가 조금은 있다는 거야."

타쿠토는 그렇게 결론지었다. 현 단계에서 적대 세력이 마이노그라에 영향력을 행사할 가능성은 지극히 낮다. 그렇다면 황금 같은 이 시간을 활용해서 마이노그라를 더욱 강대한 국가로 발전시키는 것이 가장 중요한 목표다. 국가의 번영이야말로 타쿠토의 힘이 되니까…….

"할 수 있는 일은 잔뜩 있어. 앞으로도, 이제까지 이상으로 마음을 놓지 말고 노력하자."

그 말로 회의는 마무리되었다.

아무런 문제도 없다. 평소 그대로의 회의였다.

위협은 다수 존재하지만, 타쿠토가 지혜를 바탕으로 명령하고 파멸의 군세로 박살 낸다.

방심 없이, 자만 없이.

『Eternal Nations』 세계 랭킹 1위의 두뇌는, 앞으로도 세계를 정복해 나간다.

그럴 터……인데.

"——좋아!"

타쿠토가 손뼉을 짝 쳤다.

"그럼 비토리오 이야기를 할까."

쩌저적, 공기가 얼어붙는 소리가 모두의 귀에 환청이 되어 울렸다.

"내정, 외교, 적대 국가의 상황, 이 세상의 진리——. 대처가 필요한 문제는 물론 다수 있어. 하지만 지금 가장 해결해야만 하는 건 비토리오야. 누구라도 좋아, 어떤 작은 정보라도 괜찮으니까 나한테 가르쳐 줘."

타쿠토는 진지한 표정이었다. 하지만 명백하게 싫다는 분위기가 배어 나왔다.

즐거운 내정의 시간은 끝나고 각오의 시간이 찾아온 것이었다.

마이노그라 사상 최저 최악의 영웅에 대해서 이야기를 할 시간이…….

모두가 서로를 마주 보고, 잠시 후——.

"""우선은 제 이야기를 들어주십시오, 왕이시여!"""

둑이 터진 것처럼 수많은 진정이 올라왔다. 비명 섞인 그것은 이미 보고라기보다는 클레임.

그 모든 이야기를 진지하게 들으며, 타쿠토는 식은땀과 함께 대처법을 생각하는 것이었다.

## SYSTEM MESSAGE

시설 건설이 실행되었습니다.
> 대주계
 【주지육림】【이형 동물원】
 【마이노그라 궁전 : Lv2】

> 드래곤탄
 【연병소】【마법 연구소】
 【시장】【진료소】
 【공방】【구경거리 가옥】
 【주지육림】【이형 동물원】

---

연구가 완료되었습니다.
연구 완료!《6대 원소》
연구 항목이 선택되었습니다.
연구 중!《의학》

---

이하의 유닛이 생산되었습니다.
《족장충》× 30
《목 따는 벌레》× 10
《브레인 이터》× 22
《거대 파리지옥》× 30
《파멸의 정령》× 4
《반편이》× 2

OK

보고를 받았다기보다는 군이 따지자면 위로하는 시간 쪽이 길었을 것이다.

하지만 그들의 분노와 불만이 굉장했던 만큼, 상세한 내용을 군이 확인하지 않고도 파악할 수 있었던 것은 다행이었다.

타쿠토는 비토리오의 행동을 머릿속으로 재현하고, 그 의도가 무엇인지 추측을 시도했다.

당초 그가 생각하던 방향과는 또 다른 양상을 드러내는 기발한 작전이었지만, 타쿠토라면 그 진의를 헤아릴 수 있었다.

"『사교 이라』……인가. 정식 명칭을 군이 안 붙이는 건 신경 쓰이지만, 어찌어찌 뭘 하고 싶은 건지는 보였어."

대충, 하지만 정보로 입수하지 않았던 부분까지 비토리오의 행동을 확인한 타쿠토는 조금 재미있다는 듯이 웃더니 모두가 가장 원하는 말을 건넸다.

아투를, 그리고 마이노그라의 주민들을 이제까지 고민하게 만들었던 비토리오의 행동에 담긴 진의가 판명된다.

다시 말해서 그것은 현재 마이노그라가 진행하는 작전의 상세한 내용이 명백하게 밝혀진다는 것과 같은 의미니까.

덧붙여서 대략 예상은 가지만, 타쿠토가 기억을 잃은 원인과 그에 대한 해결책이 판명된다는 것도 의미했다.

오히려 부하들에게는 그쪽이 더 중요할지도 모른다.

"타쿠토 님의 의식이 회복된 것과 무언가 연관성이 있을까요? 솔직히 그것의 행동은 엉뚱한 것뿐이라서, 저로서는 어떤 의도가 있는지 도저히 알 수가 없었어요……."

"뭐, 쾌차한 것과 관계가 있다면 있을까. 그렇다고는 해도 나도 확증이 없으니까 본인한테 물어보지 않고서는 알 수 없지만."

타쿠토가 말끝을 흐리며 설명했다.

무언가 어금니에 낀 것 같은 말투는 정말로 확증이 없기 때문일까?

아투나 다크 엘프들로서는 앞으로 또 같은 상황이 벌어진다면 큰일이니까 자세한 내용을 알고 싶었지만, 안타깝게도 그럴 수는 없을 듯했다.

하지만 아투만큼은, 그녀만큼은 평상시부터 타쿠토를 잘 보고 있었기에 깨달은 것이 있었다.

다시 말해── 타쿠토는 무언가를 감추고 있다고.

대체 그것이 무엇이고, 또한 어떠한 이유가 있는지는 그녀로서는 알 수 없었다.

하지만 하나 이해할 수 있는 것은 있었다.

'타쿠토 님은 비토리오의 행동에 무언가 걱정을 품고 있나? 확실히 이라교 설립은 불가사의한 점이 많아. 그러니까 겉으로 드러나지 않는 이유가 있는 걸까…….'

비토리오의 목적이 완전히 타쿠토의 뜻에 따르지 않는 것은 아닐까? 그런 추측이었다.

설화의 영웅은 모략이 가장 특기지만, 주인인 타쿠토의 신산귀모는 그를 능가한다.

그 높은 경지는 아투로서는 결코 헤아릴 수 없고, 그저 정상에서 벌어지는 지혜 대결을 올려다볼 수밖에 없었다.

서로의 카드를 파악하는 싸움은 이미 시작된 것처럼 여겨졌다.

"자, 비토리오가 어떤 의도를 가지고 현재 행동하고 있나. 그걸 이해하기 위해서는 정보가 필요해── 그렇지, 교전(敎典)은 있을까?"

"저기…… 교전, 이라고요?"

앵무새처럼 아투가 물었다.

이야기의 흐름이 조금 갑작스러운 것 같았으니까.

아투의 말을 의도가 전해지지 않은 건가 착각한 타쿠토는, 아─라고 하며 가볍게 천장으로 시선을 향하고서 생각하는 모습을 내비쳤다.

"이라교의 성서라고 하는 편이 이해하기 쉬울까? 아, 사교니까 사서? 뭐, 아무래도 상관없어. 일단 그걸 읽어 보고 싶거든. 혹시 있다면 가져다줄래?"

아투는 주위를 둘러보고, 누군가 교전을 입수하지 않았는지를 확인했다.

하지만 다른 사람들도 아투와 같은 태도였기에 다들 마찬가지인 듯했다.

그만큼 싫어했던 비토리오의 행동을 일거수일투족 관찰하고 상세한 내용을 파악해 놓는다니, 그들의 속마음을 생각하면 조금 무리한 이야기였을지도 모른다.

다만 왕이 부활해서 냉정을 되찾은 지금에 와서는, 그것조차도 비토리오가 사용한 책략의 일환이었던 건가 하는 생각이 들고 말지만…….

하지만 어째서 타쿠토는 교전 따위를 원하는 것일까? ——『사교 이라』의 교의는 굳이 조사하지 않아도 비교적 많은 정보가 모여 있었다.

그 내용은 단순했다. 일단 전적으로 신인 이라 타쿠토를 칭송하고, 숭배한다. 그것뿐이었다.

알기 쉽게 말하면—— 이라 타쿠토는 굉장해! 멋있어! 강해! 무적! 최강! 이것이 교의였다. 어린아이라도 알 수 있는 내용으로, 오히려 어린아이라도 알 수 있기에 전파되는 속도는 경이적이었다.

굳이 교전이라는 형태로 만들지 않더라도 일단 중요한 의미를 가진 종교는 아닐 터.

그런 것을 왜 읽고 싶으냐고?

아투가 말로 꺼내지는 않고 의아한 듯 타쿠토에게 의문이 담긴 시선을 향했다.

"——흥미가 있거든."

정말로 흥미 깊게, 무언가를 기대하듯이, 타쿠토는 가볍게 웃으며 대답했다.

다만 가능한 한 빨리 원한다고 덧붙인 그 말을 봐서는, 교전이 중요한 의미를 가진 것은 명백했다.

옥좌에서 결코 움직이지 않고, 파멸의 왕은 한 수를 펼치려 하고 있었다.

## 주지육림

건축물

인구 증가율 + 10%
도시 행복도 + 10%
식량 소비량 + 20%

해설

### ~술과 음식으로 하루 종일 시끌벅적~

주지육림은 마이노그라 고유의 건축물입니다.
주민의 행복도와 인구 증가율에 보너스를 주지만, 반면에 식량 소비량이 증가하는
단점이 있습니다. 전제 조건으로 【인육의 나무】 건축이 필요합니다.

## 공방

건축물

도시 생산력 + 20%

해설

### ~철의 양이야말로 국가의 운명을 결정한다~

공방은 도시의 생산력을 증가시킵니다.
또한 특정 무기나 건축물 생산에 필요합니다.

# 제6화 꿈

타쿠토의 의식이 돌아오고 곧바로 수완을 발휘하여 마이노그라를 이끌고 있을 무렵.

드래곤탄의 사교 이라 역시도 규모를 착착 늘리고 있었다.

그들이 현재 힘을 쏟는 것은 주로 거점 제작이었다.

이라의 신도들은 도시의 상업 구역에 존재하는 일찍이 유력자가 살던 대형 저택을 구입, 개조를 거쳐서 집회소로 이용하고 있었다.

설립 이후로 아직 셀 수 있을 정도의 시간밖에 지나지 않았음에도 불구하고 그들은 점차 조직으로서의 형태를 갖추고 있었다.

"이봐—, 바보《교조(教祖)》. 있어?"

저택—— 집회소의 한 방, 일찍이 고용인의 방으로 사용되던 간소한 방으로, 참으로 경의와 예의가 부족한 말투로 들어오는 소녀가 있었다.

드래곤탄에서도 진귀한 산양형의 수인. 하지만 사람의 요소가 강해서 수인임을 알 수 있는 것은 뿔이나 귀 같은 부위뿐.

나이는 열대여섯.

산양족 특유의 특징적인 눈매와 거친 태도가 눈에 띄지만 몸에 단 장신구는 모두 일등품이고, 아름다운 뿔과 외모도 어우러져서 입만 다물고 있으면 남자가 내버려 두지 않을 것이다.

소녀의 이름은 요나요나. 사교 이라에서 **대리《교조》** 자리를 맡은, 조직의 2인자였다.

"응~~? 예예, 있어요."

의자 말고는 아무것도 없는 방에서 무언가 생각에 잠겨 있던 비토리오가 귀찮다는 듯 대답했다.

그── 비토리오의 근황인데, 의외로 눈에 띄는 행동은 없었다.

대략적인 조직 구축이 끝나자 그 후로 모든 포교 활동이나 잡무를 부하에게 던져 버리고, 이렇게 하루 종일 자기 방에 틀어박히게 된 것이었다.

썩어도 사교 이라의 교조. 본래라면 신도 앞에 모습을 드러내고 설법을 해야 하는 입장인 비토리오가 이런 행동으로 나오는 것은 중대한 문제였다.

하지만 애당초 이해하기 쉬운 가르침인 종교. 각자가 멋대로 타쿠토의 위업을 칭송하는 집회를 여는 등등, 조직은 비교적 문제없이 운영되고 있었다.

물론 그런 와중에도 자잘한 잡무나 트러블은 존재한다. 하물며 그만이 해결할 수 있는 문제라면 비토리오에게 이야기가 가는 것은 당연한 귀결이다.

"……그래서, 빌어먹게 바빠서 잘 틈도 없는 저한테, 대체 무슨 용건이신가요? 제 시간은 유한하다고요, 요나요나 양."

"아니아니. 당신 아무것도 안 하잖아. 아무것도 안 하는 녀석이 거만하게 굴지 말라고. 후려 패 버린다?"

"세상에! 끓는점 낮아!"

되돌아 오는 것은 가시 돋은 말뿐.

비토리오는 여전히 히죽히죽 살짝 기분 나쁜 미소를 짓고, 무슨 생각을 하는지 알 수 없는 태도였다.

대리 교조 같은 답답한 직함을 붙이고 일을 모조리 던져 버렸다는 사실에 요나요나는 몹시 지쳐 있었다.

원래 부모 없는 부랑자 출신이라 세간의 풍파에는 충분히 시달렸다고 생각했는데, 머리를 쓰는 일만큼은 아무리 해도 익숙해지지 않는다고 느꼈다.

상사가 일을 전혀 안 하고, 온갖 귀찮은 일을 모두 자신에게 떠넘기니까 더더욱.

그리고 그런 상황에 상사 자신의 엉뚱한 행동도 포함되어 있기에 불만과 분노는 더더욱 치밀었다.

하아…… 크게 한숨을 내쉬었다.

한숨을 내쉴 때마다 행복이 도망간다니 누구의 말이었던가, 요나요나는 체념과도 닮은 심경으로 비토리오를 노려봤다.

"오오! 이 어찌나 날카로운 시선! 저 지릴 것만 같아요! 그런데! 굳이 제 방에 찾아왔다는 건 뭔가 이유가 있을 터. 도대체 무슨 용건입니까?"

비토리오의 방으로 오는 사람은 적다.

이미 사교 이라는 그의 손을 떠나서 독자적으로 움직이기 시작했다. 교조 역할을 내던지고 사색과 암약에 빠진 그에게 새삼스레 흥미를 품는 사람은 적은 것이었다.

그렇기에 비토리오도 용건을 물었다.

"본국에서 소환장이 왔어. 드디어 벌을 받을 때가 왔네. 어떻게 할 거야?"

요나요나가 주머니에서 꺼낸 것은 서간 한 장.

자세히 보니 보라색 봉납에 국가의 문장이 찍혀 있어서, 그것이 일정한 격식을 가진 물건임을 잘 알 수 있었다.

마이노그라에서 중요 사항 전달에는, 이제까지는 기본적으로 타쿠토가 직접 텔레파시로 부하에게 연락을 넣었다.

하지만 당연하게도 휴식을 취하는 동안에는 불가능하다.

그렇기에 굳이 거창한 수단을 사용했을 것이다.

국가 인증이 찍힌 서간은 그에 상응하는 의미를 지닌다. 함부로 취급해도 될 리가 없는 물건이었지만, 요나요나는 비토리오에게 휙 던졌다.

"정말이지 예의가 없군요! 정말로, 부모 얼굴이 보고 싶네——앗! 요나요나 양은 부모한테 버림받았던가, 이건 실례——."

그 순간……

수인 특유의 민첩한 움직임으로 비토리오의 품속으로 파고든 소녀—— 요나요나는, 그대로 짧게 숨을 내쉬고 그의 복부를 주먹으로 있는 힘껏 후려쳤다.

"커헉! 폭력 반대!"

전투에 뛰어나지 않은 비토리오는 물론 그 공격을 당하여 의자에서 굴러떨어지고 거창한 비명을 터뜨렸다.

하지만 애당초 자업자득이고, 안타깝게도 마이노그라에는 그가 폭력을 당했다고 호소해 봐야 기뻐하는 사람은 있어도 문제시할 사람은 적다.

당연히 소녀도 그의 항의를 흘려 넘기고 계속 용건을 전했다.

"일일이 쓸데없이 비아냥거릴 거 없다고. 됐으니까 얼른 읽어. 네가 본국에서 어떻게 될지는 알 바 아니지만, 그 탓에 나나 이라의 신도한테 폐가 되는 것만큼은 사양이야."

"으응~! 그 신앙심은 베리~ 굿! 이지만요~. 저를 향한 사랑이 부족해요! 모어 러브! 모어 카인들리!"

복부의 통증에 부들부들 떨면서도 미소로 엄지를 척.

비토리오가 이 소녀를 대리 교조로 둔 이유가 바로 이 신앙심이었다.

신앙심이 높은 자는 유익하다. 비토리오에게 있어서라는 의미도 있지만, 무엇보다도 이라 타쿠토에게 유익하다는 의미이기도 했다.

신앙이 강한 자는 욕망이나 유혹에 저항하는 힘이 강하다.

신앙에 강하게 의존하고 매달리기에, 타인의 개입을 일체 허락하지 않고 종교의 가르침에 그저 한결같이 매진한다.

그것은 교조인 비토리오가 상대일지라도 예외가 아니라서, 직함이나 입장이라는 권위적인 것조차 고려하지 않고 그저 마음속에는 신만이 존재한다.

오직 이라 타쿠토를 위해서.

그것이야말로 그가 바란 완벽한 신도이고, 위대한 신에 대한 기도의 공물이다.

"요나요나 양은 정—말로 참한 신도이지만, 그 폭력만큼은 안 되겠군요. 그러고서 이라의 대리 교조를 감당할 수 있겠습니까?"

"안심해, 나는 이렇게 보여도 이제까지의 인생에서 거의 폭력을 휘두른 적이 없거든. 마이노그라의 동료와 이라의 신도에게는 다정해. 틀림없이 신께서도 그렇게 말씀하실 테니까!"

"예? 내추럴하게 절 따돌리는 거 아닌가요? 저도 동료죠? 동료인 거죠?"

"됐으니까 얼른 편지나 읽어."

서로 말다툼을 펼치며, 비토리오는 편지를 읽기 시작했다.

그가 생각한 플랜은 지나칠 정도로 순조롭게 진행되고 있었다.

요나요나는 그야말로 이상적인 교조로, 그녀야말로 사교 이라의 앞에 서야 할 인물이다.

묘족 모녀 역시도 좋은 인재다. 초기 신도이지만 그녀들 역시도 강한 신앙심 덕에, 의심할 줄을 모른다.

그 밖에도 사교 이라를 지탱할 우수한 인재가 점차 모이고 있다.

물론 신도들도 순조롭게 늘어나서, 지금은 교역 등을 통해서 폰카븐의 영역까지 손을 뻗고 있을 것이다.

광신자들은 점점 늘어나고 기도는 신의 곁으로 모인다.

『사교 이라』의── 비토리오의 목적은 성취되는 중이었다.

.........

......

...

이 기인은 홀로 자기 방에서 졸고 있었다.

이 세계로 온 순간부터 그를 움직이게 만드는 바람은, 모든 것을 끌어들이면서 그저 한결같이 돌진했다.

『Eternal Nations』의 온갖 플레이어가 시도하고, 유일한 예외를 제외하고는 아무도 이루어 내지 못했던 비토리오 제어.

결코 속박되지 않는 그 신산귀모.

인지를 초월하는 책모의 두뇌는 이때를 위해서 존재했다는 듯, 탐욕스럽게 정보를 먹고 탁류처럼 책략을 토해낸다.

"우후후후~."

모든 것이 완벽하고, 모든 것이 완전했다.

이미 이 마당에 이르러서는 아무도 그 책략을 박살 낼 수 없고, 이미 이 마당에 이르러서는 아무도 그 책략을 부정할 수 없다.

그렇기에 비토리오는 자신이 만든 책략을 타쿠토가 이해했을 때에 그가 어떠한 반응을 보여줄지 너무나도 기대되었다.

자신의 꿈을 어떻게 평가해 줄지 너무나도 기대되었다.

"꿈, 꿈, 꿈——."

기이한 사기꾼은 모든 것을 속인다.

자신이 끝없이 경애하는 주인조차 속이고, 대체 무엇을 바라고, 이루려 하는 것인가.

"꿈은, 어리석으면 어리석을수록 미칠 만큼 애타게 그리지. 그렇게 생각하지 않으십니까? 나의 신이시여."

하지만 기도 끝에, 마침내 그의 꿈은 이루어진다.

모든 것은—— 위대한 플레이어, 이라 타쿠토를 위해서.

"축제의 날은 다가왔습니다아아아! 나의 신이시여어어어어!!"

비토리오는 기분 좋은 꿈에 꾸벅거리며, 그저 계속해서 웃는 것이었다.

## 구경거리 가옥

건축물

도시 행복도 + 5%
도시 문화력 + 5%
도시 마력 생산 + 5%

구경거리 가옥은 주로 광대의 기술을 선보이는 장소입니다.
문화력을 증가시키는 효과가 있고, 도시의 규모에 따라서 미미하지만 수입도 발생합니다.
사악 국가에서는 극히 드물게 적대 국가의 포로 따위가 전시되는 경우도 있고, 이 경우 선 국가로부터의 평가가 내려갑니다.

## 이형 동물원

건축물

도시 행복도 + 5%
도시 문화력 + 5%
도시 마력 생산 + 5%

※ 《반편이》 생산이 해금

이형 동물원은 마이노그라 고유의 건축물입니다.
다른 세력에서는 결코 볼 수 없는, 도저히 동물이라고 하기 어려운 이형의 존재가 전시되고 있습니다. 이 동물은 도시 주민의 행복도를 올리는 효과가 있고, 도시의 규모에 따라서 수입이 발생합니다.
또한 전투 유닛인 《반편이》 생산이 해금됩니다.
높은 능력을 가진 건축물이지만, 건축 비용이 막대하니까 주의가 필요합니다.

# 제7화 일기

 구 레네아 신광국 수도—— 아믈리타.

 먼지로 돌아간 구 대교회지만, 현재 성왕국 퀼리아의 임시 지
휘소로 변모했다.

 본국에 요청했던 지원도 다소 도착했는지, 파편을 정리하여 공
터가 된 장소에는 여러 천막을 치고 배급용 식량이나 의료용 약
초 같은 다양한 물자를 모아두었다.

 《파멸의 왕》이 현현하고 악의와 폭위를 떨쳐 성녀와 함께 국가
하나를 멸망시킨 기점.

 그런 장소에 지휘소를 만든다는 사실에 물론 반대하는 목소리
도 있었다.

 하지만 바로 그렇기에 성왕국 퀼리아가 이 장소에 활동 거점을
만들고, 사악의 감시와 사람들의 위무, 그리고 도시를 재건하는
것에 의미가 있는 것이었다.

 말로 표현하면 듣기에는 좋지만, 현재 퀼리아의 최고 전력인
《일기의 성녀》 일행은 이곳 남방주에 못 박혀 있었다.

 "이믈레이스 심문관. 구획 정리에 대한 보고서, 취사에 대한 보
고서, 역병 치료 상황에 대한 보고서입니다."

 "——고맙습니다. 각각 구두로 개요를 말해 주십시오."

 천막 안에 있는 집무용 책상에서는 이단심문관인 크레에 이믈
레이스가 성기사로부터 보고를 받으며 도시 부흥을 지휘하고 있

었다.

퀼리아의 이단심문관은 특수한 역할이기에 다양한 지식이나 스킬을 가지고 있었다.

유사시에 군을 이끄는 것, 타국과 교섭을 진행하는 것, 재해가 닥친 도시 부흥 등등, 그들의 권한과 능력은 다방면에 이른다.

그렇기에 크레에가 성녀 대리로서 성기사단과 부하를 지휘하여, 이 땅에서 부흥을 진행하는 것은 결코 어려운 일이 아니었다.

하지만 모든 것이 부족했다.

이번 파견의 명목은 어디까지나 조사. 물론 성기사 이외에도 남방주의 병력이나 후방 지원용 성직자 등등 많은 인원을 거느리고 있지만, 하나의 도시 전체를 다시 세우는 대규모 활동은 당연히 상정하지 않았다.

하물며 피해는 남방주 전체로 계속 퍼지고 있었다.

그녀들이 주둔하는 이 도시가 가장 피해가 크다고는 하지만 다른 피해를 무시해도 되는 것도 아니었다.

각지에 자리 잡은 촌락은 물론, 규모가 큰 여러 도시도 존재한다.

그리고 남방주 전역으로 손을 뻗기에는 그녀들이 움직일 수 있는 힘이 너무나도 적었다.

솔직히 크레에가 펼치는 다양한 시책은 효율적이지만 바다에 물 한 컵을 붓는 수준이었다.

"보고하겠습니다. 도시에 만연하는 역병에 대한 이야기입니다만, 다행히도 감기 같은 것이라 자력으로 회복한 자도 다수 있습니다. 다만 감염력이 높아서 남방주 전역으로 급속히 퍼져 낙관할 수는 없습니다. 동료와도 이야기를 나누었습니다만, 아무래도 장기전을 각오해야 하지 않을까 합니다."

"그건 좋지 않아. ——이런 경우 환자 격리를 통한 봉쇄가 철칙이지만, 규모가 크고 인원도 부족한 상황에서는 그것도 불안합니다. 분하지만 중병자를 중점적으로 치료할 수밖에 없겠군요."

크레에의 말에 젊은 성기사 남자는 분하다는 듯 끄덕였다.

결코 막을 수 없는 것은 아니다. 다만 물자와 인원이 너무나도 부족했다.

생각처럼 할 수 없다는 초조함이 쓰디쓴 표정이 되어 드러나는 것은 명백했다.

지원이 빈약하다. 박정하게 들리지만, 실제로 본국—— 그러니까 퀼리아로서도 딱히 손가락만 빨면서 기다리는 것은 아니었다.

엘 나 정령 계약 연합의 패배.

선한 양대 국가 중 하나. 엘프들이 다스리는 나라가 함락되었다면 전란의 세상이 오는 것은 피할 수 없는 미래.

파멸의 왕의 활동이 확인된 이상, 퀼리아로서도 군 재편이 급선무라 그쪽에 손길을 빼앗기는 것이었다.

지금쯤 성도에서는 성기사 재훈련과 군 편제로 분주할 것이다.

여하튼 퀼리아는 오랫동안 전쟁이라는 것을 경험하지 않았다.

중앙에서 움직이지 않는《신위의 성녀》를 제외하고, 유일한 성녀인 일기의 성녀를 움직인 것만으로도 인정이 있다고 할 수 있었다.

오히려 이 상황에서 성녀를 움직이는 담력이야말로 칭찬받아야 할 것이다.

그렇다고 현재 상황이 무언가 좋아지는 것은 아니었지만…….

파멸의 왕이 부른 저주는 그들에게 무겁게 드리우고 있었다.

그리고 그 저주는 역병으로 그치지 않았다.

어떤 의미로, 그렇게 말해야 할까. 오히려 이쪽 저주가 영향력은 더 컸다.

"문제는 신앙심을 잊은 자들이로군요……."

아믈리타에 사는 사람들의 신앙 상실.

어째선지 그들은 성신 아로스의 가르침 일체를 잊고, 마치 처음부터 그런 것은 존재하지 않았던 것 같은 태도를 취하고 있었다.

그것이 사악한 의도가 담긴 악의의 파종임은 쉽게 알 수 있었다.

성스러운 의지처를 잃은 이들이 얼마나 큰 쓸쓸함을 느낄까.

다시금 가르침을 전하는 것에는 성공하고 있었다.

하지만 역병과 달리 단기간에 효과가 나올 법한 일이 아니기에, 무척 힘든 것이 실정이었다.

"솔직히 참으로 어렵다는 것이 현실입니다. 현재 아믈리타테 대교회의 금서고를 찾고 있습니다만, 유효해 보이는 기술의 문헌은 없어서 전혀 방법을 찾지 못하는 상황입니다."

"그건 좋지 않아. 어둠의 비술은 퀼리아에서 엄하게 금지되어 있습니다. 설령 연구가 목적일지라도 연관되는 서적을 소지하는 것은 인정되지 않습니다. 안타깝지만 정보는 얻을 수 없겠죠."

"이단심문관 분께서는 무언가 알고 계시진 않습니까?"

"어둠의 비술에 대한 대응은, 성스러운 위업에 따라서 판단하는 것. 이해하고 읽으려는 것 자체가 잘못입니다."

"그건 실례했습니다."

그다지 칭찬받을 질문은 아니지만 크레에는 딱히 그에게 주의를 주겠다는 생각은 없었다.

이단심문관은 신도의 말꼬리를 붙잡아서 규탄하는 조직이 아니고, 무엇보다 지금은 하나라도 더 많은 인원이 필요했다.

그 정도 일은 당연히 판별하고, 오히려 이단심문관이라는 존재는 평상시부터도 인내력이 필요한 직무다.

그렇기에 이 자리에서는 그처럼 생각한 것을 입에 담는 인물이 오히려 고마웠다.

그것이 설령 젊은 탓에 드러난 무모함일지라도 말이다.

"기억을 잃었다. 그것도 신앙만이 특정적으로. 이 어찌나 사악한 소행인가요. 한탄하는 것조차 모르는 이들을 보는 건, 아무리 소관이라도 괴롭게 느껴집니다."

역병과 망각. 전혀 성질이 다른 파멸의 왕이 펼친 저주였지만, 그것들은 무척 효율적으로 이곳 남방주를 혼란에 빠뜨리고 있다는 걸, 굳이 말로 꺼내진 않았지만 분명하리라 추측했다.

둘 중 하나만 있었다면 편했다.

역병뿐이라면 남방주에 체류 중인 성직자를 총동원해서 치료에 나설 수가 있다.

망각뿐이라면 도시 기능을 장악한 후에 순차적으로 간이 교화를 진행하면 충분하다.

둘이다.

둘이 동시에 발생했기에, 마치 점성이 강한 진창에 빠진 것처럼 움직임이 제한되고 있었다.

파멸의 왕이 어떠한 목적으로 이 땅에 저주를 펼쳤는지는 불명이다.

하지만 단순한 파괴나 죽음을 초래하지 않은 만큼, 악한 의도가 감추어져 있는 것은 틀림없었다.

"나중에 소관도 다시 피해를 당한 분과 이야기를 해보죠. 어쩌면 놓치고 있던 것을 깨달을 수 있을지도 모릅니다."

이미 몇 번이나 시도한 신앙 망각자 청취.

처음의 몇 번 이후로는 그다지 새로운 정보도 얻지 못했지만, 그렇다고 해도 하지 않을 이유가 되지는 않았다.

크레에는 강한 끈기와 인내를 바탕으로 조사를 계속하겠다는 의사를 표했다.

"알겠습니다. 바로 수배하겠습니다. 그럼── 신의 가호가 있기를."

"고맙습니다. 당신에게도 신의 가호가 있기를……."

깊이 인사를 하며 젊은 성기사는 방을 나갔다.

그의 뒷모습을 보며 작게 한숨을 내쉬었다.

앞으로 미래는 어떻게 되어버리는 것일까?

크레에는 조용히 눈을 감고 한동안 신에게 자비를 청했다.

………

……

...

"당신은…… 분명, 케이먼 의료 사제셨지요?"

크레에의 눈앞으로 연행된 남자를 보고 그녀는 몇 초 후에 그 이름을 떠올렸다.

기억이 분명하다면 이 도시 어딘가의 교구를 담당하는 의료 사제다.

신앙심이 두텁고 의료 사제로서의 실력도 높았다는 것을 기억하고 있었다.

하지만 케이먼 의료 사제가 드러낸 반응은 그녀의 기억 안에 있는 그와는 위화감이 느껴질 정도로 차이가 있었다.

"아, 예…… 그러는 당신은 아마도 이믈레이스 이단심문관, 이었던가요?"

"……예, 이전에 이곳에서 발생한 신부 살해 사건 당시에 몇 번인가 대화를 나누었습니다."

"그렇군, 요. 아니, 확실히 그랬지. 하지만, 저는…… 뭐라고 하면 좋을지, 죄송합니다."

"기분이 편치 않으시겠죠. 그건 좋지 않습니다. 자, 거기 편히 앉도록 하시죠."

크레에와 케이먼 의료 사제는 일단 지인이라 할 수 있는 사이다.

그녀의 말대로 이전 사건에서 크레에는 케이먼 의료 사제에게 조력을 청했다.

단순한 수사 임무가 아니었기에 나름대로 기간을 필요로 했고, 케이먼 의료 사제와도 어느 정도의 관계를 구축했다고 느꼈다.

하지만 지금의 그를 보기에, 이전에 작별의 인사를 나누었을 때의 인상은 볼 수 없었다.

케이먼 의료 사제는 크레에가 이제까지 만난 이들 중에서도 위에서 세는 편이 빠를 정도로 경건한 신도였다.

그 깊은 신앙을 잃고 지독한 혼란에 빠진 것이리라.

친구라고 한다면 지나치게 거리낌 없는 표현이겠지만, 지독히 겁먹은 지인의 모습을 보는 것은 크레에도 달갑지 않았다.

"그게…… 저는 대체 어떤 이유로 여기에? 소, 솔직히 대답할 수 있는 건 아무것도 없다고 생각합니다만…….."

"그렇군요, 대화를 좀 나누고 싶습니다. 안심하시길. 이 자리는 어디까지나 질문의 자리. 당신에게 무언가 좋지 않은 상황이 벌어질 일은 없습니다."

그 말로 조금 차분해진 것이리라.

긴장한 기색이던 케이먼 의료 사제의 표정이 조금이지만 부드러워졌다.

그렇다고는 해도…… 어떻게 된 것인가.

이야기로는 들었지만, 신앙을 잃는 것으로 사람은 이렇게까지 변하는가.

본래는 조금 더 자세한 이야기를 들을 생각이었지만, 이래서는 자신이 원하는 대답은 거의 얻을 수 없을 것이다.

크레에가 마음속으로 이야기를 어떻게 진행해야 할지 검토하는데, 갑자기 닫혀 있던 천막 입구에서 빛이 비쳐들었다.

"저기, 크레에 씨…….."

나타난 것은 한 소녀였다.

크레에는 케이먼 의료 사제가 당황한 태도를 내비치는 모습을 곁눈질로 확인하며 소녀── 일기의 성녀 리트레인에게 말을 건넸다.

"무슨 일이십니까, 네림 님. 일기는, 모두 쓰셨습니까?"

"아, 예! 오전치는, 전부 다 썼어요."

"그건 좋은 일이군요."

"가, 감사합니다."

애써 다정한 목소리로, 크레에는 리트레인의 대답에 끄덕였다.

일기의 성녀 리트레인 네림 쿠오츠는, 그날에 벌어진 일을 자그마한 몸에는 적잖이 안 어울리는 커다란 일기에 적는 것을 하루하루의 본분으로 삼고 있다.

그것은 신성한 일이기에 세 법왕과 신위의 성녀의 이름으로 보증되는, 누구도 방해하는 것이 허락되지 않는 절대적인 일이다.

적혀 있는 것은 그녀의 추억.

사람들이 건넨 감사의 말이나 과거에 만난 소중한 사람. 그리고 사라져 버린 사람.

그런 추억들을, 그들의 말을, 한 글자 한 문장 그르침 없이 적는다.

그렇기에 그녀는 어느샌가 《일기의 성녀》라 불리게 되었다.

항상 가지고 있는 커다란 그 일기야말로 그녀를 그녀답게 만드는 것이니까.

그 일기를, 그녀의 소중한 일기를 힘껏 끌어안으며…… 리트레인은 크레에를 조용히 올려다봤다.

"저기, 크레에 씨. 들었어요. 모두가 신앙을 잃은 탓에, 큰일이라고."

그 말에 크레에는 케이먼 의료 사제를 내보내려고 했다.

성녀는 성왕국 퀼리아에서 절대적인 권력을 가진다.

누구일지라도 그녀들의 행동을 부정할 수는 없고, 누구일지라도 그녀들을 막을 수 없다.

다행히도 케이먼 의료 사제를 조사하는 것도 방도가 보이지 않아서 곤란하던 참이었다.

마침 좋은 타이밍이다 싶어, 먼저 성녀의 용건을 마칠 생각이었다.

하지만…….

"아, 그대로, 괜찮아요. 그게, 괜찮다면, 여기 계세요."

타인이 들어도 문제없는 이야기인지, 타인이 있는 편이 안심되는지, 아니면 전혀 다른 이유가 있는지…….

크레에는 의아했지만 잠시 생각하는 모습을 내비치고는 간신히 입을 열었다.

"그럼, 이야기를 되돌리죠. 확실히 네림 님의 말씀대로 사람들은 기억을 잃고, 저희도 곤란한 상황을 느끼고 있습니다. 그곳에 있는 케이먼 의료 사제 역시도 같은 상황에 처하여, 의료 행위로의 복귀는 어렵겠죠."

복잡한 이야기에 말려든 케이먼 의료 사제가 곤혹스러운 기색으로 끄덕였다.

그들 성직자가 사용하는 기술은 모두가 신을 향한 신앙에 의존한다.

기적이라는 카테고리에 속하는 마법의 일종인데, 신앙을 잃은 상태에서 구사는 불가능하다.

물론 기적에 의지하지 않는 다수의 지혜는 아직 케이먼 의료 사제의 뇌에 새겨져 있다.

하지만 신앙을 잃은 그에게 사심 없는 봉사를 기대하는 것은 적잖이 희망적인 관측이라 할 수 있을 것이다.

이 땅에서 벌어진 파멸의 왕의 현현.

그 피해 대부분은 전투원—— 다시 말해 성기사로 한정된다.

의료 사제나 일반 성직자 따위는 앞선 싸움에 참가하기는커녕 그저 혼란에 빠진 사이에 끝나 버린 것이 실정이다.

하지만 그런 중요한 성직자들이 신앙을 잃었다면, 이야기는 달라진다.

인원은 있지만, 계산에 넣을 수가 없다. 신앙을 가지지 않은 사람이 긴급 시에 어떤 행동을 드러내는지 잘 아는 크레에로서는, 그저 창피하다는 생각을 품을 수밖에 없었다.

"그게…… 모두의 신앙이 돌아오면, 이 도시를, 구할 수 있는 거군요?"

갑자기, 정말로 갑자기.

그 소녀는 이상한 이야기를 꺼냈다.

"그건, 그렇습니다만…… 현재로서는 신앙을 되돌릴 방법이 발견되지 않았습니다. 다행히도 새로이 신의 가르침을 전하는 것은 가능하니까, 시간은 들겠지만 그들도 신앙심을 되찾지 않겠습니까. 소관은 그렇게 생각합니다."

리트레인의 질문에 크레에의 눈동자가 흔들렸다.

당황한 모습으로 사정을 자세히 설명한 것은 동요의 발로인가.

아니면 그녀가── 일기의 성녀 리트레인이 어떠한 말을 다음에 꺼낼지를 이해해서인가.

크레에가 틀리기를 바랐던 예상은, 하지만 안타깝게도 조금도 틀리지 않고 맞았다.

"치, 치료할게요. 제, 제 일기의 힘으로 그게 가능하다는 건, 이, 이미 알고 있어요."

"그건 좋지 않아. 당신의 기적은──."

"──크레에 씨."

강한, 의지가 담긴 말이 크레에를 가로막았다.

빤히 알고 있었다. 그녀의── 리트레인의 결단은 누구도 막을 수 없다는 것은.

막을 방법도 없고, 또한 그 행위도 허락되지 않는다는 것은.

"왜, 왜 그러십니까? 네림 님."

호박색 눈동자가 크레에를 바라봤다.

투명한 그 눈동자 안에서 무엇을 보았는지, 크레에는 압도당한 것처럼 몸을 들썩였다.

"이곳은, 아버지와 함께 지낸 곳이에요."

"어, 예, 알고 있습니다, 네림 님. 여기를 나가서 대로를 잠시 나아가다가 모퉁이를 돌면, 부군과 살던 집이 있었지요."

기억을 다시 떠올릴 필요도 없이, 크레에는 간단히 대답했다.

언젠가 그녀에게 직접 안내를 받은 적이 있었던 것이다.

그때는 이미 그녀는 아버지 곁에서 벗어났기에 크레에가 초대를 받은 것도, 또한 리트레인이 귀가하는 것도 아니었지만.

하지만 그 장소와 외관은 그녀의 기억에 단단히 새겨져 있었다.

"예, 분명히, 아마……."

일기를 들추어 무언가 확인하던 리트레인은, 자신이 생각하던 그대로의 기술을 찾았는지 대답하며 작게 고개를 끄덕였다.

아마도 집의 소재지를 일기로 확인했을 것이다. 크레에는 그 모습에 살짝 미간을 찌푸렸다.

"계속, 계속 기도했거든요……."

일기를 탁 닫고, 크레에가 말을 건네기 전에 리트레인이 툭하니 중얼거렸다.

그것은 어린아이치고도 무척 가냘픈 목소리라, 그 자리에 조금이라도 잡음이 있었다면 그만 놓쳐버렸을 정도의 목소리였다.

"아버지는, 말했어요. 『선한 행위를 계속한다면, 반드시 좋은 일이 벌어진다』라고. 아버지는, 거짓말을 하지 않는 사람이에요."

"예, 상급 성기사 베르넬은 무척 고결한 분입니다. 그 말을 그저 말만으로 그치지 않고, 항상 실행으로 옮겼죠."

"저는, 그게…… 계속 착한 아이로 지냈어요. 선한 행위를, 가능한 한, 계속했어요."

일기의 성녀 리트레인의 독백은 이어진다.

그녀를 움직이게 만드는 것은 아버지를 향한 마음.

단 한 사람, 이 세계에 태어난 그녀가 유일하게 손에 넣을 수 있었던 가족.

피는 이어지지 않았을지라도 부녀의 인연은 진짜, 그렇기에 강하게, 강하게 바란다.

아직 둥지를 떠나지 못한 병아리가 어미를 찾아서 우는 것을 누가 부정할 수 있겠는가? 리트레인의 바람은 전혀 이상한 것도 아니고, 전혀 드문 것도 아니다.

하지만 그녀에게는 무엇과도 바꿀 수 없는 것이었다.

"지금은 바빠서 못 만나지만, 임무가 끝나면 틀림없이 또……."

너무 기세 좋게 이야기했는지 후우, 크게 심호흡하는 리트레인.

그녀의 아버지── 상급 성기사 베르델.

그것은 일찍이 대주계 탐색의 임무를 받아 마이노그라와 접촉한 인물.

그 후의 연락이 끊어져, 생존은 절망시되는 긍지 높은 성기사.

"꿈이에요. 또, 아버지랑 같이 사는 거……."

리트레인은 조금 부끄러운 듯 웃었다.

그 미소는 불과 얼마 전에 아버지와의 재회가 이루어졌기에 지을 수 있는 것.

──신은 존재한다.

그것은 딱히 속임수나 희망 같은 것이 아니다. 사실로서, 그 존재가 관측되고 있는 것이다.

그렇기에 이 세계의 종교 국가는 이렇게까지 강하게 사람들의 마음에 뿌리박혀서 길게 번영했다.

신의 존재야말로 이 나라에 사는 사람들을 지탱한다고 해도 과언이 아니다.

그러니까…….

리트레인은 계속 기도한다.

신은 틀림없이 열심히 하는 자신을 봐주고 있다. 시련은 무겁고 힘든 것이지만, 고난과 헌신 끝에 꿈은 이루어지는 것이다.

리트레인의—— 어리고 약한 소녀의 바람은, 그렇기에 무엇보다도 강했다.

"——그러니까, 제가 힘을 내게 해주세요."

그 말에 크레에는 끄덕일 수밖에 없었다.

하지만 그것은 너무나도 잔혹한 행위다.

왜냐면, 일기의 성녀가—— 리트레인이 기적을 사용하는 대가로.


——신은 그녀의 기억을 원하니까.


"신이시여, 부탁드려요. 제 추억을 바칠게요. 이 사람의 신앙을, 원래대로 돌려주세요."

말과 함께 다정한 빛이 그녀를 감쌌다.

어린 소녀의 기도는 그저 순수한 빛을 발하고, 너무나도 강한 빛이기에…… 자신의 몸조차 불태우려 한다.

——성녀의 기적.

크레에는 막을 방법을 가지고 있지 않았다.

성녀가 기적을 행사하여 괴로워하는 사람을 구한다.

그 존엄한 행위는, 누구도 막는 것이 허락되지 않는다.

결의를 가지고 기적을 행사하는 성녀를 막는 것은, 무엇보다도 용서받기 힘든 악행이니까.

이단심문관이라는, 누구보다도 신의 법을 지켜야만 하는 직무가 주어졌기에.

막아야 한다고 외치는 감정을, 크레에는 신을 향한 신앙으로 억눌렀다.

빛이, 천천히 사라진다…….

이윽고 모든 것이 끝나고 한 남자의 신앙심이 돌아온 것과 맞바꾸어, 한 소녀가 가진 소중한 무언가의 추억이 영원히 사라졌다.

케이먼 의료 사제가 감격의 눈물을 흘리며 성녀 리트레인에게 참회와 감사의 말을 건넨 후.

그가 얼른 자신의 직무로 복귀하고자 이 자리에서 떠난 뒤, 그 자리에는 크레에와 리트레인만이 남겨졌다.

"괜찮은 겁니까?"

조금 전부터 필사적으로 일기의 페이지를 넘기는 리트레인에게 크레에는 천천히 물었다.

"예, 아, 아마도……."

"그렇습니까."

그대로 입을 다물었다.

그녀의—— 일기의 성녀 리트레인의 기억은 당연히 유한하다.

나날이 추가되는 새로운 기억을 적극적으로 대가로 바쳐서 중요한 기억의 결손을 막을 수 있지만, 그럼에도 마구잡이로 기적을 행사하다가는 언젠가 한계가 찾아온다.

그러니까 그녀가 이제까지 대가로 바치는 것을 거부해 왔던 기억마저 필요해질 때가, 언젠가 오고 만다.

기억을 계속 바치고, 구멍투성이가 된 리트레인이 유일하게 바치는 것을 거부하며 소중히 품고 있는 것. 그것은 아버지와의 기억이다.

크레에는 넌지시 이야기한 것이다. 기적을 너무 낭비하다가는 언젠가 중대한 결단을 해야만 할 때가 온다고.

다시 말해 그것은 그녀가 모든 기억을 잃고, 리트레인이 더 이상 리트레인이 아니게 되는 날.

아버지와의 추억도 사라지고, 그저 성녀라는 기능만을 얹은 텅 빈 인형이 태어나는 날.

──지금, 세계는 혼돈으로 가득하다.

사악한 세력이 호시탐탐 사람들의 삶을 위협하고, 그들은 모든 생명을 지옥 밑바닥으로 끌어들이고자 태동을 시작했다.

엘 나 정령 계약 연합은 이미 패배하여 악한 자들의 손길에 불온한 움직임을 드러내고 있다.

퀄리아 역시도 레네아 신광국으로서 독립한 남방주에 궤멸적인 타격을 입고, 깊은 그 상흔에서 다시 일어서지 못하는 상태.

게다가 남부의 대륙── 암흑 대륙에서는 중립 국가에 또 다른 무시무시한 존재가 있다는 신탁이 내려졌다.

이제부터 아마도…… 아니, 틀림없이 빛과 어둠은 더더욱 치열하게 싸우게 될 것이다.

그 과정에서 상처 입고 쓰러지는 자는 수를 셀 수 없고.

성녀의 도움을 원하는 자는, 늘어날지언정 결코 줄어들지는 않는다.

그리고 도움을 원하는 무고한 백성을 내칠 만큼, 그녀는 냉혹한 인간이 아니다.

그러니까 일기의 성녀 리트레인은 앞으로도 계속 기적을 사용할 것이다.

설령 바칠 수 있는 추억을 모두 내놓게 되더라도…….

그때 그녀는…….

다정한 이 아이는, 대체 무엇을 바치면 된다는 것인가.

"저기, **이플레이스 이단심문관**……."

"…………무슨 일이십니까?"

"신께선, 아로스 님께서는…… 제 선한 행위를 보고 계실까요?"

결코 해답이 나오지 않는 문제에 어두운 마음이던 크레에에게, 리트레인은 머뭇머뭇 이야기를 건넸다.

그 모습을 보는 것이 무엇보다도 괴로웠다.

지독히 힘겹고, 참기 어려웠다.

그래서 결코 자신의 생각을 들키지 않도록 눈을 감고, 감정을 얼음 속으로 밀어 넣고, 미소를 지었다.

하지만…… 크레에는 강철 같은 그 의지의 힘을 가지고서도, 미처 떨리는 목소리를 막지 못했다.

"아, 예. 신께서는, 분명히…… 네림의 행위를 보고 계시겠죠."

"그런가…… 다행이야."

정말로, 정말로 안도한 표정으로 리트레인이 웃었다.

그 미소가 정말로 천진난만해서 크레에에게 어찌할 길 없는 죄책감을 느끼게 만들었다.

크레에는 기억한다.

자그마한 이 소녀가 사실은 쾌활하고 서글서글한 성격이라는 것을.

상대가 자신을 아는데도 자신은 기억을 잃었다는 상황이기에, 상대에게 불쾌감을 주지 않고자 머뭇머뭇 분위기를 살피는 태도를 취하고 만다는 것을.

크레에는 기억한다.

리트레인이라는 이름은 그녀가 중앙으로 인계되었을 때에 붙여진 것이고, 진짜 이름은 양아버지가 준 네림이라는 것을.

둘 다 서로를 모를 때, 성녀와의 알현에 긴장한 자신에게 말해 준 '저는 편하게 네림이라고 불러줘요'라는 다정한 그 말을.

크레에는 기억한다.

그녀는 남들 이상으로 정의감이 강하고, 남들 이상으로 고통에 민감하다는 것을.

그것은 마치 그녀의 아버지 베르델의 모습 그대로, 언젠가 그처럼 어엿한 성직자가 될 수 있으리라고, 될 수 있을 터라고 생각했다는 것을.

크레에는 기억한다.

그녀가 밤중에 몰래 아버지의 이름을 부르며 우는 것을…….

"아버님은 반드시 돌아옵니다. 그리고——."

크레에는 마음속으로 통곡한다.

몇 번을 연습해도 제대로 지을 수 없는 미소가 또다시 무너지고, 어색하게 바뀐다.

아아, 신이시여. 아아, 위대한 신이시여. 어째서 이런 비극을 바라시는 것인가? 그녀는 언제 구원을 받는 것인가? 그녀는 어떻게 구원을 받는 것인가? 자신은 그녀에게 무엇을 해야 하는가.

대답하는 신은 없다.

전지전능하다면, 듣고 있을 터인 선한 신.

존재가 증명되었을 그 신은, 신성한 마음 그대로 침묵을 관철한다.

그래서 크레에는, 그저 슬픈 미소를 짓고…….

"——소관은, 모쪼록 크레에라고 편하게 불러주시길."

언젠가 찾아올 끝의 그때까지, 소녀의 곁에 있겠노라 마음으로 맹세하는 것이었다.

레네아 신광국 붕괴로부터 약 한 달 뒤의 모일.

구 퀼리아 남방주, 상업 도시 셸드치.

남방주와 암흑 대륙의 경계에 가장 가까운 도시.

퀼리아 본국의 입장에서는 남쪽 끝에 위치한 그 도시는, 이전에는 암흑 대륙에 있는 중립 국가와의 비공식적인 교역으로 번성한 역사가 있는 도시다.

하지만 각양각색의 사람들이 방문하던 그 장소는 지금 이 혼란의 시대에 일종의 음울한 분위기로 뒤덮여 있었다.

도시 입구에 설치된 입국 관리소는 봉쇄되어서, 현재는 과거의 활기가 거짓말이었던 것처럼 적막만이 지배하는 장소가 되어 있었다.

남방주에 있는 이 도시는, 현재 퀼리아 세 법왕의 이름 아래 중요 관리 도시로 지정되어서 사람의 왕래가 철저하게 차단된 상태였다.

외부에서 찾아오는 사람은 물론이고 안에서도 사람을 내보내지 않는 엄중한 명령이었지만, 애당초 이런 중대한 상황이다.

상인은 얼른 안전한 장소로 도망쳤고, 여행자나 순례자도 역병 발생으로 움직일 겨를이 아니었다.

평소에는 행상인이나 순례자, 용병 입국 심사로 쉴 틈도 없었던 경비 일반병도 그 영향으로 당연히 휴업 중이었다.

어찌 됐든 경비는 필요하니까 완전히 자리를 비울 수도 없었다.

그날도 병사 하나가 성문에 딸린 관리소 의자에 앉아서, 감시창에 팔꿈치를 괴고서 멍하니 밖으로 보이는 화창한 하늘을 바라보고 있었다.

누가 보더라도 알 수 있을 정도로, 그는 중요한 임무를 받았음에도 전혀 찾아오지 않는 일에 지루함을 느끼고 있었다.

"이런 말하긴 뭐하지만, 너무 한가한 것도 고통이네……. 이렇게까지 할 일이 없으니, 바쁘던 매일매일이 오히려 그리워진다고."

말단 병사와 상층부가 품은 위기감에 큰 괴리가 있는 것은 조직의 일상이다.

그 역시도 다소 불안은 느끼지만 위기의식이 부족해서, 그저 멍하니 하루를 보내고 빨리 교대 시간이 오지는 않을까 한가한 시간을 주체하지 못했지만…….

그것은 정말로 갑자기, 전조도 없이 찾아왔다.

"실례~합니다~. 잠깐 괜찮을까요?!"

"으어! 뭐, 뭐야…… 누구냐?"

그 남자는 갑자기, 정말로 갑자기 창 밖에 나타났다.

멍—하니 있었다고는 해도, 창문으로 이 주변의 풍경은 훤히 보이고 숨을 장소도 없었다.

그럼에도 불구하고 자신에게 일체 들키지 않고 여기까지 접근한 남자를 상대로, 조금 전까지 불성실하게 임무를 소화하던 병사도 경계심을 감추지 않았다.

무심코 창문에서 거리를 벌리고 허리춤의 검에 손을 얹었다.

하지만 명백하게 드러내는 불신감과 상대를 경계하는 태도에도 기묘한 그 남자는 전혀 신경 쓰는 기색도 없이, 그러기는커녕 자신의 수상쩍음을 감추려는 기척조차 없었다.

"오오오! 이건 참으로 실례했습니다! 제 이름은 비토리오, 마이노그라에서 찾아온 비토리오!"

병사의 곤혹 섞인 의혹의 시선도 개의치 않고.

그러기는커녕 거창한 태도로 깊이 머리 숙여 인사를 했다.

천천히 들어 올린 머리는 마치 고개를 치켜든 뱀처럼 음습한 기척을 발하고, 씨익 웃는 입가는 혀를 날름거리는 것처럼 꺼림칙했다.

정보에 어두운 말단 병사인 그에게 마이노그라의 왕인 이라 타쿠토가 일으킨 파멸의 상세한 내용이 전해지지 않았던 것은 과연 다행인가 불행인가.

하지만 그런 의문도, 이 단계에 이르러서는 이미 무의미하다는 것이 다음 순간에 명백해졌다.

마찬가지로 어느새 나타났는지, 그의 뒤쪽에서 집단이 우르르 찾아온 것이었다. 그들은 다들 생글생글 꺼림칙할 정도로 강한 미소를 짓고 있었다.

마치 인조품 같은 존재였지만, 그들이 인형이 아니라는 사실은 선두에 있는 몹시 퉁명스럽고 지친 표정을 내비치는 몇 명의 소녀들을 보면 알 수 있었다.

"대, 대체…… 무슨 용건이냐? 이 도시는 현재 봉쇄중이다만."

엉거주춤한 모습으로 묻는 병사.

평소라면 암흑 대륙의 사람으로 보이면 고자세로 행동하는 속물이었지만, 역시나 이 상황에 쓸데없는 짓을 저지르지는 않을 만큼 머리는 돌아가는 듯했다.

최소한의 인원이다 보니 동료도 근처에 없어서 동요한 감정이 엿보이는 것은 실점이었지만.

허나 그의 머리가 다소 돌아가더라도 눈앞의 사기꾼에게 저항할 수 있을 가능성은 전무한 것이나 마찬가지지만…….

"당신은 지금, 행복하십니까아~?"

어디선가 들었던 말이, 여기서도 흘러나왔다.
한가한 시간을 주체하지 못한 비토리오의 기행이…….
책모의 영웅이 펼치는 다음 한 수가, 시작되려 하고 있었다.

# 제8화 호위

구 퀼리아 남방주의 도시로 설화의 영웅이 마수를 뻗을 때.

그날로부터 대략 일주일 전.

타쿠토는 국가의 중진인 재상 역할을 맡은 몰타르 옹으로부터 탄원이라는 이름의 강한 진언을 듣고 있었다.

"옥체의 호위를 늘릴 필요가 있습니다."

"으―응, 확실히 그러네. 이제까지 이상으로 호위가 필요할지도 모르겠어."

그 말에 타쿠토는 수긍했다.

이제까지의 싸움에서, 다양한 부분에서 작은 실수가 빈발했다.

적 과소평가를 시작으로 무른 예상이나 『Eternal Nations』 시스템에 대한 과신 등등 반성해야 할 점은 일일이 셀 수가 없었다.

이런 문제점에 대해서도 타쿠토는 충분히 파악하여 수시로 개선과 수정을 진행하고 있었다.

하지만 그중에서도 가장 중요하고, 그러면서 시급한 개선이 필요한 것이 바로 몰타르 옹의 탄원에 있던 왕의 호위 체제에 대한 내용이었다.

이제까지의 경험에서 적대 조직은 자신들과 동등한 능력을 이용하고, 그것들은 때로 예상을 넘어서는 터무니없는 이론으로 덮쳐든다는 사실이 판명되었다.

적이 야만족이나 성 퀼리아 등의 상식적인 능력을 가진 자들이라면 이야기는 간단했다.

하지만 지금 직면한 적은…… 그리고 앞으로 나타날 적은, 그런 상식이라는 말을 내버린 것처럼 다양한 수단을 조종하여 이쪽의 목을 노리고 있다.

이제까지 『Eternal Nations』로 기른 경험은 급속하게 진부해지고, 일찍이 절대적인 신뢰를 바탕으로 이용했던 전략으로는 도저히 충분하지 않다.

실제로 몰타르 옹과 부하들의 걱정이 깊어지는 것은 당연하다고 할 수 있었다.

왕이야말로 국가이기에, 호위에 더욱 무게를 두는 것은 당연한 귀결이다.

특히 타쿠토가 치료 중이라 힘의 대부분을 봉인한다고 표명한 이상, 부하들이 사색이 되어 이 문제를 해결하려 하는 것은 자연스러운 흐름이다.

"특히 앞으로 아투 경이 적극적으로 움직일 필요가 있는 이상, 왕의 신변을 더욱 엄중하게 지키는 것은 필연. 저희로서는 적잖이 역부족일지도 모르겠습니다만, 그럼에도 이번에야말로 방패 역할 정도는 해내겠습니다."

몰타르 옹이 이의를 허락지 않는 기백으로 당장의 대응을 들이밀었다.

어느 정도까지 회복되었다고는 해도, 마이노그라는 아직 위기 상황이었다.

지금 설령 타쿠토가 완전히 회복되어 레네아 신광국을 궤멸시

켰을 때의 힘을 되찾았을지라도 이 대화는 피할 수 없는 것이었으리라.

적은 너무나도 거대하고, 미지의 존재이다.

그렇기에 몰타르 옹의 말은 무엇 하나 그르지 않고, 그의 판단은 지극히 올바르다.

"내 호위에 대해서는 안심해."

그리고 당연하게도 타쿠토 역시 같은 결론에 다다랐다.

"응애…… 응애애애애."

"음?!"

어디선지 모르게 갓난아기의 울음소리가 들렸다.

아니── 그것은 울음소리라고 하기에는 너무나도 꺼림칙하고, 어딘가 정신을 마모시킬 듯이 무시무시했다.

갑작스러운 이변에 몰타르 옹은 놀랐지만, 왕을 지키고자 임전 태세를 취하려고 곧바로 일어섰다.

하지만 그 동작이 완료되기 전에, 몰타르 옹은 타쿠토 주위에서 벌어진 변화에 눈을 부릅떴다.

"무슨──!!"

"아아…… 브브─."

옹알이 같은 울음소리와 함께, 타쿠토를 지키듯이 그것이 배어나왔다.

개, 고양이, 벌레, 새…… 비대화한 그것들의 부분을 마구 뒤섞고 무질서하게 굳힌 듯한── '고깃덩어리'라고 안이하게 표현하는 것조차 어느 정도 배려 섞인 행동이 아닐까 착각이 들 만큼 추악한 체구.

몸에서 무수히 자라난, 이상하게 뻗은 팔과 각각이 마치 개별적인 의식을 지닌 것처럼 허공에서 흔들리는 사람의 손.

그리고 무엇보다도 눈을 부릅뜨게 만드는, 중심에서 고깃덩어리를 가르고 솟아오른, 아기라고 부르기에는 꺼림칙하게 부풀어오른 거대한 태아의 상반신.

그것은 몰타르 옹과 확실하게 시선을 마주하고는, 태아의 양손으로 번쩍 만세를 부르며 진심으로 기쁘다는 듯 '꺄앗!' 하고 웃었다.

"내 호위."

"세, 세상에…… 이것이!"

몰타르 옹은 한순간 그것이 누구인지를 파악했다.

이야기로는 들었다.

왕이 이번에 건축한 《이형 동물원》에서 생산된 새로운 부하 마수에 대해서……. 직접 볼 기회는 없었지만, 그것이 이제까지 이상으로 사람의 이치에서 동떨어진 이형을 모습을 하고 있다는 이야기는.

확인의 말을 타쿠토에게 던지기 전에, 몰타르 옹의 목덜미에 하아…… 하고 뜨듯한 숨결이 느껴졌다.

'아니! 뭐라고?! 어느새?!'

또 한 마리, 등 뒤에 있었다.

특징적인 갓난아기의 웃음소리를 앞뒤로 들으며 몰타르 옹은 전율했다.

그것의 모습에 놀라서 떠는 것이 아니었다. 같은 마이노그라의 부하, 무엇을 두려워하겠는가? 물론 상대가 이쪽을 해친다든지 그럴 것이라고는 전혀 생각하지 않았다.

그보다도 앞뒤에서 풍기는 기척이었다. 그것이 몰타르 옹을 경악으로 이끌었다.

그러니까.

'이 압력…… 배어 나오는 기척! 이건 마치…….'

몰타르 옹은 그 두 마리에게서 영웅에 필적할 정도의── 힘의 발로를 느낀 것이었다.

"《반편이》는 아직 본 적이 없었나? 이형 동물원에서 생산할 수 있는 유닛이야."

자랑하듯 타쿠토가 그 두 마리를 소개했다.

그 설명에 몰타르 옹은 그저 말을 잃고, 자신 정도의 생각이라면 왕은 이미 두세 수나 앞을 나아간다는 사실에 감동하는 것이었다.

"《반편이》는 전투력이 13. 이건 일반적인 영웅의 초기 능력치보다 더 높은 경우도 있어. 게다가 사악 속성이라서 다양한 보너스가 붙으니까 호위로서는 무척 강력하지. 겉모습도…… 평소에는 숨어 있으니까 편안하고."

"동물이라는 범주에서는 명백하게 동떨어져 있으니까요."

잠시 시간을 두고, 《반편이》를 선보이는 것과 동시에 타쿠토의 새로운 호위 체제가 공표되었다.

왕의 신변과 관련된 문제는 몰타르 옹만의 걱정이 아니었기에, 이런 마이노그라의 주요한 멤버들을 부른 대대적인 발표는 당연한 행위였다.

부하를 안심시키기 위한 것이기도 하고, 왕의 권위가 아직 쇠하지 않았음을 나타내기 위해서라도 이 의식은 필요하다고 타쿠토와 아투는 생각했던 것이다.

하지만 실제로는 새로운 유닛의 능력을 소개하고 싶다는 자랑의 의미도 있었다.

여하튼…… 이 유닛을 생산하며 소비한 마력은, 브레이브 퀘스투스의 금화 전량 소비라는 대담한 작전을 결단한 타쿠토에게도 눈을 돌리고 싶어지는 양이었으니까.

이 정도로 하지 않는다면 수지가 안 맞는다는 반쯤 자포자기의 기분도 있었다.

그렇다고는 해도 그들의 능력은 타쿠토의 마음고생과 마력 소비량에 충분히 걸맞았다.

"덧붙여서, 황무지── 드래곤탄에서 생산한 《반편이》는 《간파》 능력을 가지고 있어. 이건 그야말로 적의 위장이나 의태를 꿰뚫어 보는 강력한 능력이야. 영웅이 사용하는 특수한 위장조차 꿰뚫어 보니까 어느 정도 대책은 될 거야."

자기 이야기임을 알았는지, 타쿠토한테 받은 장난감으로 달그락달그락 놀고 있던 《반편이》 한 마리가 '삐아!'라며 짧게 외치고

싱긋 웃었다.

평범한 사람이라면 미치지 않을 수가 없는 어둠의 미소였지만, 이곳은 마이노그라이기에 모두도 살짝 곤란하다는 미소로 답하는 정도였다.

"그리고 숲에서 생산한 《반편이》는 《의태》랑 《기습》 능력을 가져서, 존재를 감추는 것으로 적의 의표를 찌릅니다. 상대에게 들키지 않는 호위로서 이 이상의 존재는 없겠죠."

대회의실에 준비된 새 의자, 그중 하나를 날름날름 핥던 한 마리가, 아투가 자신에 대해서 설명하는 것을 깨닫고는 '꺄!' 하고 대답했다.

의자의 참상에 몇몇은 슬픈 표정을 지었지만, 그 자리에 있던 사람은 역시나 곤란하다는 미소로 답했다.

"캐리어랑 메어리어도 가능한 한 왕의 곁에 있도록 명령하겠습니다. 영웅 클래스의 몬스터 두 마리와, 마찬가지로 영웅 클래스의 마녀가 둘. 이들이 왕을 호위토록 하겠습니다."

"열심히 할게요!"

"와—!"

그 말에 캐리어와 메어리어가 대답했다.

참고로 가장 틈이 생기는 타쿠토의 수면 중 호위—— 이른바 동침을 어떻게 할지 아투와 자매 사이에 잠시 소동이 있었지만, 최종적으로 《반편이》가 타쿠토와 함께 자는 것으로 결론이 났다.

"지금 마이노그라가 준비할 수 있는 최고의 호위라고 해도 과언이 아니야. 이러고서 돌파당한다면…… 솔직히 항복이야."

타쿠토가 그렇게 농담을 던지자 부하들은 모두가 깊이 머리를 숙였다.

더할 나위 없는 최선의 체제였다. 물론 완벽하다고 말하기는 힘들었다. 아니…… 적이 어떠한 공격 수단을 가지고 있는지가 불명인 이상, 완벽 따위는 어디에도 존재하지 않는 것이다.

그렇다면 이 이상을 바라는 것은 불가능하고, 또한 쓸데없다.

그렇기에 최선이라는 말이 이 자리에는 가장 적절했다.

부하의 반응을 보고 타쿠토는 만족스럽게 끄덕였다.

이것으로 하나, 마이노그라가 품은 문제가 해결되었으니까.

아직 문제나 걱정거리는 무수히 있다. 하지만 착실하게 한 걸음씩, 그들은 앞으로 나아가고 있다. 반드시 이루겠다고 맹세한 승리를 향해서.

"좋아, 둘 다 고마워. 압박이 좀 심하니까 또 숨어 있어 줄래?"

"바부……." "꺄꺄!"

평범한 사람이라면 미쳐버릴 것 같은 울음소리로 대답하며 《반편이》 두 마리가 지시대로 움직였다.

천장 위로 스르륵 올라가는 한 마리와, 그 자리에 녹아들듯이 사라지는 한 마리. 그것들을 교대로 확인하며 아투는 한숨을 내쉬었다.

"어쩔 방법도 없는 문제이지만, 외모가 저러니까 말이죠……."

"뭐, 그건 말이지……."

마이노그라의 유닛은 대체로 개성적인 외모이다.

3D 조형 기술의 한계에 도전하듯이 심혈을 기울여서 만들어진

그것들은, B급 공포 영화를 좋아하는 사람 등에게는 무척 호평. 일부 유저에게도 인기가 높다.

하지만 이질적인 그 모습을 실제로 상대하자면 불편하기 짝이 없었다.

그렇다고는 해도 능력은 확실히 보증.

이제까지 마이노그라의 유쾌한 동료들을 잔뜩 보았던 타쿠토도 이 정도라면 다소 불평을 흘리는 정도로 정신이 단련되어 있었다.

"후우. ……그러니까 앞으로는 이 체제로 내 주변 경호를 강화하고 싶어. 다들 이걸로 조금은 안심할 수 있겠어?"

"""옛!"""

그리고 그것은 다크 엘프들도 마찬가지였다.

오히려 무서운 외모에 걸맞는 흉악한 능력을 가지고 있다는 것을 시사했다.

이 대회의실에 간신히 비집고 들어올 정도의 거구와 얼핏 봐도 알 수 있을 정도의 사악한 압력을 계속 풍기는 《반편이》라면, 왕의 호위로서도 충분하리라고 다크 엘프들은 걱정을 하나 덜었다.

"그렇다고는 해도 한동안은 【궁전】에서 계속 요양을 하겠지만 말이지. 애당초 내가 밖에 나간다는 게 잘못이야."

"수, 수고를 끼쳤어요……."

그 말에 옆에서 거만하게 뽐내던 종자가 순식간에 시무룩하게 기분이 가라앉았다.

테이블 토크 RPG 세력에게 지배권을 빼앗기고, 타쿠토가 직접 손을 써서 탈환했던 것을 아직도 분하게 여기는 것이리라.

물론 타쿠토로서는 그런 의도로 말할 생각은 아니었기에 황급히 정정의 말을 꺼냈다.

"아니, 아투를 위해서라면 얼마든지 나가도 상관없어. 침울해하지 마, 아투가 있어 줘서 나는 정말로 큰 도움을 받고 있으니까."

"타쿠토 님……."

"어흠!"

몰타르 옹이 슬며시 끼어들었다.

딱히 새삼스럽게 방해할 생각은 없지만, 지금은 회의 시간. 그런 일은 따로 해달라는, 말로 표현하지 않는 클레임이었다. 다른 사람들도 말로 꺼내지는 않더라도 비슷한 시선을 보내고 있었다.

이러니저러니 해도 다들 자기주장이 강해졌다고 그들의 성장을 느끼며, 타쿠토는 조금 당황하면서도 당초 예정했던 화제를 꺼내기로 했다…….

"그러고 보니 메어리어, 캐리어. 이전에 말한 작전은 변함없이 계속하고 있어?"

그 말에 따분해하던 두 사람이 기다렸다는 듯 튀어나왔다.

"역병은 임금님의 명령대로, 감염 능력을 중시해서 조합했어요. 언니도 열심히 했지만, 성교의 망각에 대해서는 어디까지나 도시의 범위 안으로 한 거예요."

"열심히 했어—!"

"응, 고마워. 내가 생각하는 그대로 해줬어."

평소에는 그다지 의견을 내지 않는 엘프루 자매도 지금이라는 듯 성과를 어필했다.

타쿠토로서는 오히려 그녀들의 노력과 결과야말로 중요한 열쇠가 되니까 더욱 칭찬해 줘야 한다고 생각할 정도였다.

……타쿠토의 의뢰는 레네아 신광국에서 게임 마스터를 격파했을 때까지 거슬러 올라간다.

그때에 그녀들이 도시 안에 퍼뜨린 역병과 망각.

그것들의 유지를 부탁한 것은 다름 아닌 타쿠토였다.

이어질 한 수를 위해, 사전 준비를 한 것이었다.

"하지만 사전에 이야기했다시피, 우리는 이 힘을 유지해야 하니까 그다지 크게 움직이진 못한다고요?"

"임금님은 이걸로 어떻게 할 거야—?"

타쿠토가 두 사람에게 어떠한 칭찬을 건넬까 생각하는 동안에, 자매가 먼저 질문을 던졌다.

하지만 그녀들의 천진난만한 질문에, 옆에서 이야기를 듣던 어른들은 머리에 물음표를 띄웠다.

이제까지의 이야기로 충분히 해답은 논의한 것이 아닌가? 그런 의문이었다.

그러니까 레네아의 땅에 혼란을 초래하여 성스러운 국가의 행동을 제한시켰다.

암흑 대륙과의 경계로 이어지는 남방주 지역에서의 혼란은, 성스러운 국가가 암흑 대륙에 영향력을 행사할 때의 족쇄가 된다.

아투를 되찾고 레네아 신광국을 멸망시킨다는 일정한 성과를 거두었기에, 타쿠토가 일단 암흑 대륙까지 물러나서 태세를 정비할 생각이라고 모두는 생각했던 것이다.

하지만 이 쌍둥이 소녀만큼은…… 날카로운 마성의 본능 같은 감으로, 타쿠토가 그리는 플랜이 그것만이 아니라는 사실을 탐지해낸 것이었다.

"하하하, 두 사람은 어찌어찌 아는 모양이네. 사실 저건 시간벌이만이 아니거든. 그것뿐이라면 단순히 저 도시랑 거기에 사는 사람들만 망가트려도 충분하니까."

"그렇다면 타쿠토 님은 저 땅에서 아직 무언가 작전을 더 생각하셨던 건가요?!"

아투가 홀쩍 화제로 끼어들어 모두의 의문을 대변했다.

그녀의 눈에 감동과 감격이 넘쳐났으니, 다시금 타쿠토가 얼마나 굉장한지 실감한 것이리라.

이상하게 반짝반짝하는 눈빛으로 바라보는 아투에게 살짝 압도당해 끄덕이며, 타쿠토는 작전이 확실히 존재한다는 사실을 인정했다.

어디까지나 구상 단계라서 세세한 부분은 결정하지 않았지만 엘프루 자매에게 명령한 행동은 분명히 다음 작전의 포석이었다.

"역시 대단하세요, 타쿠토 님! 적의 기술을 손에 넣은 것도 그렇지만, 항상 두세 수 앞을 생각하고 행동하시다니! 저 아투, 감격으로 가슴이 떨려요!"

"참으로 그렇습니다. 정말로, 왕의 지혜는 그칠 줄을 모른다고 할 상황이로군요. 역시 왕이시야말로 국가 그 자체, 이 노구로서는 이야기를 따라가는 것이 고작입니다."

"어떤 작전인지 신경 쓰여—."

"그러네요, 언니. 대체 다음은 어떤 일이 벌어지는 걸까요?"

처음 모두의 반응은 기쁨이었다.

타쿠토가 짜내는 인지를 초월한 신산귀모의 전략. 이미 다음 포석은 깔았고, 마이노그라가 세계 전부를 수중에 넣는 종착점으로 착실하게 걸음을 옮기고 있다.

그것은 왕이 부활한 뒤로 더더욱 현저하여, 아직 몸이 좋지 않은 상태일지라도 기세가 약해질 줄을 몰랐다.

아아, 이 어찌나 훌륭한가 이라 타쿠토. 바로 그야말로 세계를 뒤덮는 어둠 그 자체라고.

"다만—— 나 말고도 이걸 알아차린 인물이 있단 말이지……."

하지만 다음으로 그 흥분은 단숨에 사라지고, 표현할 길 없는 불안이 밀려들었다.

파멸의 왕인 이라 타쿠토의 인지를 초월한 깊은 사고에 따라갈 수 있는 자라니, 유일한 예외를 제외하고는 존재하지 않는다.

다크 엘프들 안에서 무언가 좋지 않은 예감과 함께 어느 인물의 이름이 떠오르려던 그때…….

"회의 중에 실례합니다—— 긴급한 용건이."

살짝 긴장한 목소리를 높이는 이가 있었다.

문 근처에는 한쪽 무릎을 꿇으며 조용히 말을 기다리는 병사가 하나. 긴급 전령이었다. 무언가 트러블이 발생한 듯했다.

일개 병사에게는 천상의 존재라고도 할 수 있을 이들의 시선을 한 몸에 받고, 가련한 전령의 얼굴은 굳어 있었다.

물론 필요하다면 회의 중일지라도 전달하도록 미리 알렸으니까 그의 행동은 전혀 책망받을 일이 아니었다.

　그렇지만 회의가 끝나기를 기다리지 않고 곧바로 보고가 필요하다고 판단한 사안이다. 낙관시할 수는 없다고, 한 사람을 제외한 모두가 긴장했다.

　다만 타쿠토만은 어딘가 즐거워하는 모습이라, 마치 퀴즈의 정답을 맞추어 보듯이 들뜬 기분으로 가볍게 전령의 등 뒤를 가리켰다.

　"그 아이한테 전달해."

　"옙! ……어, 어어, 어느 분께── 으엇!!"

　"아브으……."

　등 뒤에 갑자기 《반편이》가 나타나서 경악한 표정을 짓는 전령 다크 엘프.

　그 태도가 불만이었는지 《반편이》는 입술을 삐죽였지만, 제대로 이야기를 들었는지 스르륵 소리 없이 이동해서 텔레파시를 사용할 수 없는 타쿠토 곁에서 귓속말을 했다.

　보고란 대체 어떤 내용인가? 회의에 참가한 멤버들의 시선이 타쿠토에게 모이는 가운데, 그는 진심으로 즐겁다는 듯 웃었다.

　"과연, 이 타이밍인가."

　"왕이시여…… 대체 어떤?"

　"그가 나랑 만나러 왔어."

　그 말에 단숨에 긴장감이 높아졌다.

　마이노그라의 왕인 이라 타쿠토와, 그의 부하인 설화의 영웅 비토리오.

드디어 양자가 대치할 때가 온 것이었다.

과연 그 회담은 무엇을 초래할 것인가? 확실하게 찾아올 폭풍의 시간을 앞두고서 부하 일동은 재치 있는 말조차 꺼내지 못하고 침묵했다.

"기대되네. 대체 어떤 어려운 문제를 꺼낼까."

이제까지 드래곤탄에서 계속 암약하던 비토리오가 주인인 타쿠토를 만나러 온다.

다시 말해서 그것은 그의 책략이 이미 이루어졌음을 의미하고, 그의 의도가 헌상이든 도전이든 타쿠토에게 던질 준비를 갖추었다는 의미다.

과연 설화의 영웅이라는 이름의 극약은 마이노그라에 무엇을 초래했는가? 그들의 심정을 아는지 모르는지, 타쿠토는 그저 즐겁게 웃는 것이었다.

## ✿ 반편이

전투 유닛

전투력: 13  이동력: 2

《포식》《인육 탐식》《재생》《사악》

※이형 동물원에서 생산 가능.
※생산되는 토지의 종류에 따라서 보유한
능력이 바뀐다.
숲: 《의태》《선제공격》《기습》
황무지: 《추적》《추격》《간파》《포위》

NO IMAGE

### 해설

### ~ 그것은 누구도 아니고 ,
### 온갖 생명의 요소를 내포한 채 ,
### 일그러져 있다 ~

《반편이》는 마이노그라 고유의 전투 유닛입니다.
높은 전투 지속 능력과 각양각색의 능력을 지니고 있습니다.
또한 《반편이》는 생산된 도시의 지형에 따른 능력을 획득하는 특성을 지니고 있습니다.
그래서 전략에 따라 【이형 동물원】 건설 도시를 고를 필요가 있습니다.
생산 비용은 높지만 어떤 지형에서 생산하더라도 비용에 걸맞은 능력을 지닌 강력
한 유닛입니다.

# 제9화 헌신

《파멸의 왕》과 설화의 영웅이 가지는 첫 회합은, 대부분의 부하들이 상상한 것과 달리 너무도 평온하고 친화적인 내용이었다.

장소는 마이노그라【궁전】. 알현실.

주위에서는 부하들과 타쿠토의 호위인 《반편이》가 시중을 들며 일이 돌아가는 상황을 지켜보고 있었다.

반면에 비토리오는, 그치고는 기묘하게도 부관으로 보이는 소녀를 데리고 이 자리로 찾아왔다.

신기하게도 본래라면 이 자리에 있을 터인 아투가 자리를 비운 모양이었지만, 그 사실을 신경 쓰는 사람은 없이 자연스럽게 알현이 시작되었다.

"영웅 비토리오오오오오! 삼가 왕을 뵙습니다!"

영웅은 공손하게 신하의 예를 올리고, 늦은 알현의 사죄와 함께 충성의 말을 늘어놓았다.

또한 그를 상대하는 왕도, 억양은 가볍지만 위엄과 경외가 가득한 목소리로 그에 응했다.

얼핏 아무런 문제없는 주종의 회담.

아무런 결점이 없는, 역사서에 한 문장이나 적힐지도 분명치 않은 광경이다.

하지만 통찰력이 좋은 이라면 이미 이 자리가 말을 이용한 전장으로 변했다는 사실을 쉽게 상상할 수 있었다.

왕인 타쿠토는 부하의 일거수일투족, 그 말 구석구석까지 세세히 파악해서 그의 진의를 판단하기 위해.

그리고 부하인 비토리오는 자신의 행위를 왕에게 상세히 설명하고, 자신의 충성심이 결백하다는 증명을 위해.

"그래, 잘 왔어. 비토리오."

서로 아직은 탐색전.

그 자리에 있는 멤버들은 왕인 타쿠토가 내심 어떤 심정으로 비토리오를 상대하는지 전혀 판단할 수가 없었다.

얼핏 온화한 회담으로 보인다. 하지만 이 영웅이 얼마나 방약무인한지를 모두가 호소했던 것이다. 이대로 아무 일도 없이 무사히…… 아무도 그런 예상은 하지 않았다.

"내가 움직이지 못하는 동안, 활력적으로 움직여 준 모양이네. 고마워. 텀이 좀 있었지만, 간신히 너와 시간을 가질 수 있었어."

"무슨 말씀이십니까! 국가의 영웅이 지도자를 위해 분골쇄신 일하는 것은 당연한 일! 왕께서는 그저 그곳에 계시고, 신하는 그저 한결같은 헌신을! 그것이 섭리이옵니다아아!"

"……그런가. 그럼 다시, 이라 타쿠토야. 나는 기억하고 있어?"

"물론 기억하고 있습니다!『Eternal Nations』를 극한까지 통달하신 분! 상대한 적 없는, 온갖 고난과 위기를 지혜로 굴복시킨 하늘의 재능! 이라 타쿠토란 다시 말해, 모든 존재의 정점에 선 이의 이름! 제가 유일하게 머리를 숙이는 플레이어이십니다!"

"하하, 몇 번을 들어도 부끄럽네. 하지만 너도 그 나날을 공유한다는 건 기쁘게 생각해."

"잊을 리 있겠습니까! 제가 그것을 잊을 리 있겠습니까! 오오, 신이시여! 위대한 분이시여! 저는 당신과 보낸 나날을, 결코 잊은 적은 없습니다!"

타쿠토는 가볍게 주위를 둘러보고, 그 자리에 있는 다크 엘프들이 의아하다는 표정을 드러낸 것을 확인했다.

마이노그라가 『Eternal Nations』라는 게임에 존재하는 국가라는 사실은 타쿠토가 숨기고 있는 항목 중 하나다.

비토리오는 그 사실을 알면서도 가볍게 말을 꺼낸 것이었다.

동요를 이끌어 회담의 주도권을 잡으려는 것인가, 또는 입가심으로 곤혹스러워하는 다크 엘프들이라도 관찰하고 싶은 것인가.

아니면 흥분한 나머지 꾸미는 태도를 잊었나.

그렇다고는 해도 이 정도라면 얼버무릴 수도 있고, 다크 엘프들도 무엇에 대해서 언급하는지 모를 것이다.

신의 나라의 말이라는 것으로 납득하는 만큼, 그런 부분은 편했다.

타쿠토는 마음속의 흥분을 미처 감추지 못하고 가볍게 웃음을 흘렸다.

항상 상대의 이면을 파악해야 하는 대회라니, 얼마만일까? 마음을 다잡고 회담에 임해야만 하는 이 상황은 개인적으로 바라는 바였다.

때로는 이런 다툼도 마음에 들었다.

타쿠토는 원래 굳이 따지자면 혈기가 왕성한 타입의 인간인 것이다.

그렇지만…… 지금은 타쿠토에게도 입장이 있다.

이것이 본래의 게임이었거나 상대가 아무래도 상관없는 인간이거나, 그럴 경우에는 자신의 욕망 그대로 일을 진행하더라도 문제없다.

하지만 지금의 그는 한 나라의 주인이다. 그 입장에 따른 책임은 확실히 그의 선택지를 다른 것으로 바꾸었다.

'우선은 제멋대로 벌인 행동을 질책해야 하나……. 그러고 보니 부하의 문제 행동을 제대로 된 형태로 지적하는 건 처음이네. 이제까지는 다들 분별력이 있었으니 기껏해야 주의를 주는 게 고작이었으니까. 그래도…… 앞으로는 이런 일도 필요한가.'

자, 어떻게 할까.

부하들 앞에서 비토리오에게 제대로 질책을 해야만 한다.

그 점은 타쿠토로서도 전혀 불만을 늘어놓을 일이 아니었다.

신상필벌은 조직에 있어서 기본이자 필수다.

하지만 비토리오의 경우에는 그것 또한 다른 의미를 가질 가능성이 있었다.

"네 행동은 이미 보고를 받았어. 공적은 크지만, 독단적인 행동이 조금 지나쳐. 뭐, 그건 네 성질을 안다면 어쩔 수 없는 일일지도 모르지만, 그렇다고 해도 다른 사람들한테 폐를 끼치는 건 좋지 않아."

"제 행동이 문제라고? 그렇다면 어떠한 벌이라도 받겠습니다! 그것이 지금 필요하다면, 부디 마음껏! 제게는 그럴 준비도 각오도 있습니다! 그래요! 지금 이 자리에서는, 그것이 필요! 자자! 왕께서 직접 자극적이고 과격한 벌을 제게!"

"으—음. 의욕이 넘치네. 너한테 어울리는 벌이라…… 고민되는데."

"참고로 저는 아픔이나 고통을 쾌감으로 바꿀 수 있습니다! 자, 오시지요!"

이것이 문제였다.

비토리오에게 무언가 벌을 주더라도, 이 영웅은 너무도 특수한 사정이 있어서 일반적인 벌이 제대로 된 벌이 되지는 않는다.

아픔이나 고통을 주는 것은 삼류. 지위나 직책 박탈은 이류.

그가 가장 용납할 수 없을 굴욕을 주고서야 비로소 합격점이라고 할 수 있겠지만, 과연 만사를 비웃는 이 영웅에게 그런 것이 존재할까.

타쿠토는 자기 안에서 앞으로의 방침에 몇 가지 수정을 더하고, 자신이 취해야 할 선택지를 골랐다.

"어중간한 벌이라면 오히려 낙담시켜 버릴 것 같네…… 뭐, 됐어. 그런 쪽으로는 차차, 전원이 납득할 형태로 주기로 하자. 다들 그걸로 되겠지?"

""옛!!""

다크 엘프들은 조금 불만스러운 표정이었다.

이 자리에서 비토리오가 벌을 받지 않는 것은 몹시 화가 나지만, 언젠가 벌이 주어진다면 납득은 간다. 그런 무어라 표현할 수 없는 표정이었다.

부하의 기분을 살피며 지시를 내리는 것은 지배자로서 적잖이 불찰로 여겨지지만, 지금은 이 상태야말로 바람직하다. 걸맞은 때는 지금이 아니다.

타쿠토는 그렇게 판단하고 비토리오를 계속 추궁했다.

"자, 그럼 다음이네. 비토리오, 네가 만든…… 정식 명칭이 없는 종교. 다들 그렇게 부르니까 《이라교》라고 부르자. 이걸 만든 목적을 들어 볼까."

"그건 물론 신이신 이라 타쿠토 님을 위해서, 그리고 제 꿈을 위해서입니다!"

흠, 타쿠토는 생각에 잠겼다.

비토리오의 꿈에 대한 내용은 지식에 없었으니까.

그러니까 『Eternal Nations』의 설정에 그런 항목은 존재하지 않는다는 의미였다.

비토리오는 설화와 비웃음의 영웅이다.

모든 존재를 자신의 장난감으로만 보고 어딘가 세계에 체념을 가진 그에게 이루고 싶은 소원이 있다니, 타쿠토로서도 예상 밖의 말이었다.

대체 그것은 무엇인가? 말로 묻기 전에, 그 해답은 맥없이 주어졌다.

"귀여운 여자아이가 되어서 위대한 신 이라 타쿠토를 옆에서 섬기는 것! 저는 해피엔딩 원리주의자! 나와 신만 있다면 좋아! 그것이야말로! 제 꿈입니다아아!"

"윽, 갑자기 두통이……."

"참고로 미소녀가 된 제 러프 일러스트도 있다고요? 보시겠습니까?”

그 순간에 팽팽하던 분위기에 어이없음이라는 이름의 이완이 생겨났다.

부하들이 또다시 기묘한 횡설수설이 시작되었다며 한숨을 내쉬고, 함께 데려온 부관 같은 소녀는 엄숙한 이 자리에서 나온 당돌한 망언에 명백한 동요와 놀라움의 태도를 드러냈다.

모두가…… 비토리오의 말을 평소와 같은 농담이라 받아들였다.

하지만 타쿠토가 머리 아픈 이유는 다른 이들과는 달랐다.

타쿠토의 걱정은, 비토리오가 던진 이 망언이 농담과 진담 양쪽의 가능성을 가졌다는 사실이었다.

비토리오는 때로 터무니없는 짓을 저지른다.

그것은 『Eternal Nations』의 설정에서도 그렇고, 실제 AI로서도 그런 거동을 취하는 경우가 많았다.

하지만 타쿠토만은 알고 있었다.

비토리오가 게임 안에서 취하는 알 수 없는 여러 행동에 때로 교묘하게 감추어진 의도가 존재한다는 것을.

타쿠토는 어떻게든 그 목적을 꿰뚫어 볼 수 있었기에 비토리오의 사용자로서 군림했다.

많은 사람들로부터 찬사와 놀라움, 그리고 어이없다는 시선을 한 몸에 받았던 것이다.

그래서 이 말을 그저 농담으로 치부하기에는 살짝 꺼림칙했다. 그러니까 진심일 가능성이 있었다.

“일러스트는 딱히 됐어. 그리고 그 꿈의 실현은 조금 어렵지 않을까? 적어도 나는 절대로 예스라고 하진 않을 건데…….”

“꿈은 어리석기에 빛난다! 그렇기에 강하게 애태우고 눈을 뗄 수 없다! 그것이 꿈! 드림! 드림 컴 트루! 저는 하겠습니다! 귀엽고도 귀여운 덜렁이 토끼 귀 미소녀가 되어, 반드시 신과 해피엔딩의 너머로 가는 겁니다!!”

“그런 일이 가능하다면 말이지. 가능할까?”

“가능하다마다! 반대로 여쭙겠습니다만, 불가능하리라고?”

“그런가…… 자신만만하네. 머리가 점점 더 아파.”

시답잖은 대화에 진위가 애매한 말이 덧칠되었다.

타쿠토로서도 비토리오가 가져온 수수께끼를 푸는 것은 힘들기만 한 일이 아니다.

특히 넌지시 도전을 하니 의욕도 생기는 것이었다…….

그의 진위를 헤아릴 수단, 힌트는 아마도 그가 데려온 소녀일 것이다.

타쿠토의 시선이, 이제까지 꿔다 놓은 보릿자루처럼 굳어 있던 산양 수인 소녀—— 요나요나에게 향했다.

“그러고 보니 타이밍을 놓쳐 버렸는데, 거기 있는 아이는 처음이네.”

“처, 처, 처, 처음 뵙겠습니다! 신이시여!”

갑자기 이야기가 자신을 향하자 깜짝 놀란 표정인 요나요나.

사전에 이야기로는 들었던, 비토리오가 점찍은 이라교의 대리 《교조》라고 한다. 안면을 익힌다는 의미도 있을 테지만, 이것 또한 희한한 인선이라고 타쿠토는 내심 혼잣말했다.

이라교의 가르침도 있어서 그런지, 신인 이라 타쿠토가 건넨 말에 감동과 긴장으로 감정이 미처 따라가지 못하는지, 조금 전부터 재미있을 정도로 동요한 모습을 드러내고 있었다.

"음—. 어떨까?"

그런 그녀의 태도에 쓴웃음을 흘리며, 타쿠토는 천장을 가볍게 올려다보고 물었다.

그 물음에 호응하듯 소리도 없이 그 자리에 내려선 것은 호위인 《반편이》였다.

그, 혹은 그녀. ──또한 그중 어느 것으로도 표현할 수 없는 이형은, 타쿠토의 뜻대로 요나요나에게 빤히 시선을 향하더니, 사랑스러운 갓난아기의 목소리로 '우웅!' 하고 경쾌하게 소리 높였다.

"그래, 특이할 것 전혀 없는, 정말로 평범한 여자아이구나."

"《반편이》의 《간파》로군요! 참으로 존귀하신 분치고는 실로 신중하십니다!"

의외다. 마치 그리 말하는 듯한 놀란 목소리로, 비토리오가 앞선 행동에 담긴 진의를 도발적으로 물었다.

확실히 신중한 행동이기는 했지만, 타쿠토로서도 여유롭게 행동한 탓에 지독한 꼴을 잔뜩 당했으니까 생략할 이유는 어디에도 없었다.

"최근에 이런저런 일이 있었으니까. 동료라고 생각했던 상대가 사실은 적의 위장이었다든지. 비토리오도 조심하도록 해. 예상 밖의 일은 언제나 갑자기, 그리고 조용히 찾아오거든."

"으으음! 위대한 이라 타쿠토 님의 충고! 참으로 감사합니다!"

비토리오의 성격을 생각한다면 요나요나라는 이 소녀도 무언가 목적을 가지고서 준비된 인물이라 보면 틀림없다.

그것이 어떠한 의도인지는 이제부터 차차 간파할 생각이었지만, 적어도 《의태》를 비롯한 무언가의 능력이 사용된 흔적이 없다는 점은 조금 안심할 수 있었다.

다만 처음부터 간단히 꿰뚫어 볼 수 있으리라고는 생각도 하지 않았지만.

"이런, 또 이야기가 벗어나 버렸네. 그래서 너한테는── 거기 비토리오가 어떤 일을 맡기고 있을까?"

당연한 권리로, 질문을 던졌다.

하지만 그 물음만으로 요나요나는 이제 한계인지, 얼굴을 새빨갛게 물들이며 입을 뻐끔뻐끔 금붕어처럼 여닫았다.

긴장한 나머지 목소리조차 나오지 않는 모양이었다.

마이노그라의 주민은 모두 왕인 타쿠토에게 경외심을 느끼고, 직접 말을 건네면 긴장하는 경우가 대부분이었다.

그것은 이전부터 당연하다는 듯 볼 수 있었던 광경으로, 가까운 부하들은 몰라도 일반 시민들은 타쿠토가 말을 건네면 그저 황송해하기만 하는 것이 일상이었다.

그렇다고 해도 그녀의 모습은 심상치 않아서, 이라교에서 신으로 여겨지는 타쿠토가 어떠한 위치인지를 단적으로 드러내는 모습이기도 했다.

"그, 그렇게 긴장할 것 없어. 자자, 어쩐지 나도 긴장된다고."

커뮤니케이션 장애 탓에 긴장이 전염되었는지, 의외로 정말 안절부절 못 하는 타쿠토.

그런 그와 그녀의 태도를 이해했는지 비토리오가 도움을 주러 나섰다.

"요나요나입니다. 제가 준비한 세컨드 플랜입니다만, 몇 가지 일을 가르쳤습니다!"

"세컨드 플랜?"

요나요나 쪽으로 한순간 시선을 던지고 타쿠토는 의아하다는 표정을 지었다.

타쿠토의 시선에 동요한 것인지 요나요나는 잔뜩 움츠러들었지만, 타쿠토가 위화감을 느낀 것은 그 부분이 아니었다.

비토리오답지 않은 행동이었으니까. 이 영웅한테 타인을 신용한다는 사고는 없을 터. 모두 자신이 하고 싶어 할 터. 세컨드 플랜이나 예비같이 자못 그럴듯한 책략을 떠올릴 성격이 아니다.

그렇기에 위화감이 앞섰다.

"그렇습니다. 모든 일에는 세컨드 플랜이 필요! 신이신 이라 타쿠토 님께서도, 거기 있는 다크 엘프들이 실패했을 때를 대비해서 세컨드 플랜이 필요하시지 않습니까? 특별히 쓸데가 없는 자라면, 교대하긴 쉽겠지요!"

"――무슨!"

명백한 모욕.

그 말을 들은 다크 엘프들이 단숨에 달아올랐다.

곧장 노성이 터지는가 싶던 그때, 타쿠토는 이제는 몇 번째일까 생각하며 손을 들어 제지했다.

그렇구나, 비토리오가 세컨드 플랜이 필요하다고 이 자리에서 주장한 이유도 보였다.

그렇다면 비토리오가 이 세계로 왔을 때에 다크 엘프와 아투를 상대로 얼마나 건방진 태도를 취했을지도 잘 알 수 있었다.

"그렇구나. 이 대주계에 사는 모두의 대체라는 건가."

"그렇습니다!!"

납득이 갔다. 이 영웅은 처음부터 아무도 신용하지 않았다.

다크 엘프들도, 아투도.

그렇기에 직접 관리할 수 있는 수하를 준비했다.

과연 그다운 행동이라 할 수 있었다. 어차피 이 세컨드 플랜이라는 것에도 이면이 있을 터.

모든 것을 가리고 광대를 연기하며 자신의 목적을 향해 그저 나아가는 그 모습은 도리어 시원했다.

모략가는 이래야만 한다.

타쿠토도 좋은 공부가 되었다는 듯 바로 파고들었다.

비토리오가 아니라 그 옆에서 잔뜩 긴장한 소녀에게, 말이다.

"뭐, 다들 생각하는 바는 있을 테지만, 지금은 좀 참아줘. ──어, 요나요나였던가? 대리 교조라고 그랬는데, 힘들진 않아? 비토리오는 이런 성격이야. 항상 폐를 끼치는 거 아냐?"

"그, 그렇지 않아요! 신을 위해서라면, 저는 어떤 시련이라도 견디겠어요!"

"그거, 넌지시 제가 성가시다고 그러는 거나 마찬가지로군요~."

비토리오가 슬며시 끼어드는 것을 무시하고 타쿠토는 요나요나에게 따듯한 시선을 보냈다.

잔뜩 긴장한 그녀에게 애써 다정하게, 그 마음을 풀어주듯 이야기를 건넸다.

"그런가, 힘들겠지만 잘 부탁할게. 기대하고 있어. ──그렇지, 뭔가 필요한 건 있어? 직접 적은 사인이라든지, 유명인이랑 만났을 때는 받는 법이잖아?"

"우, 우상 숭배는 금지되어 있습니다!"

그 말에 타쿠토는 드물게도 고개를 갸웃거렸다.

사인을 우상 취급하다니 지나치게 열성적인 것 아닌가? 그런 의문도 있었지만, 그 이상으로 이라교가 우상 숭배를 금지한다는 사실이 의아했던 것이다.

게다가 요나요나의 태도를 보기에는 무척 중요한 일인 듯했다.

"그건 또…… 어째서? 사인 정도도 안 되는 거야?"

의아하다는 타쿠토의 태도를 어떻게 받아들였는지 요나요나는 당황한 듯 변명을 시작했다.

"그, 그게. 우상을 준비하는 건 최대의 금기로 여겨집다…… 여겨져요. 《이라교》에서는 기도야말로 중요하고, 그 기도가 향하는 곳을 그르치는 건 결코 해서는 안 되는 행위……거든요."

요나요나는 애써 그렇게만 말하고 입을 다물었다.

긴장 탓에 목이 마른 것일까, 그녀답지 않게 쉬고 약한 목소리였지만, 그것은 틀림없이 타쿠토의 귀에 닿았다.

신의 가르침을 준수하고 싶지만, 그것을 행하는 것은 눈앞에 있는 신의 말을 부정하는 일이 된다.

모순된 그 행위가 그녀를 괴롭히는 것은 명백했다.

"그렇구나, 기도의 힘을 내게 모아 주는 거구나. 그렇다면 조금 전의 말은 없었던 걸로 할까."

요나요나의 태도가 너무나도 가엽게 여겨졌는지, 타쿠토는 스스로도 놀랄 만큼 다정한 목소리로 산양 소녀에게 말했다.

안도한 소녀의 태도에 만족하며, 타쿠토는 말없이 대화를 바라보던 비토리오에게 시선을 향했다.

"나한테 기도의 힘을 모아서, 의식 상실로부터 회복시켰나……."

딱히 상대도 없이, 타쿠토는 혼잣말했다.

그 말에 비토리오는 그저 히죽히죽 웃을 뿐, 긍정도 부정도 하지 않았다.

"그것뿐이 아니구나?"

"글쎄요, 어찌 생각하십니까, 나의 신이시여."

직설적인 물음에도 빼들빼들 피할 뿐.

아니…… 이 자리에서 확언을 피하는 것이야말로 그가 무언가 책략을 사용하고 있다는 증거이리라.

타쿠토는 작게 고개를 가로젓고 곤란한 듯 머리에 손을 댔다.

귀찮은 일을 더 늘리지 말아 달라는 반쯤 체념과도 닮은 마음이 겉으로 드러난 모양새였다.

그런 타쿠토의 마음고생을 아는지 모르는지, 혹은 알고서도 굳이 그런 행동으로 나오는 것인지.

비토리오가 여봐란 듯이 좌우를 둘러보고 질문 하나를 던졌다.

"흠. 그 완전 빈…… 아니지, 아투 양이 여기 없는 건, 뭔가 의도가 있어서 그런 겁니까?"

갑자기 이야기가 크게 벗어났다.

이미 비토리오는 멤버 파악도 끝냈다.

이야기하고 싶은 것 전하고 싶은 것을 자유롭게 선보인 만족감이 있었던 것일까? 아니면 단순한 의문이나 혹은 경계일까.

굳이 비토리오 쪽에서 이 자리에 없는 심복 소녀에 대한 화제를 꺼냈다.

"아투가 없는 이유인가. 이상한 걸 묻는구나, 비토리오. 아투가 있다면 네가 곤란하잖아?"

비토리오와 아투는 견원지간이다.

《설화》의 영웅으로서는 그렇게까지 특별한 감정을 품고 있는 것은 아니지만, 반대로 《오니》의 영웅 쪽은 이미 싫어한다는 말 정도로 미처 표현할 수 없을 만큼 혐오감을 품고 있었다.

그래서 타쿠토는 이 자리에 아투를 부르지 않은 것이리라.

부른다면 반드시 두 사람은 다투기 시작하고, 설령 타쿠토가 주의를 주더라도 몇 번이고 대화가 중단되었을 테니까…….

타쿠토가 그렇게 판단했다고, 비토리오를 포함한 이 자리에 있는 모두가 인식하고 있었다.

배려심 있는 그 대응에 비토리오는 신기하게도 만면의 미소를 지었다.

"예, 예. 그렇다마다. 높으신 그 배려, 저는 정말! 만족하고 있습니다! 아무래도 그 여성은 저와의 상성이 참으로 나쁘기에! 실제로 무엇이 문제인지 알 수 없으니까 말이지요!"

"그런가, 그렇다면 그걸로 문제없네."

둘 사이에 겉으로 드러나지 않는 무언가의 납득이 있었나 보다.

설화의 영웅과 파멸의 왕이 나누는 대화는 걸핏하면 지리멸렬하고, 화제가 이리저리 마구 바뀌는 것이었다.

마치 만취한 철학자들이 자신의 연구 결과를 맞부딪히는 것만 같이……

의미심장하게 여겨질 법한, 의도가 있는 듯 없는 듯, 부하들이 그런 기묘한 감각을 품게 만들었다.

하지만 그 말의 교환에 의미가 존재하지 않는다, 그런 어리석은 생각을 품는 사람은 아무도 없었다.

그저 단순히 아득히 높은 존재이기에, 쌍방이 벌이는 말의 전투를 인식하지 못하는 것이다.

"허나, 허나 위대한 신이시여. 저는 이것으로 확신했습니다! 당신이 설령 어떠한 생각이나 책략에 이를지라도, 이번 유희는 제가 한 수 앞섰노라고!"

그 말에 타쿠토는 싱긋 웃었다.

역시 무언가 책략을 사용했나. 그런 일종의 기쁨과도 닮은 감정의 발로였다.

비토리오는 기만과 모략의 영웅. 그렇다면, 그렇기에.

본래라면 완전히 넙죽 엎드려서 헌신만으로 섬겨야 할 주인조차 그가 행하는 사기술의 대상이 되는 것이다.

분명 피를 흘리는 일은 없을 것이다. 어느 쪽으로 굴러가든 쌍

방에게 큰 불이익이 되지는 않을 것이다.

하지만, 지금 이 순간. 타쿠토와 비토리오 사이에 틀림없이 전투의 불길이 피어올랐다.

"그렇구나. 내가 이미 네 손바닥 안이라고? 하지만 그 수조차 간파하고, 이미 되갚을 한 수를 준비하고 있을지도 모른다고?"

"흐음. 하지만 이번 책략은 제가 혼신의 힘을 다해서 만들어 낸 최강, 최고의 것. 이미 그것은 이루어졌고, 남은 일은 마무리를 그저 느긋이 기다리는 것뿐. 이제는 설령 이라 타쿠토 님이실지라도 뒤집을 수는 없습니다. 그것은 그저 사실일 뿐입니다."

앞선 말의 교환으로 어떻게 그런 결론에 다다랐는가? 이 자리에 아투가 없다는 사실이 그렇게까지 중요한 의미를 가지고 있었는가? 또는 그곳에 무언가 다른 의미가 숨겨져 있었는가…….

부하들의 동요와는 달리 타쿠토는 표정도 바뀌지 않아, 그의 진의를 엿볼 수는 없었다.

"하지만 안심하시길, 위대한 분이시여! 제 꿈은! 당신께 아무런 불이익도 존재하지 않습니다! 이것은 완벽하고 완전한, 나의 신이라 타쿠토 님께 바치는 제 선물입니다!"

"그렇구나……. 모든 것이 자신의 생각대로 된다고 생각하는 건 참으로 너답지만……. 앞으로를 위해서라도 조금 본때를 보여 주는 편이 좋겠네."

"뜻하시는 대로. 다만── 그 생각도 언젠가 바뀌실 것, 이 자리에서 미리 선언하도록 하죠."

험악한 분위기가 흘렀다.

주인에 대한 불손할 정도의 도발.

한계까지 팽팽해진 분위기가 주변을 지배하고, 여차하면 가장 먼저 비토리오에게 칼날을 내지르겠노라 기아나 몰타르 옹이 조용히 준비했다.

앞선 말에는 명백한 배신의 의도가 포함되어 있었다.

왕의 바람에 부정을 들이밀고, 자신의 바람을 밀어붙인다. 그것이 마이노그라에 사는 이들에게 어떠한 의미를 가지는지, 이 나라에 모르는 이는 없다.

하물며 영웅. 그 말의 무게는 누구보다도 이해하고 있을 것이다.

지금 여기서, 타쿠토가 직접 벌을 내린다.

죽음을 내린다는 최대한의 불명예로.

하지만…….

"와하하하하핫! 히히잇!"

"후훗, 아하핫!"

둘 사이에 생겨난 것은, 마치 장난에 성공한 어린아이가 터뜨릴 것 같은 천진난만한 웃음이었다.

다크 엘프들이, 그리고 이라교의 대리 교조인 요나요나가, 팽팽한 분위기가 흩어진 것에 안도의 한숨을 크게 내쉬었다.

둘은, 특히 왕은 이 대화를 진심으로 즐기고 있다.

그 사실을 안 것만으로 목숨을 건졌다는 감각에 빠져들고, 위장이 뒤틀릴 것 같은 이 회합이 옆에서 보기에는 어쨌든 허용의 범위 안으로 진행되고 있음을 이해했다.

"뭐, 언젠가 결판은 나겠지. 네게 벌을 주는 것도 그때로 하자.

이런 건, 타이밍이 중요해."

"그때는 우리 나라의── 그리고 마이노그라에게 영원히 잊을 수 없는, 기념할 날이 되겠지요! 벌써부터 그날이 기대됩니다! 축제의 날을! 성대한 축제를 보여드리지요!"

"으──음, 확실히. 기대되네."

화기애애한 분위기는, 조금 전까지의 험악함이 전혀 느껴지지 않는 가벼운 느낌이었다.

영웅에 대해서는 아직 헤아릴 수 없는 부분이 많다.

특히 왕과 영웅의 관계성에 대해서는, 부하들은 거의 모른다고 해도 될 것이다.

그들이 모르는 관계성이, 그들이 아직 보지 못한 신뢰가, 이 주종에게 존재한다.

그리 확신하게 만드는 대화였다.

"일단 수단은 어떻든 간에, 네가 나를 생각해 준다는 건 잘 이해했어. 우선 이 화제는 끝이야. 이것 참, 오랜만에 즐거운 시간을 보냈어. 이렇게 머리를 쓰는 대화는 어쩐지 신선하네. 임금님이라는 느낌이 들어."

"핫핫핫! 무~슨 말씀이십니까. 그 말씀, 그 위엄, 그야말로 악의 왕! 이 세상의 모든 것을 멸망시키는 파멸의 화신! 앞으로도 더더욱 나쁜 짓을 하죠! 저는 그것을 도울 수 있어 참으로 기쁠 따름입니다!"

"응, 든든하네. 정말로 든든해."

파멸의 왕과 설화의 영웅.

기묘하고 끝을 알 수 없는 이들 주종의 대결은, 일단 결판을 뒤로 미루게 되었다.

아득히 높은 곳에 존재하는 지혜의 맞대결이 어떠한 결말을 초래할지는 아직 편린조차 보이지 않았다.

하지만 어쨌든…… 그것은 마이노그라라는 국가와 이라 타쿠토라는 플레이어에게 불이익이 되지는 않을 것이다.

파멸의 왕의 위엄은 헤아릴 수 없으니. 그 사실을 충분히 이해하게 만드는 설전이었다.

그리고 할 일은 하나 남았다.

그들에게 일체의 의문도 없이 결정된 것. 그것은…….

"──좋아, 그럼 세계 정복을 향해, 바로 우리의 턴을 시작할까. 뭐가 필요해, 비토리오? 바라는 걸 전부 준비할게."

이 세계에 사는 다수의 적대 세력. 그들 모두를 굴복시키기 위한 한 수였다.

타쿠토는 크게 양팔을 펼치며 선언했다. 모든 것을 준비하겠다.

그것은 즉 『Eternal Nations』 세계 랭킹 1위인 플레이어와, 『Eternal Nations』 사상 최악의 영웅이 함께 힘을 합쳐 행동하는 것을 의미한다.

파멸의 왕과 설화의 영웅이, 그들의 모든 힘을 마음껏 휘두르는 것이다.

"그러시다면. 감사히 받들어서어……."

전폭적인 신뢰를 담은 주인의 말에 그의 입가가 올라갔다.

부하 다크 엘프들, 그리고 대리 교조 요나요나 역시도 이 주종이 함께 같은 목표를 향했을 때, 세계에 초래할 영향을 생각하고 무심코 숨을 삼켰다.

이어지는 한 수는 과연 무엇인가? 어둠의 밑바닥에서 악의가 고개를 쳐들어 사냥감을 찾아 나선다.

그리고…….

"거기 두 꼬맹이—— 엘프루 자매를 빌리고 싶습니다!"

그 한 수는 생각도 하지 않은 방향으로 번졌다.

""으갹!!""

그 또래 소녀치고는 무척 품위가 없는 목소리가 둘, 알현실 구석에서 흘러나왔다.

비토리오에게 벌이 주어지지 않는다는 것을 알고 이제 흥미는 없다는 듯 장식품처럼 멍하니 상황을 지켜보던 자매가 사이좋게 터뜨린 경악의 목소리였다.

왜 자신들이. 그런 생각이 살짝. 왜 이 최악의 인물과 함께 행동해야 하느냐는 명확한 혐오가 한가득이었다.

누가 보더라도 기분 나쁘고 납득이 가지 않는다는 태도와 표정에, 비토리오의 제안과 이 흐름을 어느 정도 예측하던 타쿠토도 무심코 쓴웃음 지었다.

"아—, 역시. 남방주에 손을 댈 생각인가…….."

"지금 가장 핫한 지역이니까요. 게다가 제가 사랑하는 마이노그라를 둘러싼 상황! 역사의 흐름에 어긋나는 일이 지나치게 응축되었기에, 세력 확대는 급선무! 신께서도 그럴 예정으로 준비를 완료하신 게 아닙니까?"

자못 당연하다는 듯이 자신의 작전을 정확하게 간파하는 훌륭한 그 솜씨에 타쿠토도 무심코 '역시 대단하네'라는 목소리를 흘렸다.

하지만 지금은 그 솜씨가 든든했다. 찰떡같은 호흡이라 표현하기에는 썩 달가운 기분은 아니지만, 그렇다고 해도 작전 설명이 필요 없다면 쿵짝이 맞는 관계는 마음에 들었다.

여하튼 세세한 이야기를 정리해야 한다. 설령 그것이 갑작스러운 불행과 맞닥뜨린 자매가 점점 기분이 급전직하하는 와중이라고 해도…… 말이다.

"어쩔 수 없네. 엘프루 자매는 동행을 허가할게. 참고로, 현재 남방주에는 성녀가 하나 있다는 정보를 얻은 상태야. 대처는 가능하겠어?"

"물론이다마다! 성녀라니 참으로 좋군요! 신앙이 두터운 사람들의 희망. 다정한 자애의 사도! 전 그런 반짝반짝하는 걸 정말 좋아합니다! 혹시 서로 마주하게 될지라도, 틀림없이 사이좋게 손을 맞잡을 수 있겠지요! 저는! 꿈이라든지 사랑이라든지 희망이라든지! 그런 것을 정말 좋아하니까!"

"……어—, 알았어알았어. 뭐, 본래의 취지는 잊지 않은 모양이니까 딱히 상관없을까. 마음대로 해도 되지만, 그녀들에게는 상처 하나 입히지 않도록."

엘프루 자매에게 흘끗 시선을 향했다.

둘 다 입술을 삐죽 내밀고, 양손으로 ×를 만들며 단호히 거절한다는 자세를 취하고 있었다.

안타깝게도 그녀들이야말로 이어질 작전의 핵심이다. 그 ×를 받아들일 수는 없었다.

덧붙여서 애처롭게도…… 그 작전 와중에도 그녀들에게 이래 저래 고생을 시키게 된다.

어떻게 설득할지, 벌써부터 머리가 아팠다.

조금 전까지 비토리오와 지혜의 다툼을 즐기던 열기도 순식간에 식었다.

화내는 여자아이는 무서운 것이다…….

파멸의 왕은 절망적인 기분이었다.

"어라~ 꼬맹이들을 바라보는 신의 시선이 다정해! 으~음! 마음에 드시는 거로군요. 저 질투해요! 아, 참고로 제 안전은?"

"딱히 죽어도 상관없어."

"으으으음!! 훌륭해! 기꺼이!"

그리고 쌍둥이 소녀에 대한 걱정과는 달리 비토리오에 대한 대응은 더없이 신랄했다.

다만 그 말조차 지금은 그를 기쁘게 만드는 극상의 조미료에 불과했다.

타쿠토는 여전히 딱딱하게 굳어 있는 요나요나에게 흘끗 시선을 향하며, 이미 파악한 몇 가지 주의 사항을 재확인의 의미도 포함해서 비토리오에게 전달했다.

"책략에 사용할 인원 선출도 너한테 맡길게. 《이라교》의 교도 이외에도 필요하다면 자유롭게 데려가도 돼. ──참고로 엘 나 정령 계약 연합을 지배하는 세력의 움직임이 불투명해. 이해하고 있을 테지만, 다른 세력의 능력은 때로 우리 예상을 아득히 뛰어넘어. 경계를 게을리하지 마. 우리의 꿈에, 적은 많아."

"설화의 영웅의 이름에 걸고——."

깊이 인사를 하고, 드물게도 진지한 태도로 비토리오가 명령을 받들었다.

든든한 그 태도에 타쿠토도 만족하고 끄덕였다.

딱 하나. 지나치게 든든해서 예상 밖의 일이 벌어질 가능성이 불안하지만, 그에 대한 대처를 생각하는 것 또한…… 마이노그라라는 국가를 운영하는 참맛이다.

타쿠토는 계속 말했다.

"엘프루 자매에 대해서는 안심해. 내 쪽에서 작전의 중요성은 제대로 전해둘 테니까."

타쿠토가 벽 근처에 있는 엘프루 자매에게 시선을 향했다.

명백히 불만스러워 보이는 그녀들을 지금부터 어떻게 설득할지 타쿠토는 고민이었지만, 전략적으로도 지금은 응한다는 것 이외에 선택지는 없었다.

솔직히 비토리오의 대처보다도 이쪽이 더 큰일이지 않을까? 내심 조마조마했다.

"이상……일까. 어쨌든 또 너랑 같이 지낼 수 있어서 기뻐, 비토리오."

"저도, 또다시 위대한 분과 지낼 수 있어서, 감개무량합니다! 그야말로, 기적! 이것이야말로 행복! 으~음! 저 열심히 하겠습니다!"

"그렇지만 과하게 하진 않도록 해. 기대할게—— 물론 요나요나도. 오늘은 비토리오하고만 이야기했지만, 상황이 좀 진정되면 시간을 만들어서 너와도 대화를 나누자.”

“핫핫핫! 요나요나 양도 참, 기쁜 나머지 선 채로 실신했습니다! 그럼 전 이래저래 할 일이 생겼으니까, 일단은 실례하겠습니다!”

또다시 과장스럽게 인사를 하고, 설화의 영웅은 발길을 돌렸다.

몇 걸음 걸어간 참에 눈을 까뒤집고 기절한 요나요나를 짐짝처럼 훌쩍 옆구리에 끼고, 그대로 물러났다.

그의 등을 향해 말이 날아들었다.

“잘되면 좋겠네, 비토리오.”

진심으로 기쁘다는, 그리고 어딘가 본심에서 우러나오는 응원이 담긴, 그런 목소리였다.

그 말을 들은 비토리오가 어떠한 감정을 품었을지는 아무도 알 수 없다.

다만 그치고는 드물게도, 그의 표정에 평소의 경박함은 존재하지 않았다…….

“저, 저기…… 그렇게 되었으니까 비토리오를 따라가서 남방주 공략 작전을 해줬으면 좋겠어……. 그게, 이건 굉장히 중요한 작전이라서 말이지. 이제부터 얼마나 중요한지를 두 사람한테 이야기하고 싶은데, 들어주겠어?”

““싫어————!!””

비토리오의 등 뒤에서 엘프루 자매의 절규가 들렸다.

생각을 하면 할수록, 그것조차도 이라 타쿠토의 심원한 지혜에 따른 책모의 일환이 아닌가 느껴졌다.

이라 타쿠토는 『Eternal Nations』에서 《행복해지는 설화 비토리오》를 컨트롤할 수 있는 유일한 플레이어다.

결코 잊은 적 없었지만, 인식이 지독히 물렀을 가능성은 있다.

그가 목표로 하는 꿈을 위해, 다시금 마음을 다잡을 필요가 있다.

다름 아닌 설화의 영웅은, 가면 같은 표정을 지으며 그렇게 생각하는 것이었다.

---

## Eterpedia

### ✿ 파멸의 정령
마법 유닛

**전투력: 7  이동력: 1**
《파멸의 친화성+1》《사악》

※《6대 원소》 연구 완료로 해금

#### 해설

### ~정령이라 부를 수밖에 없지만,
### 허나 그 존재는 너무나도 추악했다~

《파멸의 정령》은 6대 원소 해금으로 생산할 수 있는 마법 유닛입니다.
일반적인 마법사와 다르진 않지만 파멸의 친화성을 가지고 있기에 파멸의 마나 증가에 따라 전투 능력이 강화됩니다.
또한 모든 마법 속성에 적성이 있기에 전략에 따라 군사 마법을 습득할 수 있습니다.

# 제10화 계략

상업 도시 셀드치는 이라 타쿠토의 습격으로 폐허가 된 레네아 신광국의 수도 아믈리타보다 남부에 위치한, 암흑 대륙과 가장 가까이에 존재하는 국경 인근의 도시다.

암흑 대륙—— 사는 자에게 가혹한 환경을 강요하는 극한의 땅에서 현재 점점 강한 영향력을 발휘하는 국가가 다종족 국가 폰카븐과 암흑 국가 마이노그라.

파멸의 왕 이라 타쿠토가 준 다양한 기술이나 물품으로 급격하게 발전한 이들 양대 국가와 인접한다는 것은, 다시 말해 양국으로부터의 영향력을 강하게 받고 있다는 것을 의미한다.

하물며 현재는 그 파멸의 왕과의 싸움으로 남방주 자체가 기능 부전에 빠져 있는 상황이다.

일기의 성녀가 달려온 수도 아믈리타라면 모를까, 나름대로 규모가 있다고는 해도 말단의 일개 도시인 이곳 셀드치 따위는 고스란히 방치된 것이 현실이었다.

신의 사랑은 무한하지만 사람이 구할 수 있는 숫자는 유한하기에 어쩔 수 없다고 할 수 있을 결단.

설화의 영웅인 비토리오가 그런 상황을 놓칠 리가 없었다…….

………

……

…

셀드치 제1교구 교회 예배당, 임시 치료소.

"쿨럭, 쿨럭…… 으으, 전혀 낫질 않네."

"죄송해요, 누가 좀 물을…….."

병에 걸려 괴로워하는 사람들의 목소리가 도처에서 들렸다.

비극이 낳은 마녀인 쌍둥이 소녀, 엘프루 자매.

그중 하나인 동생 캐리어가 일시적인 만월을 바탕으로 만들어 낸 역병의 저주는 멀리 이 땅에까지 만연하고 있었다.

그것 자체는 조금 힘겨운 감기 같은 것이었다. 잠복 기간이 있고, 공기를 통해 감염되고, 자연 치유에 맡길 경우 상당히 오랜 기간 괴롭다는 점을 제외한다면 건강한 사람의 목숨을 위협할 질병은 아니었다.

하지만 바로 그렇기에 그 성질이 성가시기 짝이 없는 악영향을 초래했다.

사람들의 왕성한 왕래와 교류가, 악의를 바탕으로 만들어진 이 역병을 순식간에 남방주 전체로 퍼뜨리기에 이르렀다.

현대라면 폭발적 감염, 혹은 판데믹이라 불리는 상황이다.

그렇기에 이 상황은 특이할 것도 아니고, 어느 도시나 촌락일지라도 비슷한 광경이 펼쳐지고 있었다.

"괜찮습니까?! 여러분, 바로 고쳐드리지요!"

이곳 제1교구 교회 역시도 마찬가지였다.

신도의 예배는 물론 도시에 재해나 문제가 발생했을 경우 임시 지휘소나 피난소로서도 건설된 그 장소에는, 현재 일종의 전장 같은 분위기가 감돌고 있었다.

많은 사람들은 의자나 바닥에 앉아서 쌔액쌔액, 괴롭게 숨 쉬며 치료를 기다리고 있었다.

특히 증상이 무거운 사람은 바닥에 만들어진 침상에 누워서, 목숨이 위험하지는 않다고 해도 무척 힘겨워 보였다.

간병하는 사람들이 끊임없이 오가고, 증상이 무거운 사람부터 가벼운 사람, 입장을 따지지 않고 남녀노소 치료를 원하여 찾아오는 사람들은 끊이지 않았다.

이 이상은 이제 받아들일 여유가 없었다. 예배당은 이미 발 디딜 곳 하나 없는 상황.

근본적인 치료법이 없기에 대중요법 정도밖에 존재하지 않고, 사람은 산더미처럼 오지만 회복해서 나가는 사람은 셀 수 있을 정도뿐이었다.

한계가 찾아오려 하는…… 아니, 이미 한계는 찾아왔다.

그런 가운데, 환자 하나가 실려 왔다.

성기사일까? 특징적인 기사 갑옷을 입은 젊은이에게 업힌 늙은 남성은 무척 증상이 심해서, 그들의 표현을 빌린다면 당장에라도 신의 곁으로 여행을 떠날 것만 같았다.

병마가 원인이라기보다도 노령이라 폐렴이 발병했는지, 급격한 체력 저하도 어우러져서 중태에 빠진 듯했다.

약한 병도 저항력이 낮은 노인이나 아이들에게는 치명적이다.

이 노인도 언젠가 이대로 치료의 보람도 없이 힘이 다할 가능성이 높다. 잘 모르는 사람이 보더라도 위험한 상태임은 명백했다.

"《교조》님! 교조님은 계십니까?! 급한 환자입니다! 급한 환자예요!!"

기사가 노인을 의자에 앉히고, 그의 용태를 멀리서 파악한 사람이 황급히 달려와서 예배당에 울려 퍼지는 목소리로 외쳤다. 조금 전부터 열심히 사람들의 치료에 애쓰며 예배당 안을 뛰어다니던 남자였다.

그 목소리는 정말 진심으로 사람들의 몸을 걱정하고, 동시에 이 상황에 혼란이 생겨 동요한 것처럼 여겨지기도 했다.

교조란 누구일까? 어쨌든 그만큼 봉사의 마음을 가진 사람이 외치고 있으니 중요한 인물일 것이다.

"급한 환자입니다! 교조니임!《이라교》대리 교조니이임!"

예배당 안에 울리는 거슬리기 짝이 없는 큰 성량. 그는 바로…….

영웅 비토리오였다.

"시끄럽네…… 눈앞에 있잖아. 네 눈은 옹이구멍이냐?"

크게 혀를 차며 진심으로 싫다는 듯 내뱉은 것은《이라교》의 대리 교조 요나요나였다. 그녀의 말대로 조금 전부터 비토리오 옆에 있었고, 노인의 상황도 파악했다.

물론 비토리오도 그녀의 존재를 알아차렸을 터. 오히려 조금 전부터 몇 번인가 눈이 마주쳤다.

"오오! 대리 교조 요나요나 님! 거기 계셨습니까!"

그럼에도 불구하고 이런 태도. 마치 간신히 기다리던 사람이 나타났다는 듯한 과장스러운 기쁨.

빤히 들여다보이는 짓에도 정도가 있다.

요나요나는 더욱 크게 혀를 찼다. 이렇게 빌어먹을 만큼 바쁠

때에 시답잖은 연기나 하느냐는 표정이었다.

그 표정과 태도를 어떻게 받아들였는지, 환자일 노인이 위축되기 시작했다.

"쿠, 쿨럭. 쿨럭! 죄, 죄송합니다…… 다 죽어가는 노인네가 폐를 끼쳐서."

"어, 신경 쓰지 마. 기분이 나쁜 건 거기서 춤추고 있는 바보 탓이야. 그보다도, 힘들겠지. 자, 여기 누워……."

요나요나의 말과 도움으로 노인은 몸을 뉘었다.

말은 조금 남자처럼 씩씩하지만, 그녀의 목소리에 험악한 감정은 없고 오히려 자애가 담겨 있었다.

걱정하는 모습에는 위로의 마음이 보여, 그것만으로 그녀의 영혼을 알 수 있을 듯했다.

쌔액새액 거친 노인의 호흡이 다소 나아진 것을 확인하더니 요나요나는 주위를 슥 둘러봤다.

이미 이곳은 만원이었다. 이 이상 환자를 받아들이는 것은 불가능하리라.

시간을 봐도 적당하고, 이제까지의 흐름을 생각한다면 슬슬 저것을 시작해야겠다며 요나요나는 한숨을 내쉬었다.

"예예예―! 여러분 주목! 지금부터 우리 대리 교조이신 요나요나 양이! 여러분을! 괴로움에서 해방시켜 드리겠습니다아아!"

그런 그녀의 마음고생을 헤아렸는지, 타이밍 좋게 비토리오가 또다시 크게 소리쳤다.

그 성량과 내용에, 병으로 괴로워하는 사람들의 시선이 한곳으로 집중되었다.

물론 그곳은 바로 요나요나. 이미 몇 번이나 경험했지만, 그녀는 이 순간이 무척 불편했다.

원래부터 전혀 특이할 것 없는 그저 마을 처녀다. 이렇게 시선을 모으는 경험 따위는 이제까지 없었다. 특히 자신이 다른 사람들이 추어올릴 법한 인간이 아님을 이해하기에 그 마음은 더욱 강했다.

"자아? 모두가 요나요나 양을 기다린다고요? 자아자아?"

물론 굳이 큰소리를 내지른 비토리오의 목적이 요나요나를 괴롭히려는 것임에 의심할 여지는 없었다.

히죽히죽 화가 치미는 미소를 짓고서 도발하는 비토리오를 노려보고 주위를 둘러봐서 근처에 엘프루 자매가 있다는 것을 확인한 뒤, 요나요나는 어흠 헛기침을 한번 해서 마음을 다잡았다.

"위, 위대한 신 이라 타쿠토여! 이 가련한 이들에게, 치유의 힘을 보여주소서!"

요나요나가 크게 양팔을 벌리고 하늘을 향해 외쳤다.

살짝 어색하기는 하지만 간절하게 바치는 것 같은 진지한 기도에 사람들의 시선이 집중되었다.

대체 무슨 일이 벌어지는 것인가? 괴로워하는 시민들 중에 깨달은 이는 없었지만 요나요나는 선언과 동시에 지극히 작은, 누구에게도 들리지 않을 정도의 성량으로 누군가를 향해 살며시 중얼거렸다.

"——지금임다. 부탁할게요."

"알겠다는 거예요……."

그 순간, 신기한 일이 벌어졌다.

갑자기 마치 신의 위광에 병마가 겁을 먹고 도망친 것처럼 사람들에게서 고통이 사라진 것이었다.

그렇게까지 사람들을 괴롭히던 병이, 더러운 진흙처럼 들러붙어서 전혀 사라지지 않았던 고통이, 마치 하나의 의지를 가진 것처럼 스윽 사람들에게서 사라졌다.

신이 직접 명령하여 머리를 숙이고 물러난 것처럼…….

"괴, 괴롭지 않아! 이, 이건 대체──."

"오오! 고마우이! 조금 전까지 목이 아프던 게 거짓말 같아!"

사람들에게서 곤혹과 동시에 환희의 목소리가 터져 나왔다.

그렇게나 괴로워 보이던 노인도 차도가 있었는지 안색이 점점 좋아졌다.

정체불명의 역병은 물론이고 함께 발병했던 폐렴까지도 마치 까맣게 잊어버린 듯이 사라진 것이었다.

자신에게 벌어진 극적인 변화에 놀라움을 감추지 못하는 노인과, 갑작스러운 일에 아직 사고가 따라가지 못하는 민중에게 설명하듯 요나요나는 드물게도 목소리를 높였다.

"저기…… 위대한 신이신 이라 타쿠토가 기적을 내리셨습니다. 나── 저는 아무것도 하지 않았어요. 그저 모두의 목소리가 신에게 닿도록 기도를 바쳤을 뿐. 사람들이여, 신에게 감사의 기도를. 위대한 신, 유일한 신이신 이라 타쿠토에게 기도를 바치는, 검다."

물론. 이 자리에서 신인 이라 타쿠토는 그런 일은 하지 않았다.

예의 신은 현재 《이라교》와 관련되어 비토리오가 저지른 일의 뒤처리와 앞으로의 작전 진행을 백업하기 위해 그저 서류 작업에 매달려 있었다.

그러니까 지금 이 기적―― 병마 퇴치를 벌인 것은…….

"고맙슴다. 앞으로도 문제없이 될 것 같슴다."

"그건 다행인 거예요."

《후회의 마녀》. 그중 하나―― 캐리어 엘프루였다.

"오오! 이것이 기적?!"

"신께서 기적을 보여주시다니, 이 얼마나 훌륭한 일이람!"

"위대한 신 이라 타쿠토……, 이 어찌나 깊은 자비의 마음을 가지신 분이실까."

여기저기서 사람들이 기뻐하는 목소리가 터져 나왔다.

그렇게나 괴롭던 병이 한순간에 사라졌다는 사실에, 억압되어 있던 기력이 폭발하고도 남아도는 듯한 환호성이었다.

기쁨, 안도, 흥분…….

그 환호성에는 다양한 감정이 담겨 있었다.

가벼운 병마 극복은 사실 그렇게까지 어려운 일이 아니다.

자양강장 작용이 있는 약초나, 어느 정도의 수행을 쌓은 마법사나 성직자들은 비교적 간단히 없앨 수 있는 것이다.

하지만 이런 규모를 단번에, 그것도 한순간에 해결한다면 난이도는 천문학적으로 상승한다.

그야말로 신이 아니고서는 할 수 없다고 여겨질 정도로…….

그러니까 사람들은 이렇게나 환희에 미쳐 날뛰는 것이었다.

그렇기에 당연하게, 사람들의 감동과 신앙은 한곳으로 모였다.

그들에게 새로운 신인, 이라 타쿠토에게.

"아, 여러분이 건강해졌다는 것에 신께서도 기뻐하시는 모양이에요. 위대한 그 이름을 잊지 않기를. 이라 타쿠토. 마이노그라를 다스리고, 완전하며 일체의 결점이 없는, 모두가 신앙을 바쳐야 할 절대적인 신이심다…… 예요."

캐리어 엘프루는 역병을 조종한다.

자신이 흩뿌린 저주의 병이라면, 그것을 없애는 것 따위는 그야말로 간단. 불가능할 이유는 어디에도 없다.

이렇듯 타이밍을 맞추어서 사람들의 병을 없애고, 기적을 연출하는 것은 그야말로 특기였다.

역병을 흩뿌린 자들이, 그 병마를 없애고 감사를 받는다.

이렇게나 우스꽝스러운 광경이 과연 있을까? 그러나 모른다는 것은 때로 행복을 부르는 것이기도 하다.

특히나 순수하고 무구한, 강한 존재 앞에서는 후 불면 날아가 버릴, 나약한 거리의 사람들에게는…….

요나요나를 중심으로 사람들이 자연스럽게 기도를 바치기 시작했다. 바로 이라 타쿠토를 향해.

기도의 힘은 큰 파도가 되어 그저 한곳으로 계속 흘렀다.

"기적입니다아아! 저는 지금! 신의 기적을 직접 목격했습니다아아!! 여러분! 봤습니까?! 기적이에요, 이거! 기적이라고요, 이건!!"

비토리오가 과장스럽게 외치고 사람들을 선동했다.

그 열기가 전해졌는지, 혹은 그의 능력 탓인지…… 하지만 틀림없이 말할 수 있는 것은, 이 자리에 있는 셸드치의 사람들은 확실하게 그 열광의 소용돌이에 삼켜지고 있다는 것이었다.

""""시끄러워…….""""

참고로 세 소녀만큼은 지독히 기분 나쁜 모습이었다.

물론 비토리오가 그런 세 사람에게 무언가 양보나 배려를 드러낼 일은 영원히 없다.

"그럼, 앞으로도 우리 위대한 신, 이라 타쿠토를 위해서 기도해 주겠나요?"

""""예!""""

이것이 매일 아침, 점심, 저녁, 밤마다 벌어지는 광경이었다.

거리의 온갖 장소에서 사람들을 모아서 기적이라 칭한 사기를 벌이고 열광과 흥분, 그리고 막대한 기만으로 교화를 진행하는 것이다.

지금이라는 듯이 조금 전까지 사람들을 간병하던 이라의 신도가 이라 타쿠토를 신이라 칭하는 사서(邪書)를 나누어 주었다.

《이라교》는 이 도시의 중심까지 이미 파고들었다.

이제 조금만 더, 아주 살짝 등을 밀어 준다면, 그들은 교주국인 마이노그라로의 귀순을 자청하고 나설 것이다.

사실 그에 대한 상담과 타진은 이미 있어서, 마이노그라의 문관이 추가로 파견되어 있었다.

하지만 의문이 하나 있었다.

그 자리에 있는 것은 경건한 성교의 교도뿐. 과연 신앙심 두터운 그들의 종교를 그리 간단히 바꿀 수 있을까? 그뿐만 아니라

《이라교》의 교도는 현재 대부분이 드래곤탄 출신—— 그러니까 수인의 비중이 높은 것이다.

대리 교조인 요나요나를 포함해서 정통 대륙 지역에서 야만인으로 취급되는 그들 수인이 당연하다는 듯 받아들여지는 것은 강한 위화감이 있었다.

물론 그런 이유도 금세 알 수 있었다.

걱정거리에 게을리 대처할 비토리오가 아니다. 그에 대한 준비를 잊을 이라 타쿠토가 아니다.

광란 가운데, 한 성기사가 불편하다는 듯 두리번두리번 주위를 둘러보고 있었다.

어엿한 성교의 성기사이자, 레네아 신광국 붕괴 당시에 수도인 아플리타에 없었기에 재앙을 피할 수 있었던 운 좋은 인물이었다.

"어라라? 왜 그러십니까, 성기사 경? 괜찮습니까? 기분이 좋지 않다든지?"

"아뇨, 괜찮습니다. 하지만, 뭔가 잊은 것 같은……? 제가 기도를 바치는 신은……."

조금 전에 노인을 데려온 그는, 그야말로 이 광경을 멍하니 바라보고 있었다.

이 자리에서는 침묵을 관철하는 사람이 도리어 눈에 띈다. 비토리오가 그의 그런 태도를 알아차리고 말을 건네는 것은 당연했다.

하지만 막상 그 말을 들은 당사자는, 그것조차도 잘 모르겠다는 듯 그저 의아하게 고개를 갸웃거릴 뿐.

"으으음? 이상하군요? 이 도시의 주민은, 사전에 쓸데없는 걸

잊어버리도록 했을 텐데……? 그렇다면 재교~육! 부탁합니다!"

"어—, 예예—……."

그 자리에서 빙글빙글 뮤지컬같이 우스꽝스러운 회전을 펼친 비토리오가 한 점을 딱 가리켰다.

그곳에 있는 것은 쌍둥이 중 하나, 메어리어 엘프루.

그녀는 어딘가 의욕이 없는 표정과 대답으로, 곤혹스러워 하는 성기사에게 스윽 손을 뻗었다.

"잊어버려라—."

"——응? 어라? 저는 대체……."

그러자 신기하게도, 조금 전까지의 태도에서 돌변하여 성기사 남성은 상쾌한 표정을 드러냈다.

마치 근심이 사라진 듯한, 걱정 따위는 애당초 잊어버린 듯한.

그런, 참으로 기묘하게 여겨지는 표정이었다.

"흐음. 이분은 중급 성기사인가요. 레벨에 따른 저항. 이 도시에 왔을 때에 성기사는 공들여서 망각을 시켰다고 생각했는데, 확인이 부족했군요. 꼬맹이 아가씨, 잠깐만요—? 일처리가 허술하지 않나요?"

"흥—이다!"

"세상에나! 반항기!"

불평하듯 날름 혀를 내미는 메어리어에게 비토리오가 과장스럽게 반응했다.

마치 비협력적인 태도는 바라던 바가 아니라는 태도였지만, 이 자리에서 비토리오에 대한 인상은 굉장히 나쁘다.

특히 요나요나와 쌍둥이 자매에 이르러서는 태연하게 폭언을 던지거나 반항하는 꼴.

마이노그라에서 그의 위치를 한눈에 알 수 있는 광경이었다.

"저기, 무슨 일 있었습니까?"

성교에 대한 신앙심과 함께, 조금 전까지의 대화조차 잊어버린 성기사 남자.

그에게 남은 것은 사람들에 대한 봉사심, 끊임없는 단련을 통해 완성된 육체.

그리고 갈 곳을 잃은 강한 신앙심뿐이었다.

──아니, 신앙심이 갈 곳이라면, 지금 새로이 준비되었다.

"아니아니, 신경 쓰지 마시기를 성기사 경! 아아, 성기사라는 이름은 지금 상황에 적잖이 어울리지 않는 명칭이로군요. 이건 《이라의 기사》라고 이름을 붙일까요."

그 말에 성기사 남자의 눈이 빛났다.

강하게 타오르는 신앙을 떠올린 것이었다. 그것은 불과 며칠 전과는 비슷한 듯 비슷하지 않은 것일지도 모르겠지만…… 그런 기억이 존재하지 않는 남자에게는 아무런 의미도 없는 일이었다.

이미 지금의 그에게는, 왜 자신이 성기사라고 불렸는지조차 이해할 수 없었다.

……이해할 필요도 없었다.

"《이라의 기사》! 그건 훌륭한 칭호입니다! 위대한 신의 이름에 부끄럽지 않도록, 분골쇄신 역할을 다하겠습니다!"

"구우우우웃!"

어딘가 이 세계의 사람들이 지각할 수 없는 레벨에서 그의 소속이 변경되었다.

기댈 곳을 잃은 자는 이다지도 간단히 속아 넘어간다.

신의 신앙을 지우고 누구의 비호도 받을 수 없게 된 사람들을 거두어들인다니, 그야말로 갓난아기 손목을 비트는 것보다도 간단한 일이었다.

성기사—— 이라의 기사는 높은 교양이 요구되는 특수한 직함이다.

전투 능력도 있고, 교양도 있고, 경험도 있다. 이렇게까지 유용한 인재는 좀처럼 없을 것이다.

이것으로 어둠의 세력은 노력 없이 편리한 말을 손에 넣었다.

---

## Eterpedia

### ✿ 이라의 기사
전투 유닛

**전투력: 3~7  이동력: 1**
《사악》《성검기》《광신》《이라의 교도》

---

《이라의 기사》는 퀄리아의 성기사를 기원으로 하는 어둠으로 전락한 기사입니다.
《이라교》로 개종하여 사악한 존재가 되었음에도 성검기를 다룰 수 있고, 소속과는 달리 어둠에 속한 자와의 전투를 특기로 하는 특수한 유닛입니다.
어둠의 존재가 되어 발생한 윤리관의 결여는 그 안에 감추어진 폭력성을 아낌없이 발휘하는 결과가 되어, 같은 레벨의 성기사보다도 전투 측면에서 우위에 선다고 여겨집니다.

이것이 파멸의 왕 이라 타쿠토가 준비하고 비토리오가 선보인 작전이었다.

캐리어의 역병으로 남방주 전체에 혼란을 일으키고, 상대의 품 속으로 파고든다.

그리고 메어리어의 망각 능력으로 사람들로부터 성신에 대한 신앙을 빼앗고, 텅 빈 구멍에 그대로 새로운 신인 이라 타쿠토를 밀어 넣는 것이다.

레네아 신광국의 수도인 아플리타는 이라 타쿠토 강림의 영향 으로 이미 국가로서도 도시로서도 관리 능력을 상실하여, 각 도 시나 촌락에 대한 영향력과 정보 수집 능력을 잃었다.

안 그래도《파멸의 왕》이 펼친 저주라 칭해지는 일련의 역병과 망각의 중심지가 아플리타인 것이다.

이런 규모의 혼란을 경험한 적이 없고, 대중요법 수준의 방법 밖에 취할 수단이 없는《일기의 성녀》및 파병 부대로서는 당연 히 선수를 빼앗겼다.

후안무치하기 짝이 없는 방식과, 그에 따르는 약아빠진 작전.

이미 마이노그라의 수중에 떨어진 촌락은 셀 수 없고, 모두가 미소로 감사의 말과 함께 이라의 신도로서 신에게 기도를 바치고 있었다.

이곳, 상업 도시 셸드치는 주변 지역을 함락시킨 뒤의, 최종 마무리.

토지, 생산력, 인구, 군사력, 신앙.

모든 것을 손에 넣을 수 있는 혼신의 책략이었다.

"으음. 이 나라에는 우수한 인재가 잔~뜩 있어서, 실로 좋군요. 게다가 마음대로 골라잡을 수 있다니! 저, 엄청 신난다고요!"

어딘가의 사기꾼이 조금 전부터 떠들어 대서 소녀들의 기분은 최악이었지만, 작전 자체는 순조롭게 진행되고 있었다.

요나요나는 생각했다. 이대로 간다면 이 도시는 완전히 마이노그라 소속이 되겠다고.

동시에 너무나도 간단히 일이 진행되니까 이 기세 그대로 남방주 전역에 대한 욕심이 날 법하지만, 그렇게 성급하게 달려갈 정도여서야 애당초 작전을 맡기지도 않는다.

충분한 능력이 있기에 맡겨진 것이다. 그런 점에서는 요나요나도 충분히 해낼 수 있는 사람이라 할 수 있었다.

그런 요나요나가 신뢰할 수 없는 교조 대신에 미스가 없는지 이것저것 생각에 잠긴 사이, 인원 관리 등의 계산을 맡고 있던 신도 하나가 보고를 위해 찾아왔다.

"요나요나 대리 교조님. 이번 기적으로 도시의 교화율은 7할 정도가 되었습니다. 앞으로 몇 번 정도 신께서 기적을 선보이신다면, 나머지는 순찰을 통한 개별적인 설법으로 충분하겠죠."

"알았어―. 신을 믿는 녀석이 늘어나면 늘어날수록, 신은 기뻐하실 테니까. 다음에 뵐 때에 한심한 보고를 드리고 싶지는 않아. 다 같이 열심히 하자."

"저도! 저도 열심히 한다고요! 파이팅!"

""……칫.""

신도와 함께 혀를 차며 상황을 정리했다.

인구가 많았기에 조금 수고가 든 도시였지만, 앞으로 며칠만 머무르며 기적을 선보인다면 함락될 것은 분명했다.

이미 마이노그라의 본거지인 대주계에서, 새로이 손에 넣은 도시나 마을로 배치할 부하나【인육의 나무】묘목 등의 수배가 진행되고 있었다.

공격이야말로 최대의 방어라고 자주 말하는데, 이 작전은 상대의 국력을 깎아내어 자국의 국력을 증강시키는 일거양득의 성질을 가진 무척 교묘하고 유용한 것이었다.

거기까지는 이해할 수 있었다. 다만 아무리 비토리오의 두터운 교육으로 어느 정도 그 사람의 생각을 추측할 수 있게 된 요나요나라도, 당연히 알 수 없는 것도 있었다.

"저기, 바보 교조. 어째서 내가 이런 역할이야? 솔직히 부끄러워서 싫다고…… 네가 하면 빠른 거 아냐?"

요나요나는 이전부터 품고 있던 의문을 입에 담았다.

왜 자신이 이런 역할을 맡아야 하냐는 단순한 의문이었다. 자신보다도 적임자── 바로 비토리오가 직접 지휘한다면 더욱 합리적으로 이야기가 진행되지 않을까? 그렇게 생각한 것이었다.

물론 그에게 질문하고 제대로 된 대답이 돌아온다니, 기대하는 사람이 어리석을 것이다.

"제가 직접 한다고? 싫은데요? 그게 말이죠, 요나요나 양을 앞으로 내세우는 건 귀찮은 일을 떠넘기려는 거고, 게다가 요나요나 양이 싫어하는 얼굴도 보고 싶었으니까요. 저 그만둘 수 없어요, 그만두지 않아요!!"

"너, 신께서 내리신 일을 한창 하고 있으니까 참겠지만, 이게 끝나면 흠씬 두들겨 줄 테니까 말이지……."

"세상에나! 반항기!"

요나요나는 끝내 깨닫지 못했지만, 실제로 비토리오가 그녀를 눈에 띄는 위치에 세운 것은 그 자신이 움직이기 편해지려는 것이었다.

교조로서 눈에 띄는 위치에 서버린다면 그것만으로 앞으로의 암약에 지장이 생긴다.

속박된 입장에 앉는 것을 꺼리기에 그리 행동했다.

그럼에도 자신이 교조라는 입장에 있는 것은, 일종의 자부심이리라.

그가 타쿠토에게 가진 신앙심이야말로 가장 강하다는 긍지가 있기에…….

"신의 위대함이…… 눈에 스며들어. 이제는 눈물로 눈앞이 안 보인다고. 훌쩍."

"굉장하네…… 나, 신의 기적은 처음 봤어. 신의 기적, 커다랗구나."

"신…… 진짜 장난 아냐. 이라 타쿠토 님, 진짜 장난 아냐."

비토리오의 능력에 따른 설득이 과하게 통했는지, 아니면 과하게 세뇌에 빠졌는지.

조금 전까지 기침을 하던 젊은이들 일부가 수상쩍게 눈을 빛내며 입을 모아 신에 대한 감사와 찬사를 보냈다.

물론 그 대상은 며칠 전과는 크게 바뀌어 있었다.

사람의 마음을 조종하는 능력을 여럿 가진 이 영웅에게 걸리면, 사람들의 신앙심을 조종하는 것 따위는 별것 아니었다.

그뿐만 아니라 그들 자신에게도 고통으로부터의 해방이라는, 이승에서의 이익이 있었던 것이다.

사실을 왜곡해서 세뇌하는 것보다 감사의 마음을 이용해서 등을 미는 편이 몇 배나 더 편하다.

설화의 영웅이 초래한 재앙은, 그 실체를 들키지 않고 사람들의 마음으로 파고들었다.

"자, 이제 조금만 더 하면 됩니다! 잔뜩 사람을 불러주세요! 어딘가의 신과는 달리, 우리의 신이신 이라 타쿠토 님의 기적은 그야말로 무한! 그 사랑은 결코 끝이 없고, 이 땅에 널리 퍼진 악의로부터 여러분을 지켜 주시겠죠!!"

우르르, 이라의 신도들에게 이끌려서 귀갓길에 오른 인파 가운데, 비토리오는 양손을 펼치고 높이 선언했다.

"이 땅을 구하면, 다음 마을을! 다음 마을을 구한다면 이번에는 다음다음의 마을을!"

마치 이 세계에 사는 사람들 모두를 이라의 신도로 가득 채우겠다는듯이.

"전부 구한다면? 물론 북으로! 계속 북으로! 우리 신의 총애를 기다리는 사람은, 괴로워하는 사람은 아직 무수히 존재한다고요!"

북쪽—— 그러니까 그것은 남방주의 중심이자 레네아 신광국의 수도인 아플리타를 의미한다.

현재 일기의 성녀 리트레인과 이단심문관 이믈레이스가 주둔하고, 필사적으로 사람들을 위로하는 그 땅.

독사 같은 지혜를 가지고 용의주도한 그가 그 사실을 모를 리는 없다.

그렇다면 목적은 단 하나. 성녀 리트레인 본인.

성녀조차 계략에 빠뜨리고자 꾀하는 것은 자신의 재능에 대한 과신인가 오만인가.

비토리오를 다룰 수 있는 사람은, 안타깝게도 이 자리에는 없었다.

너무나도 자유롭고, 너무나도 분방.

무엇보다도 초래할 영향은 너무나도 막대.

"저기…… 정말로, 저걸 자유롭게 두는 건가요?"

이 단계에 이르러서 처음으로 좋지 않은 예감을 품은 요나요나가 겁먹은 듯 엘프루 자매에게 약한 소리를 흘렸다.

"그저 불안할 뿐이지만, 최종적으로는 임금님이 전부 책임을 진다고 하시니까……."

"임금님만 고생하면 그만이야—."

하지만 그녀가 약한 소리를 흘리며 상담을 청한 자매들조차 이미 사태의 컨트롤을 포기한 모습이었다.

아니…… 처음부터 컨트롤 따위는 불가능했다.

그 사실이 다시금 드러났을 뿐이었다.

"최악의 경우에 저 사람은 내버려 두고 요나요나 씨만 데려오라고 그랬으니까, 안심하는 거예요."

"변태는 눈에 띄니까 미끼로 쓰자—."

"예. 처음부터 끝까지 도움만 받네요."

소녀들의 냉정한 상담 와중에도 설화의 영웅은 멈추지 않았다.

팔짝팔짝 기쁜 듯이 마구 춤추며 자신이 가진 스킬이 허락하는 한 사람들을 세뇌한다…….

"《이라교》 만세! 이라 타쿠토 만세! 위대한 신께 기도를 올리는 겁니다! 자, 여러분도 함께! 친구도 불러서!"

비토리오의 작전은 항상 최선의 결과를 내고 있다.

그의 주인인 이라 타쿠토와 벌이는 지혜의 싸움 역시도, 최선의 결과를 내고 있다.

뭉치고 또 뭉친, 응축된 지혜의 결정체라고도 할 수 있는 그의 책략에 방해 따위는 어디에도 존재하지 않았다.

그가 추구하는 행복. 그곳에 이르기 위한 길은 공들이고 또 공들여서 포장되는 길이다.

……아직 퀄리아의 성스러운 군세는 새로운 재난의 도래를 예측하지 못했다.

# ✾ 대리 교조 요나요나

인물

**종족** 수인(산양)
**소속** 마이노그라
**직함** 이라교 대리 교조

NO IMAGE

## 해설

### ~신앙심만이 장점인 아무런 특이점 없는 소녀
### 하지만 그런 사람이야말로 추어올리기에 최적이다~

실질적인 《이라교》의 교조인 요나요나의 인생은 파란만장이라는 표현이 걸맞겠죠. 드래곤탄의 야만족 습격 당시에 부모에게 버려져서 고아가 된 그녀는 자신도 모르는 사이에 마이노그라의 국민이 되고, 자신도 모르는 사이에 《이라교》의 신도가 되고, 그리고 자신도 모르는 사이에 대리 교조라는 입장이 되었습니다.

자신의 의지와는 관계없이 지금의 입장이 된 그녀입니다만, 불만은 없습니다.
정신이 들었더니 자신이 구원받은 것처럼, 자신도 누군가를 구원할 수 있게 되자.
그것이야말로 그녀를 움직이는 원동력이니까…….
그리고 비토리오를 직접 징계할 수 있는 귀중한 인재이자, 신도 사이에서는 그녀야말로 《이라교》의 대리 교조에 가장 어울린다는 높은 평가를 받고 있습니다.

# 제11화 우행

이단심문관이자 레네아 부흥의 책임자인 크레에 이플레이스 곁에 그 보고가 들어온 것은, 간신히 아플리타에 만연한 역병 퇴치의 전망이 섰을 무렵이었다.

남방주에서 가장 인구가 많고 가장 피해가 큰 이 도시를 바로 세우기만 한다면 앞으로의 작업은 다소 나아질 것이다.

그렇게 한숨 돌리던 때의 급보였다.

그것은 이전부터 걱정하던 사안.

다시 말해 사악한 군세의 재침공.

……선수를 빼앗겼다고 표현한다면 듣기에는 좋지만, 별것 아닌 단순한 확인 미스였다.

모두가 눈앞의 일만으로도 버거워서, 다른 누군가가 확인할 것이라고 생각했기에 벌어진 실수.

다만 이런 유사시에 어떻게 행동하면 좋을지, 오랫동안 평온한 시대를 보내던 퀼리아의 성직자에게 정답을 요구하기란 가혹한 것이었다.

모두가 마이노그라의 재침공은 없다고 생각했던 것이다.

적어도…… 한동안 유예는 있을 것이라고.

그 빚이 이제 와서 무겁게 드리우고 있었다.

"보고는 사실입니까?"

"예, 셀드치를 포함한 남부 전체에서, 도시나 촌락과의 연락이 끊어지고 있습니다."

굳은 표정으로 보고하는 병사의 말에, 크레에는 그 내용이 의미하는 바를 이해하는 데 수초의 시간을 필요로 했다.

마을과의 연락이 늦어지는 일은 간혹 있다.

전령이나 조사로 파견한 사람이 어쩔 수 없는 사정으로 시간을 빼앗기거나, 직무 태만이나 능력 부족 등이 발생하거나. 그다지 인정하고 싶지는 않지만 다양한 요인으로 예정대로 일이 진행되지 않는 경우는 흔한 일이고 성왕국 퀼리아에서도 마찬가지였다.

하지만 연락이 모조리 끊어진다니 통상적인 상황으로 여겨지지는 않았다. 그것도 남방주의, 특히, 남쪽 지역에 집중해서…….

"그건…… 좋지 않아. 마을에서 무언가 이변이 있었다는 등의 보고나 소문은 들어왔습니까?"

"아뇨, 이변은 확인되지 않고, 물론 사람들의 목숨이 위협받고 있다는 이야기도 없습니다. 도시나 마을들이 우리와의 접촉을 피한다는 것이 실정인 듯합니다. 전령도 사정을 들을 틈도 없이 쫓겨났다는 모양이라…….."

기묘한 보고였다.

아무리 아블리타의 도시 기능이 마비되어 남방주에 대한 통제를 취할 수 없었다고 해도 그곳에 사는 사람들이 일제히 반기를 들 리는 없다.

파멸의 왕이 초래한 망각의 저주도 이 도시 한정으로, 다른 도시 등에는 영향이 미치지 않았을 터.

그것이 첫 조사로 판명된 사실이기에, 크레에는 새삼스럽게 부대를 분산시키지 않고 아믈리타 복구에 주력한 것이었다.

현지에 있는 신의 신도가 각자의 책무를 다하여 병마를 물리칠 것이라 믿고……

"각 지역으로의 통지는 《일기의 성녀》의 이름으로 진행하고 있겠죠? 이유 없는 연락 방치는 성녀에 대한 배신. 즉, 신에 대한 배신입니다."

"예, 물론 그렇습니다, 심문관님! 하지만…… 그게, 저로서는 무어라 드릴 말씀이."

"아, 이건 실례했습니다. 당신을 비난할 생각은 아닙니다. 이건 그저…… 확인입니다. 소관도 조금 동요했군요."

위축된 병사에게 사죄의 말을 건네고 크레에가 펜을 움직이는 손을 멈췄다.

그대로 심호흡했지만 제대로 되지 않고, 얕은 한숨만 나올 뿐이었다.

냉정하게 사안을 파악하여 추측하려고 시도했지만, 혼란은 그녀가 받아들일 수 있는 허용량을 간단히 넘어섰다.

희고 가늘며 긴, 크레에의 아름다운 손가락이 조용히 떨리고 있었다.

'엘 나 정령 계약 연합도 각 씨족과의 연락이 끊어졌다고 들었습니다. 이건 좋지 않아. 상황이 너무나도 비슷해.'

엘 나 정령 계약 연합…… 그러니까 엘프가 통치하는 선한 국가가 마의 수중에 떨어진 것은 이미 공공연한 사실로 모두가 아는 세계의 위기다.

현재는 《신위의 성녀》가 대처에 나섰지만 퀼리아의 역사를 풀어 봐도 유사한 사례가 존재하지 않을 정도인 이 사변은, 신의 기적으로도 전혀 해결의 징조가 보이지 않았다.

안 그래도 성녀 두 사람이 벌인 남방주 이탈로 퀼리아의 힘은 크게 깎여 나갔다.

신의 이름 아래에 사악을 무찌르는 것은 퀼리아에게 주어진 신성한 책무이지만 기력만으로 모든 일을 해결할 수 있을 만큼 무르지 않은 것 또한 사실……

무언가 수단이 필요했다. 이 열세를 뒤집을, 강력한 수단이…….

"주요 성기사를 소집해 주십시오. 앞으로의 방침을 검토하고 싶습니다."

항상 최악을 상정하고 일에 나서는 것은 지위와 직책, 그리고 사람들의 목숨을 맡은 자에게 필요시 되는 능력이다. 크레에는 연락이 끊어진 지역에 사는 사람들을 생각했다.

아아, 그러나…… 이렇게까지 상상하고 싶지 않은 최악이 과연 존재할까? 신성에게 축복받고, 밝게 빛나는 신의 나라.

뒤덮는 그림자는 너무나도 어둡고 강대했다.

크레에는 회의를 열었지만, 진척은 없었다. 참으로 긴급한 사태라며 성기사들을 소집했지만, 문제에 대한 해결책을 전혀 내놓을 수가 없었던 것이다.

그것도 당연하다 할 수 있다. 이런 어려운 상황, 상정했던 범위를 벗어났기에 바로 해답이 나올 리도 없었다…….

그렇다고는 하지만 그녀 역시도 사람이다. 휴식은 필요하고, 특히 이렇게 생각이 꽉 막힌 경우에는 가벼운 기분 전환을 하는 편이 무슨 일이든 스무드하게 진행된다.

이러한 이유로 잠시 중단하고, 잠깐 시간이 생긴 크레에는 뭉친 사고를 풀기 위해 거리 순찰에 나섰다.

'상황은 좋지 않고, 마에 속한 자의 손길이 바로 앞까지 와 있어. 반면에 네림의 기억 소비가 격심해. 대체 어떻게 하면…….'

이 땅에서 철수한다는 방법도 생각했다.

적어도 중앙으로 퇴각한다면 신위의 성녀로부터 지원을 기대할 수 있으니 최악의 사태를 막을 수 있다.

하지만 도움을 청하는 사람들을 내버릴 수는 없다.

물론 사람들을 모두 데리고 중앙으로 퇴각한다니 망언이나 마찬가지.

어쨌든 그녀는 이 땅에 남아야만 했다.

차라리 모두 버리고 네림과 함께 도망칠 수 있다면 얼마나 좋을까.

좋지 않은 생각이 그녀의 가슴속을 차지하고, 이단심문관 같은 거창한 직함과 비교하면 놀랄 정도로 나약한 자신의 본심에 그만 쓴웃음 지었다.

그러던 그때였다.

"도와줘요! 도와줘어어!"

"——윽!!"

크레에의 귀에 도움을 청하는 목소리가 어렴풋이 들렸다.

그 순간, 바람 같은 속도로 달려갔다.

나름대로 거리는 있었지만 그녀에게는 전혀 방해되지 않았다.

이윽고 뒤얽힌 거리의 한 모퉁이에서 걸음을 멈췄다.

어스름한 골목 너머, 아무래도 현장은 그곳인 듯했다.

변함없는 비명과 무언가를 때리는 소리가 들렸다. 아마도 불한당이 폭력을 휘두르는 참일 테지만, 피해자가 큰 부상을 당했을 가능성도 있다. 한시라도 빨리 구조해야 한다.

괴로워하는 사람들이 있다면 돕는 것이 퀼리아의 전사로서의 역할이다. 이단심문관인 크레에도 그것은 마찬가지다.

어스름한 골목을 신중하게, 하지만 빠르게 달려갔다.

이윽고 누군가를 둘러싼 여러 남자들의 모습이 보였다.

"지금 뭘 하는 겁니까!"

외치면서도 검은 뽑지 않았다. 시민의 다툼에 날붙이를 꺼내는 것은 지나치게 과격한 짓이니까.

물론 상대의 태도에 따라 다르겠지만, 애당초 검을 뽑지 않았다고 해서 평범한 일반인에게 밀릴 정도로 크레에는 약하지 않았다.

하지만…….

"그만두——?!"

그녀는 그 순간, 이상할 정도로 꺼림칙하고 기묘한 상황에 강한 경계심을 품었다.

우선 하나. 경고를 듣고 돌아보는 불한당들 전원이 공허한 눈빛에, 입에서는 거품을 뿜으며 중얼중얼 무언가를 중얼거리고 있었다.

다음으로 하나. 폭행을 당한다고 여겨지는 인물의 복장이었다.

어릿광대 같은 기묘한 행색은, 이 땅에서는 거의 본 적이 없는 것. 또한 멀쑥하니 가늘고 긴 이상한 체구도 몹시 눈에 띄었다.

마지막으로 하나──.

"오오! 퀼리아의 성직자님! 덕분에 살았습니다!"

스으윽, 소리도 내지 않고 남자가 일어섰다.

조금 전까지 폭행을 당하고 있었으면서도 마치 그것이 거짓말이었던 것처럼 남자는 태연히 그 자리에 서 있었다.

큼지막한 눈동자가 크레에를 핥듯이 꿰뚫었다.

"당신은……?"

자연스럽게 몸이 움직였다.

허리를 낮추고 자주 쓰는 손으로 칼자루를 잡았다. 후우, 작게 숨을 들이쉬고 전신에 힘을 실었다.

"저는 비토리오.《행복해지는 설화 비토리오》."

남자가 공손히 인사를 했다.

몸에 밴 그 동작은 연극처럼 과장되어서, 어딜 보아도 진지함이 부족했다.

아아, 말하지 않아도 알 수 있다.

이야기하지 않아도 알 수 있다.

눈앞의 그 남자가 누구인지, 꺼림칙할 정도인 그 모습의 해답은 하나밖에 없다.

"마이노그라에서 온, 비토리오입니다!"

──마지막으로 한 가지.

그 몸에서 풍기는 강렬할 정도의 사악한 기척.

크레에와 성스러운 이들의 천적이 갑자기, 바로 눈앞에 있었다.

"──신이시여! 제 검에 악한 자를 무찌를 힘을!"

그 검의 광채는 빠르고, 무엇보다도 날카로웠다.

끊임없는 훈련으로 단련된 그 성검기는 사악한 자의 존재를 단 한 조각도 허락하지 않고, 신의 뜻대로 냉혹하게 목숨을 빼앗으려 한다.

실력으로 따지자면 상급 성기사를 웃돌지언정 뒤처지지 않을 일격. 통상적인 마라면 상대가 인식하기 전에 전부 끝날 것이다.

그렇다, 통상적인 마라면, 의 이야기다.

상대는 다양한 의미로 그 범주 밖을 활보하는 자였다.

……크레에가 갑작스러운 적에게 동요한 것도 사실.

그리고 그 동요가 빛과 같은 속도의 발검에 한 점의 망설임을 초래한 것 또한, 사실.

그렇지만…….

"으어어어어어어?! 긴급 회피!!"

도저히 사람 같지 않은, ──사람을 벗어난 생물조차 그런 움직임을 불가능할 기묘한, 꿈틀꿈틀하는 움직임으로 그자는 크레에의 공격을 피했다.

필살의 일격이 벗어났다는 사실에 한순간 경악하는 크레에. 하지만 일격에 모든 것을 싣지는 않았다. 상대의 자세도 무너졌으니까 뒤집은 칼날로 이번에야말로 치명적인 일격을 가하고자 힘을 실었다.

하지만…….

"스톱! 스토오옵! 기다리시길, 아가씨! 잠깐만! 기다려요오! 그만하라고요, 화끈한 아가씨!"

칼날이 허공을 갈랐다.

맞지 않은 것이 아니다. 맞출 수 없었던 것이다.

혼신을 담은 두 번의 공격이 빗나갔기에 크레에는 일단 거리를 벌렸다. 피아의 역량 차이를 재는 것인가, 원군을 부르려던 것인가. 그것은 본인도 알 수 없었다.

하지만 확실하게 말할 수 있는 것은, 그 남자—— 비토리오가 말을 건넬 만큼의 여유가 생겨났다는 사실이었다.

"히익, 히익, 히, 힘들어라……. 저 이렇게나 큰 소리로 외치는 거 태어나서 처음이라."

"뭔가 남길 말은?"

말은 강하지만 크레에는 내심 어떻게 대처해야 할지 망설이고 있었다.

상대는 이곳 아블리타를 멸망시킨 파멸의 왕이 다스리는 국가 마이노그라의 사람이라 자칭했다.

덧붙여서 상대의 몸에서 배어 나오는 사악한 기척은 평범한 첨병이나 척후라 단정하기에는 조금 지나치게 강렬했다.

설마 이 도시에까지 손을 뻗었다니 조금 믿기 힘들었지만, 이쪽이 선수를 빼앗긴 사이에 상대가 많은 도시와 촌락을 수중에 넣었으리라는 것은 크레에도 부정할 수 없는 상황이었다.

그러니까 이 조우는 필연.

하지만 설마 각오도 없이 이런 곳에서 목숨을 건 싸움을 강요당하게 될 줄은 생각도 하지 않았다.

조사대 거점에 남겨 둔 네림을 걱정하며 크레에는 긴장한 나머지 호흡이 얕아졌다.

하지만 그녀의 결의와는 달리, 사태는 생각도 하지 않은 방향으로 진행되었다.

"항복입니다! 항복할게요! 자비를! 압도적인 자비를!!"

남자가…… 적일 터인 비토리오가 갑자기 넙죽 엎드려서 자비를 청한 것이었다.

머리를 필사적으로 땅에 비벼대는 그 모습은, 검을 휘두르면 간단히 목을 날릴 수 있을 만큼 무방비했다.

상대가 마에 속한 자라고는 해도 한심한 그 모습에 크레에도 곤혹과 함께 격노했다.

"헛소리를!"

외침은 더 이어지지 않았다. 이런 이상한 행동을 맞닥뜨린 적이 없었으니까.

경험 부족이라 단정하는 것은 적잖이 과도하리라.

왜냐면 상대는 설화의 영웅. 이런 방식이 특기인 자니까…….

"저는 항복입니다! 도망치지도 숨지도 않을게요! 붙잡힐게요! 그럴 테니까, 정정당당히, 대화에 응해 주시길 희망합니다아아!"

"············허?"

뒤집어진 목소리가 새어 나왔다. 그저 그렇게 대답할 수밖에 없었다.

설마 그런 소리를 할 줄은 생각도 하지 않았기에 생긴 공백이었다.

혹시 상대가 크레에의 틈을 만들기 위해서 이런 장난을 쳤다면, 틀림없이 이 순간 크레에는 목숨을 잃었을 것이다.

하지만 그런 결과가 되지는 않았다.

왜냐면 불행하게도 상대는 바로 비토리오였으니까·······.

"저, 비폭력주의라서!"

싱긋, 해맑은 미소를 지었다.

왠지 쓸데없이 반짝반짝하는 천진난만한 눈동자로 이쪽을 바라보는 비토리오를 상대로 크레에는 동요한 채 굳어 있었다.

다만 그런 반응을 드러내는 사람을 상대하는 것이 익숙한지, 여유를 잃은 사이에 비토리오는 자신의 주장을 술술 늘어놓았다.

"응해 주시는 거죠? 당신들의 가르침에 따르면 신은 폭력이 아니라 대화를 존중한다고 하니까요!"

검을 쥐라고 이성이 호소한다.

사악을 베라고 마음이 외친다.

이자의 이야기를 들어서는 안 된다고, 자신 안에 있는 신앙심이 이야기한다.

하지만·······.

"성신 아로스의 교시, 제2전 4장의 4. 『성스러운 신은 사람들을 모아서 이렇게 말했다. 폭력을 멀리하고, 항복을 선택한 자에게 검을 향해서는 안 된다. 그것은 죄인일지라도 마찬가지다』. 그러니까 항복한 자에게 위해를 가하는 것을 금지하는 성신 아로스가 정한 법."

아아, 사악한 그자가 신의 법리를 이야기한다.

이만큼 절망적인 일이 있을까?

"그렇죠? ——퀼리아 이단심문국 필두 심문관, 크레에 이플레이스 경?"

어둠의 손길은 어느새 그녀의 바로 눈앞까지 다가오고 있었다.

# 제12화 협박

"흐흐흐~응. 흥흥흐~~응 ♪"

기분 나쁘기 짝이 없는 콧노래가 울렸다.

마치 지금부터 무척 즐거운 일이 벌어진다는 듯한 노래꾼의 기분을 드러내는 것이었다.

세상은 넓다고는 해도, 이렇게까지 기분 좋게 콧노래를 선보이는 사람은 없을 것이다.

굳이 단점을 언급하자면 그 콧노래가 절망적으로 서투르다는 것과, 현재 그 노래꾼인 비토리오가 꽁꽁 묶여서 구속되어 있다는 것이었다.

"──이봐, 이봐, 바보《교조》!"

옆에서 목소리가 들렸다.

《이라교》의 대리 교조이자 산양 수인인 요나요나였다.

그녀의 입장을 조금 더 이해하기 쉽게 설명한다면. 정신이 들었더니 어느샌가 비토리오와 함께 구속되어 있던 불쌍한 소녀라고 해야 할 것이다.

"흥흐흐흐~응. 흐흐흐흐~응! 흐흐흐, 흐으으으응!!"

콧노래는 이어졌다.

……안타깝게도. 그렇게 말해야 할까, 이 자리에 있는 것은 비토리오와 요나요나뿐이 아니었다.

그 이전에 이 장소는 구 퀄리아 남방주 기사단 본부이고, 주위에 있는 것은 여러 성기사와 퀼리아의 병사들이었다.

　과거에는 식당, 그리고 레네아 신광국 건국 당시에는 기사단의 본부로 쓰인 그 방은, 현재 비토리오와 요나요나만의 감옥이 되어 있었다.

　방 중앙에 있는 기둥에 묶인 두 사람은 성스러운 자들의 날카로운 시선을 받으며 포로로서의 입장으로 보내고 있었다.

　"야, 바보 교조! 듣고 있냐고 그러잖아!"

　다만── 포로라는 자각이 있는 건 요나요나뿐일지도 모른다.

　비토리오는 조금 전부터 수준 낮은 콧노래를 흥얼거리고, 왠지 겸사겸사라는 느낌으로 설화의 영웅에게 호출을 받고 구속된 그녀만이 이 상황에 허둥대고 있었다.

　"이야기를── 들어!!"

　성기사들의 날카로운 시선에 더는 못 견디겠는지, 아니면 역시나 계속해서 불쾌한 소리를 듣는 것은 사양이라고 느꼈는지, 요나요나는 구속된 몸으로 재주도 좋게 몸을 비틀어 머리에 있는 뿔로 비토리오를 찔렀다.

　그 순간, 기묘한 연주는 갑자기 끝을 고하고 대신에 절규가 울렸다.

　"으아이야앗! 그런 큰 소리를 내다니 품위가 없다고요, 요나요나 양! 기껏 퀼리아 여러분께서 대화의 자리를 마련해 주셨는데. 이래서야 기껏 만든 평화로운 자리가 허사! 내 머리도 박살 나겠어!"

　"시끄러워! 좀 닥쳐! 상대 쪽 엄청 화났잖아?!"

　"저는 정숙 모드!"

225

쏴아, 이번에는 꺼림칙할 정도의 침묵이 커다란 방을 채웠다.

그들──크레에와 레네아 조사단의 성기사들은 간신히 찾아온 침묵을 좋은 기회라 생각했는지, 가련한 포로를 곁눈질하며 조금 떨어진 장소에서 논의를 시작했다.

다만 시선은 계속해서 두 사람을 향하며 수상쩍은 움직임을 드러내지는 않는지 주의 깊게 관찰하고 있지만…….

"……저기, 바보 교조. 왜 우리는 무사한 거야? 보통은 이렇게, 붙잡히면 그렇잖아?"

성기사들이 논의만 나누고 이쪽에 아무것도 하지 않는다는 사실을 의문스럽게 생각했는지 요나요나가 작은 목소리로 비토리오에게 물었다.

비토리오 자신도 실컷 홀로 노래를 선보이며 어느 정도 만족했는지 드물게도 요나요나의 물음에 대답하기 시작했다.

"그건 간단합니다, 요나요나 양! 그들의 가르침에서는 항복한 자에게 손을 대어서는 안 되는 겁니다! 그래서 이미 기브 업한 제게 그들이 폭력을 가할 일은 없습니다! 훌륭하지 않은가, 비폭력주의! 존경스럽지 않은가, 평화주의! 전투 능력이 없는 제가 생각한, 단 하나의 똑똑한 방법!"

퀼리아에서는 성신 아로스를 믿고, 그의 가르침인 성서가 가장 존귀한 법으로 정해져 있다.

물론 국가로서 운영하기 위해 실무적인 법이나 규제가 존재하지만, 그것들 모두 성서의 가르침을 바탕으로 하는 것이다.

그렇기에 그들 퀼리아에 속한 자들은 이 성서의 가르침을 준수하는 것을 가장 우선으로 생각한다.

설령 상대가 마에 속한 자일지라도, 설령 그것이 악수(惡手)일지라도 성서의 가르침을 어기는 것은 그들의 아이덴티티를 훼손시키기에 결코 부정할 수 없다.

비토리오가 이 자리에서 여유로운 태도를 취하는 것도 그것이 이유였다.

적을 묶어 놓기 위해서 온갖 노력을 아끼지 않는다. 그가 퀼리아의 성서를 어디선지 모르게 가져와서 그 내용을 모두 읽은 것은 과연 언제였을까? 적어도 이런 작전을 취할 수 있을 만큼의 이해가 있다는 것은 분명했다.

하지만 성스러운 자들도 그저 당해 주는 것은 아니었다.

막아도 울리는 비토리오의 설명이 귀에 들어왔는지 대표로 크레에가 두 사람 옆으로 다가왔다.

"헛소리도 거기까집니다, 마에 속한 자여. 이 자리에서 당신이 어떻게 속이려고 해도, 언젠가 정식적인 형태로 처벌이 내려집니다. 죽는 것이 이르냐 늦느냐, 그 차이입니다."

사실이었다.

성서에서 항복한 자에 대한 공격은 금지되어 있지만, 그것은 어디까지나 일시적인 것이다.

나중에 중앙에서 법에 따른 결정이 내려지면 그것이야말로 법리가 되고 신의 이치가 된다.

그리고 중앙이 사악에게 내릴 결정은 죽음 이외에는 존재하지 않는다.

하지만 그 정도는 비토리오도 잘 알고 있었다. 그는 크레에의 말에 굳이 도발하듯 크나큰 한숨을 내쉬더니, 마치 이해가 부족한 어린아이에게 가르쳐주듯 지독히 모욕적인 말투로 이야기를 시작했다.

"어라~? 정말 그걸로 괜찮은 겁니까? 저는 흥정거리를 가져왔는데요! 이익이 되는 거래라고요. 지금이라면 포인트도 붙습니다! 아, 카드 만들래요?"

"어리석은…… 우리는 마에 속하는 자의 거래에——."

"비토——리오!!"

갑자기 비토리오가 외쳤다.

그 성량은 주위를 작게 흔들 정도라서, 멀리서 사태의 추이를 바라보던 성기사들도 그만 깜짝 놀란 표정을 드러냈다.

"……뭡니까?"

큰 목소리를 직접 맞닥뜨린 탓인지 옆에서 눈이 돌아가고 있는 요나요나를 조금 가엾게 생각하며 크레에가 그의 진의를 물었다.

상대의 감언이설에 넘어가는 것은 석연치 않았지만 이야기를 듣지 않기에는 영 내키지 않는 것이었다.

"저를 부를 때는 비토리오라고 불러주시길. 응하지 않는다면 저도 당신을 아기고양이라 부를 거라고요!"

"이름 따윈 기억할 필요는 없습니다. 마에 속한 자의 이름에, 부를 가치도 기억할 가치도 없으니까."

"아기고양이!!"

"그러니까 아무리 소관을 도발해 봐야——."

"냐냐냐~~~앙! 아기고양이이이이!!"

크레에의 뺨이 붉게 물든 것은 너무나도 모욕스러워서 그런가, 아니면 부끄러워서 그런가.

여하튼 전혀 이야기를 듣지 않고 제멋대로 주장하기 시작한 비토리오에게 크레에도 어떻게 대응해야 좋을지 알 수 없었다.

상대의 페이스에 말려드는 것은 위험하지만, 그렇다고 방치하더라도 성가시기 짝이 없었다.

그녀도 직무 탓에 광기로 가득한 자들과 다수 상대했다.

이단심문관은 그 역할이 역할인 만큼, 정신적 파멸을 맞이하여 광기에 빠진 자와의 접촉이 많다.

그런 자들은 자칫하면 자기들만의 세계에 빠지는 경향이 있었지만, 눈앞의 존재는 그에 비해 차원이 다르게 지독했다.

특히 전부 이해하고서 한다는 것을 쉽게 추측할 수 있다는 점이 가장 참기 힘든 악행이었다.

"저기, 죄송한데요……."

조금 전까지 눈이 빙빙 돌던 요나요나가 깨어났다.

크레에는 어째선지 함께 붙잡히게 된 이 소녀에게 시선을 향하더니 무슨 일이냐며 말을 재촉했다.

옆에 있는 남자는 월등히 머리가 이상해서 대화가 통하지 않는 존재다. 크레에는 퀼리아 출신이라 수인에 대한 차별 감정이 적잖이 존재했지만, 지금은 그녀의 존재가 무척 고맙게 여겨졌다.

"정말이지, 우리 멍청이가 폐를 끼치고 있는데요. 이 녀석 한번 말을 꺼내면 듣지를 않아서, 일단 이 자리에서만큼은 이름을 불러주지 않겠나요?"

"……비토리오라고 했습니까. 괜찮겠죠, 어디까지나 양보가 아니라 우리의 자비로 받아들이길."

참으로 머리가 아팠지만 어쩔 수 없으니까 이야기에 어울리기로 했다.

형식적으로는 악에게 굴복하는 모양새이지만 이 정도 일로 사악에 복종했다고 여겨서는 곤란하다.

크레에는 아마도 그에게 휘둘리고 있을 이 소녀의 체면을 지켜주겠다는, 변변한 이유도 아닌 이유로 스스로를 납득시키며 불쾌하지만 눈앞의 남자를 앞으로 비토리오라 부르기로 했다.

"구우우우웃! 그럼 이걸로 드디어 거래의 테이블에 앉을 수 있겠군요, 이플레이스 심문관!"

"거래 따윈 존재하지 않는다고 조금 전에도 말했죠, 마에 속한 자 비토리오. 우리에게 주어진 신의 사명은 당신이 이 이상 백성을 선동하여 사악한 생각을 퍼뜨리는 걸 막는 것뿐입니다."

"우후후―. 성실하군요. 현장의 판단으로 하면 될 텐데, 어디까지고 퀼리아 본국의 심판을 기다리는 겁니까. 현장과 상부 사이의 가교로 마음고생을 거듭하는 타입이군요!"

"…………."

설전을 꺼리는가, 아니면 정곡이었나. 크레에가 입을 다물었다.

한순간의 침묵, 먼저 목소리를 높인 것은 요나요나였다. 아무래도 이 기회에 멋대로 이야기를 진행할 생각인 듯했다.

"이야기가 진행이 안 되니까 거기 바보 대신에 자기소개를 해둘게. 우리는 위대한 왕 이라 타쿠토가 다스리는 마이노그라에 사는 백성. 그중에서도 그를 신으로 숭배하는, 어—…… 이라교의 신자야. 내가 대리 교조이고, 이 바보가 교조. 이 땅에는 새로운 신 현현의 포고와 신앙을 퍼뜨리러 왔어."

"일단 말이죠! 명분상으로는 말이죠!"

"……쓸데없는 소리 하지 마!"

요나요나의 말에 술렁거리는 소리가 들렸다.

발생원은 조금 떨어진 장소에서 일이 돌아가는 것을 지켜보던 성기사들이었다.

처음으로 안 정보에 놀랐을까. 물론 크레에도 상대가 독자적인 종교를 가지고 있다는 사실은 아닌 밤중에 홍두깨라 적잖이 놀란 감정을 품고 있었다.

다만 그녀가 처음으로 이라교의 존재를 알았을지라도, 대답할 말은 하나밖에 없었다.

"이 땅은 우리 퀄리아가 다스리는 땅. 누구일지라도 성신 아로스가 아닌 존재를 믿는 것은 허락되지 않습니다. 하물며 사악한 자가 추파를 던질 여지 따위는 단 하나도 존재하지 않아."

"어라? 여긴 레네아 신광국 아닙니까? 퀄리아와는 다른 나라라고요. 남의 나라를 자기 것처럼 취급하다니, 그거 좀 이상하지 않습니까?"

"레네아는 퀄리아를 시조로 하는 분파라고도 할 수 있는 국가. 그리고 같은 성교를 믿는 성녀가 일으킨 나라. 퀄리아가 지원의 손길을 뻗어 비호하는 것도 당연한 일."

"저는 기분의 이야기가 아니라 국제 상식의 이야기를 하는 겁니다만? 아니면 성교에서는 남의 나라가 붕괴했으니까 그 틈에 슬쩍해도 된다? 아, 참고로 우리 나라에서는 그래도 된다고요!"

"당신에게 이해를 바라지 않습니다. 우리의 성스러운 의지는 이 땅에 만연한 당신들의 악의를 반드시 무찌른다. 그것만이 사실입니다."

"뭐, 그렇게 되겠지요."

아픈 부분을 찔린 것은 사실이지만 이 정도 설전은 크레에도 익숙했다.

이제까지 처단한 수많은 이단자나 발광자 중에도 이렇듯이 설전을 걸어서 현혹하거나 언질을 잡으려 드는 자가 있었다.

그런 자들에게 정면으로 부딪쳐서, 그 거짓된 이론을 완벽할 만큼 무너뜨리는 것 또한 이단심문관에게 주어진 사명이었으니까.

그렇기에 이 땅의 소유권에 대해 말한다면 크레에는 일체의 틈을 드러낼 일이 없다고 자신과 신에게 선언할 수 있었다.

하지만 그녀가 상대하는 것은 설화의 영웅.

애당초 그의 목적이 설전이나 논쟁으로 상대를 무찌르는 것이라 단언할 수는 없다.

역시 그렇다고 할까, 당연히 그렇다고 할까.

"그래서! 저는 여기서 거래를 하나 제안하는 겁니다!"

비토리오는 이 마당에 이르러서 처음으로 돌아가듯, 또 같은 제안을 하는 것이었다.

"또 그겁니까. 같은 소리를 지루하게 되풀이하는 건 좋지 않아.

당신이 말하는 거래를 우리가 받아들일 일은 없습니다만, 말하는 것뿐이라면 허가하죠."

또 이상한 소리를 지르게 만들어서야 견딜 수 없다고 생각했는지 크레에는 곧바로 비토리오에게 발언을 허락했다. 이번에도 양보하는 모양새였다.

"그래요, 그것이 게임! 모두 게임을 하죠. 게임이라고 해도 이해 못 할까요. 유희입니다. 즐겁고도 즐거운 유희! 어떻습니까? 두근두근하지 않습니까?"

"유희? 이제 와서 유희라니 무슨 생각입니까? 게다가 잊은 겁니까? 우리가 사악한 자의 말에 어울릴 일은 없습니다. 당신은 이대로 중앙의 심판을 기다리고, 성스러운 의지로 처단당하는 겁니다."

크레에는 강한 의지를 바탕으로 설화의 영웅이 건넨 유혹을 거절했다.

"유희의 내용은 간단합니다."

하지만 본인은 그런 대답 따위는 알 바 아니라는 듯이 자신이 하고 싶은 말을 시작했다.

크레에는 무심코 막으려 했지만, 상대의 기세에 희롱당해 막을 때를 놓쳤다.

이상하게도 그것은 성기사들도 마찬가지였는지, 모두가 아무런 말도 못 하는 상태로 비토리오의 입에서 내용이 흘러나오기 시작했다.

"이 도시에서 포교 대결. 그것으로 어느 쪽 신이 위대한지 결판을 내죠.”

크레에를 포함한 모두가 처음 품은 감정은 곤혹 그 자체였다.

더욱 악랄하고 무시무시한 제안이 나올 것이라 생각했지만 몹시 온당한 내용이었다.

물론 아직 유희라는 녀석의 내용이 밝혀졌을 뿐이다. 이제까지 상대의 언동을 생각하기에 그것만으로 끝날 리도 없었다.

오히려 여기서부터 사악한 정신의 진가가 발휘된다고 생각하더라도 전혀 이상하지 않았다.

모두가 긴장했다. 하지만…….

“규칙은 불필요……라 하고 싶은 참이지만, 그래서는 여러분이 납득하지 못한다는 건 이해합니다. 그러니까 폭력 행위, 세뇌 행위, 그 밖에 공평성에 해가 되는 행위는 금지하죠. 사람들에게 위해를 가하는 행위는 저희도 바라는 바가 아닙니다~. 말하자면 상호 불간섭!”

아무런 꿍꿍이가 없는, 오히려 퀼리아 측에게 편리한 내용을 이야기했다.

함정이 없다고는 결코 단언할 수 없지만, 그렇다고 하더라도 표면상으로는 아무런 문제가 없는 것처럼 여겨졌다.

여하튼 자신들이 믿는 신. 그 신앙을 포교하는 숭고한 행위를 놓고서 유희를 즐긴다는 발상 자체는 아무리 시간이 지나도 이해할 수 없었지만…….

“그 말을 믿을 필요성이 어디에? 우리가 왜 당신의 유희라는 것에 따라야 하는 겁니까? 당신은 자신의 입장을 더욱 이해해야 해,

마에 속한 자 비토리오."

크레에는 조용히 제안을 내쳤다.

기세에 넘어가서 발언을 허락했지만, 비토리오의 거래에 처음부터 검토할 여지 따위는 없었다.

게다가 어차피 지키겠다고 주장하는 금지 행위도 자신들의 상황이 나빠지면 금세 뒤집으리라는 불신감이 강하게 있었다.

그러나 상대는 여전히 불성실하게 뺀들뺀들 그 추궁을 피하고, 말만을 늘어놓아서 성스러운 자들을 홀렸다.

"착각하지 않았으면 하는 건, 이건 양보라는 겁니다. 당신들에게도 거부할 권리는 물론 있지만요. 거부한 결과는 자신의 선택이라고 받아들일 필요가 있다는 겁니다. 저는 어디까지나 제안할 뿐. 결단하고 결과를 내는 건 당신들의 역할!"

협박 같은 말투는 사악한 자들의 공통점이다.

본래라면 일고의 여지도 없다.

그저 수속을 착착 진행해서, 입만 잘 돌아가는 녀석을 신의 이름 아래에 영원히 없애버리면 그만이니까.

그러나…….

"아니면. 고작해야 조사대 규모로, 모든 사람을 구할 수 있다는 겁니까?"

마침내 나온 말은, 아무리 강한 의지와 성스러운 마음을 가졌을지라도 부정할 수가 없었다.

이것만큼은 비토리오의 말대로였다. 현재 그들 조사대가 보유한 전력은 너무나도 적었다.

그 적은 전력 역시도 사람들에 대한 지원에 묶여 있는 것이 실정이었다.

여기서 사악한 권유를 뿌리치는 것은 간단하다.

성스러운 신의 신도라면 누구라도 결단할 수 있을 것이다.

하지만 그 결과 벌어질 비극에 대한 대처는 어떠할까?

이라교의 교조라 주장하는 이 남자를 잃으면 파멸의 왕인 이라타쿠토가 어떠한 태도로 나올지는 굳이 생각할 것까지도 없었다.

그때까지 중앙의 원군이 늦지 않는다는 보증은 없다. 그러기는커녕 원군이 파견된다는 보증조차 없는 것이다.

간신히 부흥의 징조가 보이는 이곳 아믈리타에 또다시 재앙을 부르는 것은 너무나도 지독하게 여겨졌다…….

시간 벌이가 필요하다. 적어도 재앙의 도래에 대처할 수 있을 만큼의 시간이.

갈등은 무언의 태도가 되어 대화의 진행을 멈추었다.

애매모호한 태도에 초조했는지, 아니면 크레에의 이 태도조차 이미 예상의 범주였는지. 비토리오가 수상쩍은 그 얼굴을 여봐란 듯이 일그러뜨리고 구역질을 부르는 미소를 지었다.

"으음, 어쩔 수 없군! 제가 더더욱 서비스를 하지요! 우리가 원하는 건 사람과 토지! 그러니까 여기까지 양보하는 겁니다! 분쟁이 없다면 그러는 편이 더 쉬울 테니까!!"

판단이 힘들었다.

마이노그라가 있는 이드라기아 대륙 남부—— 통칭 암흑 대륙이 불모의 땅이라는 것은 주지의 사실이다. 특히 그들의 본거지로 여겨지는 대주계는 그런 경향이 강했다.

비옥하고 풍요로운 구 레네아의 토지를 노리는 것은 어느 정도 설득력이 있었다.

또한 사람의 경우에는 그들이 정말로 사람들을 진심으로 이라교의 신도로 세뇌할 수 있다면 다양한 측면에서 유익할 것이다.

엘 나 정령 계약 연합의 사례를 보기에, 사악한 자들은 자신의 세력을 늘리는 것을 목적 중 하나로 삼고 있다.

그렇다면 적어도 사람들의 목숨은 지킬 수 있을 것이다.

다만 살아만 있다면 어떠한 상황일지라도 괜찮다고는 입이 찢어져도 말할 수 없지만…….

마이노그라의 수중에 떨어진 성스러운 신도가 어떠한 취급을 받을지, 크레에와 성기사는 일체의 정보가 없으니까.

정보가 부족해서야 어쩔 도리도 없다.

망설임은 이어지고, 본인도 모르는 사이에 도움을 청하듯 크레에는 요나요나에게 시선을 향하고 있었다.

"어—, 확실히 그래. 우리는 그게 목적이야. 당신들은 우리를 피도 눈물도 없는 악의뿐인 괴물처럼 느낄지도 모르겠지만, 딱히 그런 건 아니야. 우리도 웃거나 울거나 해. 일이 귀찮게 되지만 않는다면 그걸로 충분한 건 이쪽도 마찬가지야. 뭐, 이 녀석이 항상 귀찮은 일을 가져온다지만."

이 소녀가 이렇게 말한다면 정말일까? 적어도 비토리오보다는 성실하게 보이고, 굳이 따지자면 고생하는 사람으로도 보였다.

상대의 목적은 대략 알 수 있었다.

《파멸의 왕》이 직접 나오지 않은 이상, 어느 정도 유예가 있다고 생각할 수도 있다.

애당초 레네아 신광국이 붕괴한 것은 파멸의 왕 이라 타쿠토의 습격에 따른 일이다.

그리고 근본적인 원인은 두 성녀——《화장의 성녀 소아리나》와《고개 숙인 성녀 펜네》가 파멸의 왕을 친 것이다.

대주계에 틀어박힌 왕을 자극한 것이 이 비극을 일으킨 원인이라면, 얼핏 평화주의자로 보이는 그들의 행동도 반드시 함정이라 부정할 수는 없다.

어느샌가 크레에는 자기 안에 있는 정보를 자신에게 가장 유리한 모양새로 조합하고 있었다.

그것을 지적할 사람은 어디에도 없었다.

다만 지적해 봐야 어떻게 될 문제도 아니었지만…….

이윽고 크레에는 하나의 결단을 내렸다.

"앞선 약속을 지키고, 서로의 행동에 관여하지 않겠다고 할 수 있습니까?"

그것은 비토리오의 제안 수락.

성스러운 나라에 속한 자가 사악한 나라에 속한 자와 교섭을 체결한다.

그것은 성신 아로스에 의해 금지된, 명백히 가르침에 저촉되는 일이었다.

"이플레이스 심문관!"

성기사들이 황급히 목소리를 높였다.

무슨 허튼소리를, 그런 비난의 외침이었지만 그들 자신은 그 이외의 수단이 없다는 사실을 깨닫지 못했다.

"책임은 소관이 집니다. 지금은…… 일단 시간을 벌죠."

"하, 하지만!!"

책임을 지지 않는 사람은 편하다. 대안을 내지 않고 비난만 하는 사람은 더욱 편하다.

크레에도 성기사를 설득해서 상황을 올바르게 이해시킬 필요성을 느꼈다.

하지만 이 자리에서 망설임은 목숨과 직결된다. 그리고 그 목숨은 자신이 아니라 다름 아닌 시민의 것이다.

그녀의 결단을 뒷받침하듯 요나요나가 배려의 말을 건넸다.

"걱정할 거라 생각하니까, 거기 바보가 쓸데없는 짓은 하지 않도록 내가 감시할게. 이건 이라교 대리 교조 요나요나로서, 위대한 신 이라 타쿠토의 이름 아래 맹세하는 거야. 이것이 이라교로서의 성의이자 양보야. 이 녀석이 뭘 꾸미고 있든, 당신들한테 손을 대진 못해."

요나요나의 도움은 항상 필요할 때에 필요한 것이 나온다.

성실한 그 태도에 내심 감사의 마음을 보내며, 크레에는 이윽고 자신의 인생에서 큰 전환점이 될 선언을 했다.

"괜찮겠죠. 신의 신도는 사악한 자에게 결코 굴복하지 않는다. 그 도전, 받아들이죠."

"구우우웃! 당신은 지금 확실히 옳은 선택을 했습니다── 이 플레이스 심문관."

과연 이것으로 괜찮을까? 시간을 벌자는 생각이 더욱 좋지 않은 결과를 부르지는 않을까? 크레에 안에서 씻을 수 없는 불안이 질척하게 마음을 좀먹지만, 그렇다고 해도 그녀에게는 그저 이 선택지밖에 없었던 것이다.

문득…… 일기를 안고서 아버지를 좇는, 다정한 소녀의 얼굴이 떠올랐다.

"그럼!"

""으엇!""

갑자기 돌풍이 불고 동시에 비토리오가 그 자리에서 스윽 일어섰다.

성기사들이 당황해서 검을 뽑았지만 그는 이미 요나요나를 옆구리에 끼고서 창틀에 발을 얹은 참이었다.

경계하지 않았다면 거짓말이지만 방심이 있었던 것은 사실이리라.

그 남자는 언제든지 도망칠 수 있었던 것이다. 처음부터 전부 연극. 이 거래를 진행하기 위해서 붙잡힌 척했을 뿐이었다.

"그럼 안녕히! 다시 만날 날까지! 아듀~~!!"

광대의 거슬리는 웃음소리가 창밖에서 멀어졌다.

비토리오가 제대로 요나요나를 잊지 않고 데려간 것에 기묘한 안도를 느끼며, 크레에는 지금부터 자신들에게 밀려들 고난을 상상하고 표정이 어두워졌다.

"이플레이스 심문관."

성기사들의 곤혹스러운 표정이 그녀에게 모였다.

우선은 그들을 설득할 필요가 있을 것이다. 그러지 않는다면 기껏 자신의 목숨조차 내던진 각오로 손에 넣은 귀중한 시간을 잃고 만다.

"납득이 가는 설명을, 부탁합니다."

그 말에 끄덕였다. 크레에의 싸움은 아직 끝날 기미가 보이지 않았다.

# 제13화 조소

비토리오의…… 사악한 자의 감언이설에 넘어간 건에 대해서는 일단 미루기로 했다.

성기사들도 상황은 이해하는 것이었다.

그녀가 제안에 응하지 않았을 경우에 이 도시가 어떤 운명을 맞이할지를.

그렇기에 그녀가 벌인 행동의 시시비비는 보류하고, 우선은 사람들의 안전을 첫째 목표로 직무에 나서는 것을 납득해 주었다.

하지만 크레에가 성스러운 가르침을 어긴 것 또한 사실. 성교를 강하게 믿는 그들이기에 자신의 무력감과 크레에의 독단을 감정적으로 소화하지 못하여 일종의 응어리가 남았다.

크레에와 성기사들에게 존재했던 인연에는 아주 살짝 균열이 생기고 있었다.

"이건, 좋지 않아……."

구 퀼리아 남방주 기사단 본부. 그 안에 마련된 자기 방에서, 크레에는 자신을 둘러싼 상황을 냉정하게 분석하고 있었다.

하지만 아무리 계산하려고 해도, 아무리 정보를 곱씹으려고 해도, 자신이── 그리고 성녀 리트레인이 처한 상황은 혹독했다.

'성기사들은 비협조적. 협조는커녕 소관에게 불신감을 품고 있어……'

성기사들에게도 자기들의 주장이 있을 것이다. 예의 일 이후,

그들의 태도는 크게 바뀌었다.

물론 그것을 겉으로 드러낼 법한 어린아이 같은 정신을 가진 자는 없다. 지금 해야 할 일을 그르쳐서 크레에를 비난하거나 규탄하는 사람이 나타나지 않은 것이 그 증거였다.

하지만 그렇다고 해도 쌍방에 생긴 균열은 서서히 더욱 커지고 있었다.

'백성을 구하기 위해서 합리적 판단을 내렸다고 생각하지만, 그 행위가 사악한 자들에 대한 양보로 받아들여지겠지. 이제까지처럼 지위를 방패로 한 강행은 무리겠죠.'

크레에가 이제까지 강한 권력과 리더십을 취할 수 있었던 것은 전적으로 《일기의 성녀 리트레인》의 대리라는 입장에 의한 것이었다.

덧붙여서 이단심문관이라는 그녀의 역할에서 오는 경외심도 있었다.

하지만 이 마당에 이르러서는 그 권위도 땅에 떨어지려 하고 있었다.

리트레인의 신임과 중앙으로부터의 지시가 있었기에 받은 지위인 것이다. 성기사들이 불신을 품은 현 상황에서는 그것도 제대로 기능하지 않았다.

그만큼 사악한 자와의 거래라는 것은 그녀의 입장에 어두운 그림자를 드리우고 있었다.

'아뇨, 애써 꾸미는 건 그만두죠. 소관은 확실히 마에 속한 자에게 양보한 겁니다. 그대로 간다면 네림에게 위해가 갈 가능성

이 있었지. 소관은…… 그 공포를 떨쳐낼 수가 없었습니다.'

성녀 리트레인이 가진 일기의 능력은 비할 바 없이 강력하다.

기억 상실이라는 희생을 마다하지 않는다면 온갖 기적을 가능하게 만든다.

하지만 사용자인 리트레인은 그저 불쌍한 소녀.

자신과는 달리 전투에 대해서는 그야말로 초보라 할 수 있을 것이다.

성기사나 거느린 병사들이 힘에 부치는 현 상황에서, 참으로 빈틈투성이에 노리기 편한 표적이라고도 할 수 있다.

크레에는 성직자이자 전사이기도 하다. 신의 의지를 대행하여 사람들을 널리 수호하는 존재다.

하지만 동시에 리트레인의 친구이기도 한 것이다. 그녀는 그 사실을 이미 잊었을지도 모르지만, 그럴지라도 크레에만큼은 결코 그것을 잊지 않는다.

그리고 크레에는 소중한 친구를 희생할 수 있을 만큼 냉혹한 인간이 아니다.

그야말로…… 다른 모든 것을 희생할지라도.

크레에는 결코 리트레인을 내버려 두지는 않을 것이다.

'신이시여…… 소관은 어떻게 해야.'

기도는 셀 수 없을 만큼 계속 올렸다.

성서의 구절은 이제 틀리는 것이 이상할 정도로 뇌리에 들러붙어 있고, 여태 바친 성스러운 의식은 세는 것이 힘들 정도다.

하지만…… 그녀의, 그녀들의 상황이 좋아질 일은 결코 없다.

"신이시여…… 당신은 어째서 도와주시지 않는 겁니까."

결코 입에 대어서는 안 될 말과 동시에 똑똑, 하는 소리가 실내에 울렸다.

움찔 반응해서 놀란 듯 돌아보는 크레에.

잠시 후에 소리가 난 곳…… 입구의 문이 천천히 열리고, 여전히 머뭇머뭇하는 표정의 리트레인이 삐죽 얼굴을 내밀었다.

"저기, ……이플레이스 심문관."

"어라, 네림. 몸은 좀 어떻습니까?"

애써 미소를 지었다. 어색한 미소는 과연 그녀에게 통했을까?

조금 전의 말이 들렸다면, 그런 불안이 가슴속을 채우고 두근두근 심장이 뛰었다.

지금만큼은 리트레인의 기억이 그저 사라지는 그 기적에 감사했다. 언젠가 이 비밀도…… 그녀의 머릿속에서 사라져 버릴 테니까.

다만 의아한 듯 고개를 갸웃거리는 그녀의 모습을 보면 그 걱정은 필요 없었나 보지만.

"……? 건강해요."

"그렇습니까. 최근에는 무리를 하던 모양이니까, 조금 걱정했습니다."

"그런가요?"

타박타박 실내로 들어오는 리트레인에게 의자를 권하고 무릎을 꿇어 그녀와 시선을 맞추었다.

동글동글 유리구슬 같은 눈동자가 크레에를 바라보고, 너무나도 맑은 그 눈동자에 빨려드는 것 같은 감각에 빠졌다.

그리고 천천히 크레에는 자신의 생각을 그녀에게 밝혔다.

"당신의 능력은…… 신께서 주신 고귀한 것입니다. 그 힘은 사람들을 치유하고, 신앙을 되찾도록 만들고, 악을 무찌를 수 있는 강력한 것. 하지만 그 대가로 당신의 기억이 필요합니다."

틀림없이 그것이 바로 잃어버리게 될 것일지라도……. 몇 번이라도…….

"소관은, 이 이상 당신에게 부담을 주고 싶지는 않습니다……."

"하지만 선한 행위를 계속한다면, 반드시 좋은 일이 벌어진다고, 아버지가 말했어요."

또 이 이야기였다.

몇 번을 들었나, 그리고 몇 번을 대답했나.

틀림없이 그것조차도 리트레인은 잊었을 것이다. 하지만 크레에는 마치 처음 들었다는 듯, 소녀의 고백에 귀를 기울였다.

"저기…… 저는 또, 아버지랑 함께 살자고 약속했어요. 그러니까 빨리 함께 살 수 있도록 더더욱 노력해야만 해요. 제게는 선한 행위를 잔뜩 할 필요가 있어요."

상급 성기사 베르델의 생존은 절망적이다.

그것은 상황을 보더라도 명백해서, 대주계 조사로부터의 미귀환은 뒤집을 수 없을 사실이었다.

리트레인은…… 아버지가 대주계 조사 임무에 나섰다는 사실을 모른다.

물론 그가 그 땅에서 귀환하지 않고 연락이 끊어졌다는 사실도 모른다.

그러니까 계속 그녀는 아버지를 좇으려 하는 것이었다.

"예, 괜찮아요. 틀림없이 아버님과 또다시 함께 살 수 있어요. 네림은 선한 행위를 잔뜩 했으니까요…….."

크레에는 자신의 약함에 구역질이 치밀었다.

이만큼 어리석은 인간이 있어도 되는 것일까?

소녀가 품은 단 하나의 꿈과 마주하지 않고, 그저 현실에서 눈을 돌리고 진실을 고하여 하지 않는 유약한 인간.

아아, 어째서 그녀는 구원을 받을 수 없는가?

모두가 행복해질 방법이, 그녀가 아버지와 사는 미래가…… 어째서 어디에도 없는 것일까?


"정말로 아버님과 함께 살 수 있다면, 어떻습니까?"


갑자기 목소리가 들렸다.

크레에는 그 말에 황급히 의식을 전환하고, 리트레인 앞에 서서 목소리의 주인에게 날카로운 시선을 향했다.

마이노그라에서 온 사악한 자 비토리오.

언제부터 그곳에 있었는가, 그는 여전히 히죽히죽 불성실한 미소를 짓고서 무언가를 음미하듯 손을 턱에 대고 이쪽으로 거침없는 시선을 보냈다.

"네림…… 소관 뒤로 물러나세요. 마에 속한 자 비토리오. 무슨 생각입니까? 당신은 전날 상호 불간섭을 승낙했지. 그 맹세를 바로 깨겠다는 겁니까?"

"아뇨아뇨, 이번의 이건 어디까지나 대화의 범주! 지금 하는 유희에 영향은 없습니다!"

"헛소리를. 그렇게 말을 늘어놓으면 소관이 납득할 것이라고? 대리《교조》경은 뭐라고 합니까?"

"아니, 요나요나 양한테는 말 안 하고 왔으니까요. 그게 말이죠, 말하면 두들겨 패니까⋯⋯."

"그건 실로 좋군요. 그녀야말로 정식 교조가 되어야 한다고 소관은 제안하죠."

"흐흐흥. 저도 그렇게 생각합니다."

아무래도 대리 교조 소녀── 요나요나는 없는 듯했다.

그의 말을 믿는다면 제멋대로 단독으로 이 자리에 있다는 것인데, 그 성실한 소녀의 성격을 생각한다면 아마도 그것은 사실이리라.

그것은 즉 눈앞에 있는 남자를 말릴 사람이 없다는 것을 의미하고, 이 악랄한 인물이 완전히 제멋대로 행동하리라는 증거이기도 했다.

"그래서, 소관의 성검기가 소원이라는 겁니까?"

흘끗, 시선을 조금 떨어진 장소로 향했다.

자기 방이라서 마음을 놓고 장비는 벽 쪽에 두었다. 검을 뽑는다며 위세등등한 말을 했지만, 실제로 눈앞의 남자를 제치고 그를 해낼 수 있겠냐고 한다면 말이 궁했다.

하지만 크레에는 해야만 한다. 등 뒤에서 떠는 소녀를 지키기 위해서라면 어떠한 희생이라도 아끼지 않겠다고 맹세했으니까.

하지만 또다시라고 해야 할까, 역시라고 해야 할까.

"아뇨아뇨! 전혀 그렇지 않습니다! 저, 오늘은 제안을 하러 왔으니까요!!"

눈앞의 남자는 또다시 말로 교섭하기를 청했다.

그러니까 제안이었다. 사악한 유혹. 사람을 파멸로 이끄는 금기의 말이었다.

"제안? 또 그겁니까? 대체 당신은——."

그 말이 끝나기 전에 상대가 말을 꺼냈다.

그 내용에 크레에도, 그리고 등 뒤에 있는 리트레인도 경악해서 눈을 크게 떴다.

"이믈레이스 심문관. 거기 딱한 아가씨를 데리고 우리 진영으로 붙지 않겠습니까?"

도저히 예상하지 않았던 그 말에, 크레에는 강한 분노의 시선을 비토리오에게 향했다…….

"대체 무슨……."

배신이란 전쟁의 꽃이다.

국가 사이의 분쟁에서는 계략이라는 형태로 그것이 이루어진다.

퀼리아는 오랫동안 전쟁과는 인연이 없는 평화로운 국가였지만 그렇다고 하더라도 문헌에는 기록이 있고, 실제로 소규모 분쟁 따위에서도 그것들은 관측되고 있다.

어떠한 목적이 있는지는 그때마다 천차만별이지만, 확실히 말할 수 있는 것은 자신들이 상대에게 계략을 걸 가치가 있는 존재라는 점 하나였다.

　의도를 알고 싶다는 욕망을 뿌리치고, 하지만 크레에는 단호하게 그 제안을 거부했다.

　"거절하겠습니다."

　"으응?! 어째서?"

　"굳이 이유를 말할 것도 없습니다. 한 번은 당신의 제안에 응했지만, 그건 어디까지나 평화적인 내용이었기에. 이번 이야기는 명백하게 우리 나라에 해를 끼칠 의도가 존재합니다. 설령 그런 사실이 없을지라도, 어째서 소관과 성녀가 어둠에 속한 자에게 굴복한다고 생각하는 겁니까?"

　"하지만 그러지 않으면 그가 되살아나지는 않을 거 아닙니까? 이블레이스 양이 사악에 굴복할게요~라고 더블 피스를 해준다면, 저, 위대한 신께 부탁해서 되살릴 준비를 했습니다만……."

　"──윽!! 그, 그만해요. 그런 말로 홀리려 들다니 무슨 짓입니까. 사람의 죽음은 뒤집을 수 없다. 그렇기에 사람은 자신을 항상 돌이켜보고, 후회가 없는 인생을 보내는 겁니다. 게다가…… 당신들 탓일 텐데!"

　말하지 않더라도 비토리오가 무엇에 대해서 언급하는지 이해할 수 있었다.

　그렇기에 크레에는 격노했다. 어디까지 사람을 희롱하면 만족하는 것인가? 아무런 죄도 없는 소녀의 바람조차 자신의 책략에 이용하는 것이냐고.

　"제 탓이 아니라고요? 실제로는 쓸데없는 짓을 저지른 수하 하급 성기사 탓이로군요. 본래라면 무사히 돌아올 터였습니다. 하지만 젊은 성기사는 눈앞이 어두워 판단을 그르쳤죠. 동료의 실수를 목숨 바쳐 만회해야만 한다니, 성기사라는 것도 불행한 장사로군요~. 저 동정합니다!"

"큭!"

이상했다. 크레에가 아는 상급 성기사 베르델이라는 남자는 냉정하고 침착해서 결코 무모한 싸움에 몸을 던지지 않는 남자다.

성교의 가르침에 대해서는 솔직히 성실하지 못한 구석이 있었지만, 그것이 융통성 있고 유연한 태도를 낳기에 조사 임무 등에서는 지령 이상의 성과를 올렸다.

위험하다고 판단하면 바로 철수한다는 판단도 가능해, 상황 판단은 누구보다도 특기. 그런 그가 소식이 끊겼단 게 적잖이 의문이었는데, 앞선 비토리오의 말이 진실이라면 납득은 갔다.

하지만 그것은 크레에 안에 있던 작은 희망이 박살 나는 것을 의미했다.

대주계 조사에서 행방불명이 된 자들의 생사에 대해서, 대주계를 본거지로 삼은 자가 이야기한다. 이만큼 절망적이고 확정적인 일은 달리 없으니까…….

그러니까, 아아, 그렇기에.

그녀만큼은 듣지 않았으면 했다.

크레에는 망설였다. 어떻게 얼버무리느냐고. 이 자리를 벗어나기 위한 거짓말을 어떻게 마련하느냐고.

"작고 딱한 일기의 아가씨. 네 아버지, 죽었다고?"

하지만 그런 크레에의 생각과는 달리, 비토리오는 태연하게 말했다.

"……어?"

"허, 헛소립니다! 들어선 안 됩니다, 네림!"

외쳤다. 하지만 그 말은 공허하게, 마치 가치 없다는 듯 퍼졌다.

"헛소리가 아니라는 건 당신이 가장 자~알 알고 있지 않나요, 이플레이스 심문관. 성기사 베르델은 대주계 조사 임무에서 우리 진영과 충돌, 그 와중에 목숨을 잃었지. 연락도 없고 모습도 비치지 않는다, 그건! 죽어 버렸다는 이야기잖아요!"

기쁜 듯, 진심으로 기쁜 듯 광대는 웃었다.

반론의 말이 떠오르지 않는 상황에, 뚝뚝 눈에서 눈물을 흘리는 네림이 과감하게도 크레에의 등 뒤에서 앞으로 나왔다.

"하지만, 하지만! 저, 저는 아버지랑 만났어요! 바쁘니까 또 만나자고 그래서! 제대로 대화도 나누고!"

"아, 그거 가짭니다. 구체적으로는 우리 신께서 모방한 유사품이죠. 가짜를 상대로 감동의 재회를 해버렸군요, 가엾게도!"

"거, 거짓말이에요……. 그런 거, 싫어……."

"으─음. 아무리 나라도 마음이 아프구나! 하지만 어쩔 수 없지! 아무도 미움받는 역할이 되고 싶진 않은 법! 다들 너한테는 감추고 있었구나! 그러니까 내가 가르쳐 줄게!"

커다란 눈에서 눈물이 줄줄 흘렀다.

떠는 그녀를 바라보는 자신의 시야가 흐려졌다는 사실에, 크레에는 마침내 깨달았다.

아아, 사악한 자는 이렇게까지 사람을 괴롭힐 수 있는 것인가.

작열하는 불꽃이나 사악한 저주, 흉악한 발톱이나 무기를 쓰지 않더라도, 그저 말만으로 이렇게까지 영혼을 상처 입힐 수 있는 것인가.

이미 크레에에게 반론할 의지는 남지 않았다. ……이미 어쩔 수도 없는 곳까지 왔다는 사실을 깨닫고 말았으니까.

그가…… 비토리오가 무언가를 하기 전에, 훨씬 전에 전부 끝나 버렸던 것이다.

그저 그것이 명백해졌을 뿐.

"하지만, 하지만 선한 행위를 계속한다면 반드시 좋은 일이 벌어진다고……."

일기의 성녀의 마음이 무너진다. 단 하나, 유일하게.

그녀가 자아를 확립하기 위해서 가지고 있던 아버지와의 기억, 그리고 괴롭고 힘겨운 현실에 맞서려는 순진무구한 바람.

──선한 행위를 계속한다면, 반드시 좋은 일이 벌어진다.

아버지에게 받은 희망의 말은…….

"그거, 이제까지 좋은 일이 벌어졌어?"

이 순간, 모두 재로 돌아갔다.

"그런 거. 그런 거……."

"자자, 그렇게 울지 말고. 인생에 그런 건 흔하지! 포기하지 않으면 꿈은 이루어진다! 자, 일어서! 나는 딱한 아가씨한테 정말 좋은 이야기를 가져왔습니다! 자, 제 제안을 들어 달라고요?"

사악한 자의 악의 가득한 말이 리트레인을 갈가리 찢어발겼다.

소녀가 언젠가 찾아오리라 믿었던 꿈의 끝은, 최악의 형태로 찾아왔다.

이제 성스러운 자로서의 이성이나 가르침 따위는 모두 잊고, 크레에는 그저 분노에 지배당했다.

"이제 됐어, 당신의── 네놈의 말은 썩은 냄새가 감돌아. 그 이상 입을 열지 마라. 역시 소관이 잘못했어. 마에 속한 자의 감언에 어울리는 게 얼마나 무시무시한 결과를 초래하는가. 여기서 네놈을 베고, 모든 걸 끝내겠다."

일찍이 없는 증오가 그녀의 온몸에 가득 찼다.

검이 있는 장소는 멀지만 그런 것은 문제없었다.

지금 당장 눈앞의 남자를 찢어 버리고 싶다는 시커먼 감정이 소용돌이치고, 자신에게 있던 성스러운 마음과 냉정함을 밀어냈다.

"아뇨, 입을 열겠습니다. 그리고 그 손을 내리시길! 왜냐면 저는, 이 비극을 해결하는 유일한 제안을 드리러 왔으니까요!"

헛소리다. 이만큼의 굴욕을 당하고, 그러고서도 이야기를 들어준다는 망상을 눈앞의 남자가 믿고 있다는 사실을 이해할 수 없었다.

하지만 그런 것은 아무래도 상관없다. 그녀가 해야 할 일은 하나밖에 없으니까…….

그러니까 이대로 눈앞의 남자를 두들겨 패고, 틈을 만들어서 손에 든 성기사검으로 그 더러운 입을 영원히 막는 것.

하지만…….

'──윽?!'

몸이 움직이지 않았다.

마치 불가사의한 능력으로 이야기를 듣도록 강제된 것처럼. 크레에의 몸은 미쳐 날뛰는 의지와는 달리 침묵을 유지하고 있었다.

"그렇지, 제안! 이번 제안! 그것이야말로 우리 진영으로 들어오는 것! 이것 참, 역시나 말이죠. 저도 거기 있는 아가씨의 처지는 동정하는 바라, 가능하다면 어떻게든 해주고 싶거든요. 그보다도 평범하게 생각하면 기겁할 일 아닌가요? 피도 눈물도 없는 일이라고요, 이거."

──움직여라, 움직여라, 움직여라.

몇 번이고 스스로에게 말했다. 몇 번이고 외쳤다. 하지만 몸은 커녕 말조차 꺼낼 수 없었다.

"그러니까! 통째로 구제해 버리죠! 만세, 해피엔딩이라고요!"

이 이상 들어서는 안 된다.

듣고 만다면, 마음이 흔들리니까.

듣고 만다면, 제안에 넘어가 버릴 것 같으니까.

감미로운 말은, 확실한 독이 되어 크레에를 잠식한다.

"사악한 자가 사람에게 동정을? 넌센스! 왜냐면 사악한 자에게는 모든 일이 허락되니까! 그러니까, 적대하는 선한 성녀를 불쌍하게 여기는 것 또한 자유! 정의에 빡빡하게 속박된 너희와는 달라서 말이야!"

"그렇다고 해도, 우리는 네놈들에게 굴복하진 않는다! 아무리 말을 늘어놓더라도, 그것은 소관들에게는 일체 닿지 않습니다! 사악한 자의 감언이설에 넘어가는 건, 다시 말해 그저 파멸로의 길을 나아가는 것이니까! 그 사실을 잘 이해했습니다. 이해하게 됐습니다!"

"흐음. 성스러운 신의 가르침이로군요. 아무것도 못하는 신에게 기특하게도……."

허억허억, 거친 숨이 새어 나왔다.

기력을 짜내어 어떻게든 외쳤지만 그것만으로 이미 기진맥진했다.

하지만 크레에의 반항이 의외였는지, 비토리오는 지독히 시시하다는 듯 코웃음 쳤다.

아무래도 이번 마의 유혹은 피할 수 있었나 보다…….

안도감이 크레에를 감쌌다.

"뭐, 괜찮겠죠. 이번에는 저 꼬리를 말고 귀가하겠습니다. 슬슬 저녁시간이니까요."

또 떠나는 것인가.

쫓을 기력은 남지 않았다. 하지만 이 자리에서 상대가 철수한다는 수단을 취한 것은 다행이었다.

혹시 비토리오는 싸움이 특기는 아닌 것일까? 그런 추측이 크레에의 뇌리에 떠올랐지만, 지금은 그것을 생각할 때가 아니라며 마음을 다잡았다.

발걸음도 가볍게 문으로 걸어가는 비토리오의 뒷모습을 지켜봤다.

지금은 그저 고통스럽기 짝이 없는 이 상황에서 도망치고 싶었다.

"아, 그렇지! 마지막으로 이믈레이스 심문관. 사악한 자의 유혹이 어째서 무섭다는 건지 제대로 이해하고 있습니까?"

"…………."

문을 열고 나가려던 그 와중에.

비토리오는 이상한 물음을 던졌다.

침묵으로 대답했지만 크레에도 그의 진의는 헤아릴 수 없었다.

사악한 자의 유혹이 무서운 것은 파멸이 기다리고 있으니까. 그것이 세상의 이치이고 신의 가르침이다. 만사보편의 법칙을 다시금 확인하고, 대체 무엇을 전하려는 것인가.

"전부 사실이거든요."

"…………?"

짧게 건넨 그 말의 의도를 이해할 수 없어서 곤혹스러웠다.

하지만 이어서 건넨 말에, 듣지 않았어야 했다고 크레에는 강한 후회를 품었다.

"영원한 미모, 경국지색, 무한한 지성, 둘도 없는 힘—— 그리고 죽어 버린 사람과의 재회. 동서고금, 마가 주는 보수는 모두 진실이거든요. 물론 그곳에 사기 같은 함정은 존재하지 않습니다. 영원한 미모는 썩지 않는다. 경국지색의 미인은 계속해서 미소 짓고, 지혜와 힘은 더더욱 기세를 더한다. 그리고 되살아난 사람은 절대 재가 되지 않는다. 그렇기에 사악한 자의 유혹은 강렬하게 사람을 매료한다."

광대의 유혹은 이어졌다.

그것은 어디까지나 감미롭고, 흥미를 불러일으키는 것이었다.

"당신은 제 말에 응한다면 파멸이 기다린다고 생각하겠죠. 분명 무언가 함정이 존재하고, 영원한 고통과 후회 속에서 썩어 갈 거라고."

바로 그랬다. 그렇게 배웠고, 그렇게 믿었다.

그리고 지금은 그랬으면 한다고 진심으로 바랐다.

"결단코 그런 일은 없습니다. 우리의 신께 머리를 숙인 당신을 기다리는 것은 영원한 행복과 안녕. 미소를 되찾은 소중한 친구와의 평화로운 나날. 그리고 삼시세끼 낮잠 포함 잔업 없는 생활. 이야기의 끝은 물론 경사로운 해피엔딩. 그것이야말로 우리의 신이라 타쿠토께서 당신에게 주는 것입니다."

사악한 자의 유혹이 크레에를, 그리고 리트레인을 얽어맸다.

"저, 당신들의 선택을 참으로 기대~하고 있겠습니다!"

모든 것을 비웃는 드높은 웃음이 울리고, 그리고 적막이 찾아왔다.

남겨진 것은 얼어붙어버릴 것 같은 추위와, 어둡고 어두운 절망의 심정뿐.

그리고 불쌍한 두 소녀.

"이믈레이스 심문관…… 크레에 씨."

"──윽! 아, 예……."

"조금 전 저 사람의 말은, 정말인가요?"

"……미안합니다, 네림."

"이미, 아버지는……."

"미안합니다, 정말로. 미안해요……."

이윽고 그녀들은 누가 먼저라고 할 것도 없이 끌어안고, 서로를 위로하듯 조용히 우는 것이었다.

# 제14화 굴복

황혼의 그때에 찾아온 비토리오의 계략.

그 일로부터 며칠. 크레에는 표면상 냉정을 유지하고 있었다.

상황은 여전히 좋지 않고, 《일기의 성녀 리트레인》의 힘으로 사람들을 계속 구하고 있지만, 비토리오와 《이라교》가 제안하여 벌이는 유희는 성스러운 자들에게 압도적으로 불리한 결과가 되어 있었다.

"아믈리타의 상황은 이미 우리가 대응할 수 있는 단계가 아니로군요."

"주민의 9할이 증오스러운 이라교로 개종하고, 우리의 신으로부터 벗어났습니다."

"어째서, 이런 일이……."

천막에서의 회의. 이전에는 밖에서는 치료를 기다리는 사람들이나 성스러운 가르침을 청하는 사람들로 북적였지만 지금은 그 소란도 거짓말이었던 것처럼 적막했다.

물론 그들도 손을 놓고 있던 것은 아니다.

성기사나 신도는 열심히 사람들에게 설법과 교화를, 소수의 성직자는 네림과 함께 병에 시달리는 이들의 치료에 나섰다.

상황을 멀리 제삼자의 시점에서 살펴본다면 충분 이상으로 잘했다고 판단할 수 있었다.

하지만…… 그 이상으로 이라교의 손길은 빨랐다.

자신들이 10의 가르침을 넓히면 상대는 100. 자신들이 열 명을 치료하면 상대는 천.

어떠한 방법을 쓰는지는 이해할 수 없지만, 확실히 사람들을 구했고, 동시에 구원받은 사람들은 이라교에게 순종의 뜻을 내비 쳤다.

그것은 자신들이 필사적으로 그 신앙을 되살려 낸 사람들도 예외가 아니라서, 케이면 의료 사제를 포함해서 이제부터 아블리타 부흥에 필요한 실력 있는 인재가 자신의 의지로 이곳을 떠나는 결과가 되었다.

패배는 확정.

그래도 몇 안 되는 수지만 시민을 북쪽으로 피난시킬 수 있었다.

이 도시에서 이라교에 교화된 사람도 함부로 취급을 당하는 상황이 아니었다.

그 점에서 말하면 비토리오는 몰라도 대리 《교조》인 요나요나는 약속을 그르치지 않았다.

괴로워하는 사람이 나오지 않았다.

상황은 그저 최악이지만 그것 하나만큼은 희망이 있다고 크레에는 생각했다.

하지만 그 생각을 성기사들도 공유한다고 단정할 수 없었다.

오히려 그들의 생각은 또 다른 지점에 있었다.

"이제는 성녀님의 힘에 매달릴 수밖에 없습니다."

"그건 좋지 않아. 네림 님…… 성녀님의 힘은 자신의 부담이 크지. 이 전황을 뒤집을 만큼의 힘을 청한다면 대체 어떠한 영향이 있겠나!"

갑작스러운 말에 그만 크레에는 자리에서 일어나서 항의했다.

이대로 아블리타 포기의 책략을 취하자고 생각했던 것이다.

이 상황에서는 성기사들도 납득할 테니 중앙에서 다시 재기를 꾀하기 위해 《신위의 성녀》 쪽과 함께 힘을 비축한다면. 그렇게 생각했던 것이다.

그 생각은 안타깝게도 그저 물렀다는 것을 그녀는 알았다.

"이플레이스 심문관. 사악에 대한 당신의 그 자세, 저희는 의문스럽게 느끼고 있습니다. 너무나도 유약한 자세를 드러내시는군요. 이단심문관은 신분만으로 위세를 떠는 직위가 아닐 테죠?"

"예, 그렇다마다요. 이번 대응, 적잖이 유약하다고 할 수밖에 없습니다. 신의 시련은 때로 무겁고 괴로운 것. 하지만 결코 극복할 수 없는 것은 아니죠. 성녀님께서는 그를 위해 이 땅에 오셨음을 저희는 이해하고 있습니다."

크레에는 마음속으로 경악했다.

설마 이렇게까지 성기사들이 일그러진 심성으로 사악에 대한 대처에 집착한다고는 생각도 하지 않았던 것이다.

구체적인 대책도 취하지 못하고, 회담에서는 입을 다물고만 있던 자들이 이제 와서 큰소리를 치다니 어쩌자는 것이냐? 그것도 스스로 결판을 내는 것이 아니라 타인의 힘을 빌려서.

크레에는 최근의 입장을 생각하고 굳이 따지자면 배려하는 태도였지만, 이 마당에 이르러서는 반론할 수밖에 없었다.

이대로 그들의 말대로 리트레인을 희생할 수는 없었다.

"스스로 해결할 수 없으니까 네림 님의 힘을 이용하자고? 어린 소녀에게 모든 책임을 떠넘기고서도 성기사입니까?"

"바로 그 성기사이기에, 때로는 비정한 판단도 필요한 겁니다. ──이믈레이스 심문관은 조금 지치셨군. 기분 전환의 시간이 필요하겠죠. 남은 의제는 우리가 진행할 터이니, 휴식을 취하도록 하시죠."

주위를 둘러봤다. 분노와 의심으로 가득한 날카로운 시선이 일제히 그녀를 꿰뚫었다.

마치 열기에 들뜬 것처럼 같은 반응을 보이는 그들에게 대답할 말이 나오지 않았다.

비난의 표적이 되었음은 이해했다 생각했건만 설마 이 정도일 줄은 몰랐다.

그녀를 도와줄 사람은 이 자리에는 아무도 없었다.

"……알겠습니다. 그럼 일단 실례하겠습니다."

그 말대로 나가겠다는 뜻을 드러냈다. 모양새만 그럴싸한 귀찮은 녀석 쫓아내기. 두 번 다시 이 회의에 참가가 허락되지는 않을 것이다.

천막에서 나오자 등 뒤에서는 남자들의 즐거운 웃음소리가 들렸다…….

………

……

…

"아, 이믈레이스 심문관."

"네림…… 여기 계셨군요. 저도 휴식을 좀 받았습니다. 함께해도 될까요?"

정처도 없이 걷다가 부대 휴게실 구석에서 일기를 쓰는 리트레인을 발견했다.

평소라면 수많은 사람들로 북적거리는 이곳도 지금은 누구 하나 없었기에 서로 마주할 수 있었던 것이다.

살며시 리트레인 옆에 앉았다.

이미 자신은 부대의 주류에서 밀려났다. 앞으로의 방침은 남은 성기사가 결정할 터인데, 그것이 성녀 리트레인에게 어떠한 영향을 미칠지는 알 수 없었다.

아니다…… 얼버무리는 것은 그만두자. 그들은 반드시 요구할 것이다.

그녀가 가진 기억을 모두 신에게 바쳐서 이 위기 상황을 뒤집는 것을.

압도적인 기적을…….

"이플레이스 심문관. 저는 이걸로, 괜찮아요."

"무슨 말씀이십니까?"

알면서도, 물었다. 가능하다면 그 다음 말은 원치 않았다.

그녀의 입에서 그런 말을 듣고 싶지는 않았다.

"힘을, 쓰는 거요. 틀림없이 제 힘은 이때를 위해 신께서 주신 거라고 생각해요."

"당신은…… 당신은 더더욱 자신의 행복에 대해서 생각해야 합니다. 이렇게나 괴로워하고, 타인을 위해 봉사하고, 모든 것을 신께 바친 당신은, 보답을 받아야만 합니다.”

크레에의 설득에도 리트레인은 고개를 끄덕이지 않았다.

“네림. 최후의 일선을 넘는다면 더 이상 당신은 존재하지 않습니다. 소관이 그런 결단을 하게 만들지 마십시오.”

필사적인 심정으로 말을 건넸다. 이때만큼 말주변 없는 자신의 성격을 저주한 적은 없을 것이다.

자신이 어떻게든 할 테니까 부디 그 결단만큼은 하지 않았으면 한다.

말로 하는 것은 간단하지만, 상대가 그것을 받아들이려면 얼마나 많은 대화가 필요할까…….

리트레인의 의지는 굳은 것처럼 보였지만, 그것은 굳이 따지자면 체념으로도 여겨지는 것이었다.

“이플레이스 심문관은…… 제가 또 아버지와 만날 수 있다고 생각하나요?”

“………….”

“더는 아무것도 없는데, 사라져 버렸는데. 이 이상 살아있을 필요가 있을까요.”

살아있기를 바랐다. 살아서 행복해지기를 바랐다. 그것만이 바람이었다.

하지만 그것조차도 그저 자신의 투정일 뿐일까? 더 이상 방법은 없는 것일까? 무력감만이 크레에를 지배했다.

희망은 어디에도 없다…… 적어도 이곳에는.

“선한 행위를 계속했으니까, 반드시 그 너머에는 아버지와 만날 수 있다. 그렇게 생각했어요…….."

그로부터 얼마 후.

성기사와 신도의 환영을 받으며 리트레인은 기적의 구사를 선언했다.

사람들은 만면의 미소를 짓고 그녀의 결단에 입을 모아 칭송했다.

………

……

…

"어째서냐! 어째서냐, 신이여!"

크레에의 방은 엉망진창이었다.

그녀의 꼼꼼한 성격을 드러내듯 정리 · 정돈되어 있던 임시 개인방은, 당초의 꾸민 모습이 거짓말처럼 어질러지고 온갖 가구가 파괴되어 서류가 주변에 흩뿌려져 있었다.

그 중앙에서 통곡하는 것은 단 하나의 바람조차 허락되지 않았던 불쌍한 여자.

단 한 사람의 소중한 친구조차 지킬 수 없었던 어리석고 무력한 여자.

매달리는 신은 대답해 주지 않는다.

매달리는 신은 그녀에게 구원을 주지 않는다.

그렇다면 버려진 자가 선택할 길은…….

"신이여, 허락해 주소서. 당신은 아무것도 하지 않았어…….."

휘청, 유령 같은 동작으로 크레에가 일어섰다.

그대로 훌쩍 방에서 나간 그녀가, 끝내 돌아오는 일은 없었다.

"아야아야아야아야! 폭력 반대! 폭려어어억! 반대애애애!"

어딘가 연극 같은 외침이 교회 정원에 메아리쳤다.

이곳은 아블리타에서 이라교의 본거지로 사용되는 곳. 남쪽 교구에 있는 예배당을 대대적으로 개조한 그들의 교회였다.

밧줄에 칭칭 묶여서, 굳이 이때를 위해서 만들어진 목제 책형대에 구속되어 있는 남자야말로 마이노그라가 자랑하는 설화의 영웅 비토리오였다.

그리고 조금 전부터 갸아갸아 크게 떠들어 대는 그에게 가차 없이 타격을 가하는 것은, 이 또한 마이노그라가 자랑하는 비극의 영웅 엘프루 자매였다.

"이 정도, 폭력에 들어가지 않는 거예요. 영웅이니까 튼튼하겠죠? 두세 대만 더 때릴 거예요."

"쿡쿡. 얼굴은 들키니까 배를 때리면 될 거야, 캐리어."

"그렇구나, 역시 언니인 거예요."

시각은 한밤중. 달도 떠서 엘프루 자매가 마녀로서 힘을 최대한 발휘할 무렵이었다.

이미 사람으로서의 범주를 벗어나서 영웅으로서의 성질을 강하게 지닌 이 쌍둥이 소녀로부터, 설령 놀이라고는 해도 구타를 당하고서도 멀쩡한 것은 역시나 같은 영웅이라고 해야 할까.

그렇지만 한심한 그 모습을 보기에, 그런 칭찬의 말은 아무도 늘어놓지 않을 테지만…….

"꽤 재미있네, 바보 《교조》. 쓸데없는 짓 하지 말라고 그랬는데 말을 안 들으니까 그렇게 되는 거야. 진짜로 반성해."

그에 뒤따르듯이 질책의 말이 날아들었다. 대리 교조 요나요나였다.

이 자리에 있는 것은 영웅들만이 아니었다.

요나요나는 기분 나쁜 듯 비토리오를 감시하고, 새로이 이라의 신도가 된 사람들도 곤혹스러운 분위기로 이 징계 의식을 바라보고 있었다.

그리고 비토리오와 함께 이 도시로 찾아온 기존의 신도에게는 이미 질릴 만큼 본 광경인 듯, 각자가 멋대로 분담해서 일 따위를 진행하고 있었다.

좋든 나쁘든, 이 광경은 이라교에서 일상이었다.

"앗! 내 몫도 남겨 주세요! 요전에 멋대로 나간 몫의 징벌, 아직 안 패줬으니까!"

"예—."

"알겠다는 거예요."

"이 빌어먹을 꼬맹이들 대체 뭐야. 폭력에 너무 익숙한 거 아냐?"

비토리오가 자신의 처지에 불평을 꺼냈지만 모든 것은 자업자득이었다.

특히 성교에 속한 자들과의 약정을 어기고 참견하러 간 것은 용서하기 힘들었다.

요나요나도 엘프루 자매도 그의 행동으로 성교의 신도들이 어떻게 되든 솔직히 알 바 아니었지만, 이번 이야기는 이라교와 타쿠토의 이름을 꺼내면서까지 체결된 것이었다.

약속을 어기는 것은 다시 말해 타쿠토의 얼굴에 먹칠을 하는 짓이다.

그것만큼은 어떻게든 피하고 싶었다.

그렇기에 시작된 징계였다. 비토리오의 이 성질은 이미 어쩔 도리도 없다는 체념은 확실히 존재했지만, 일단 때려서 울분을 풀지 않고서는 참을 수가 없었다.

따라서 비토리오는 칭칭 묶인 상태로 흠씬 두들겨 맞고 있는 것이었다.

다만 본인은 확실히 통증을 느끼는 것 같기는 했지만 사실은 멀쩡.

그러기는커녕 맞고 있는 와중에 또 새로운 모략을 떠올린 모양이었다.

사실 얼굴에 히죽히죽 꺼림칙한 미소를 지으며 시선을 먼 곳으로 향하고 있었다.


"가족한테는 최대한의 경의를 표하고, 결코 동료를 희생해서는 안 된다. 사람으로서 기본적이고 보편적인 당연한 일—— 그렇게 생각하지 않습니까, 이믈레이스 심문관?"


"비토리오……."

나타난 것은 성 퀄리아 필두 이단심문관 크레에 이플레이스.

성스러운 가르침에 충실할 터인, 신의 종복이었다.

"굳이 이런 시간에 찾아오셨다는 건, 저의 제안을 받아들인다고 생각해도 될까요?"

흔들흔들 매달려서도 진지한 대사를 꺼내는 비토리오에게 한순간 놀란 표정을 드러냈지만 금세 정신을 차린 크레에.

하지만 그의 질문에 담긴 의미를 올바르게 이해할 터인 그녀는, 험악한 표정으로 침묵하며 전혀 입을 열지 않았다.

망설인다는 것은 누가 보더라도 명백했다.

"음─, 어떤 이유로 왔는지는 모르겠지만, 배반하겠다면 환영할게. 한번 가족이 되면 반대는 없지만……. 게다가 이 녀석만 예외이지 다들 좋은 녀석들뿐이야. 불안하게 생각할 건 없어, 그건 내가 보증할게."

"쿡쿡. 좋은 곳이야. 이제까지 일 따위는 전부 잊어버리고, 이쪽으로 와."

"고생하고 있는 모양이니까 오겠다면 환영하는 거예요. 아니라면 거슬리니까 냉큼 돌아가는 거예요."

시간은 밤. 달이 떠 있어서 그런지 자매에게서 느껴지는 사악한 압력도 어우러져서 견디기 힘든 두려움이 그 자리에 가득했다.

하지만 반면에 건네는 말은 무엇보다도 다정했다.

어딘가 밀어내는 말투인 캐리어의 말조차 그녀의 결단을 밀어주는 듯한 의도가 담겨 있었다.

그렇기에 크레에는 살짝 자신들의 처지를…… 네림의 처지를 그들에게 이야기하고 싶어졌다.

기묘하게도 그것은 신에게 참회하는 죄인 같기도 했다.

"네림은, 불쌍한 아이입니다. 소관은 그녀가 행복해지기를 바랐죠. 그저 그것뿐이었는데…… 신은 아무리 시간이 지나도 그녀에게 보답을 주지 않았습니다."

"당신네 신은 신앙심에 보답을 주지 않으니까 말이지─. 이른바 믿는 것에 보답을 바라는 건 금지, 같던데."

성교의 기본은 이것이다. 신은 가르침을 주지만 결코 구원을 주지 않는다.

아니다…… 신의 구원은 성녀와 성직자를 통해서 주어지는 것이다.

성녀가 가진 결코 사람으로서는 이루어낼 수 없는 기적으로, 사람들에게 구원을 준다.

성직자들은 그 기적을 지키는 자다. 사람들에게 신의 가르침을 알리고, 도움을 원하는 사람이 있는 곳을 성녀에게 알린다.

……이것이 신의 법리. 절대 보편의 성스러운 규율.

하지만 그렇다면 그 성녀에게 누군가 구원을 줄 수 있는가? 항상 당연하게도 누군가를 돕도록 요구받고, 강력한 그 힘을 사용하는 대가로 큰 희생을 치르는 성녀는 누가 도울 수 있는가? 성스러운 신은 그 해답을 제시하지 않는다.

"너무나도 딱한 겁니다. 자그마한 아이가, 어째서 이런 지경의 처사를 당해야 하는 걸까요. 소관이 무력한 나머지, 그녀에게 고통을 주었습니다."

"사람의 몸으로 할 수 있는 일은 빤합니다. 당신은 신이 아니라 그저 사람이니까요."

리트레인의⋯⋯《일기의 성녀》의 처지는 사실 이미 이 땅에 있는 마이노그라 사람들에게 주지의 사실이었다.

그것은 딱히 비합법적인 수단으로 얻은 것이 아니라, 그녀의 동향이나 사람들 사이에 도는 소문을 들으면 간단히 알 수 있는 사항이었다.

통상 성녀의 기적은 함부로 사람들 앞에서 선보이는 것이 아니고, 일종의 함구령 같은 것이 깔려 있다.

그럼에도 불구하고 쉽게 정보를 입수할 수 있다는 것은 일기의 성녀가 기적을 남발하고 있다는 증거이고, 동시에 성스러운 자들에게 전혀 여유가 없다는 증거이기도 했다.

그렇기에 그것은 리트레인 자신에게 강한 부담이 된다.

"소관은 어떻게 되든 상관없지만, 그녀만큼은⋯⋯ 부디 그녀만큼은 구해 주시길. 이대로는 기적의 대가로 네림이 사라져 버려."

그저 리트레인을 생각하고, 매달린다.

사악에 굴복했다고 그녀를 비난하는 것은 간단하리라. 하지만 그렇다면 어떠한 수단으로 그녀가 구원을 받을 수 있다는 것인가? 어떠한 기적이 있다면 성녀 리트레인을 구할 수 있다는 것인가? 기적은 사람의 영역이 아니다. 다시 말해 그것은 신의 영역에서 행해지는 것이다.

바로 그렇다면, 크레에 이플레이스가 다른 신에게 기적을 바라는 것은 필연이라 할 수 있으리라.

"우리의 신은 어딘가의 누구랑 달리 그런 속 좁은 소리는 안 합니다. 불쌍한 성녀와 불쌍한 당신. 둘 다 구해 버리면 됩니다. 말했죠? 해피엔딩이라고!"

비토리오가 드높이 선언했다.

그 말에 거짓은 없다. 그는 자신의 신—— 다시 말해 타쿠토의 완벽성을 진심으로 맹신하고 있다.

그런 그가 단언한다면 반드시 크레에와 리트레인은 구원받을 것이다.

그만한 힘이 그에게는 있다. 그만한 힘이 그의 주인에게는 있다.

크레에의 마음속에 희망의 불빛이 켜졌다.

최후의 최후에 다가온 손길을 그녀는 간신히 잡기로 결심했다.

……아무리 말을 다할지라도, 아무리 자신을 속일지라도 진실은 항상 하나다.

그녀는 구원을 받고 싶었던 것이다. 계속, 계속.

"그럼…… 과거의 신을 버리고, 우리의 신을 숭배하는 말을 하시죠. 그것으로 모든 게 완료됩니다."

"저는——."

그리고…… 운명의 바늘이 정반대 방향을 가리켰다.

"——버리겠습니다."

그 순간. 무언가가 바뀌었다.

무엇이 바뀌었는지 설명하기는 힘들지만, 신기하게도 어딘가 상쾌한 기분이었다.

그녀 안에 있는 무언가 무게추 같은 것이 사라지고, 대신에 따듯한 외투를 몸에 덮은 것 같은, 마치 어머니의 배 안에 있는 것 같은 착각이 드는 신기한 안도감이 있었다.

신을 버리고 사악에 무릎을 꿇어 도움을 바랐다.

하지만 막상 그렇게 해봤더니 이전과는 그다지 다르지 않은 자신이 있다는 사실에 크레에는 살짝 당황했다.

"구우우우웃!"

그런 크레에에게 생글생글 얼굴로 다가오는 남자가 있었다.

어느샌가 밧줄에서 풀려났는지 기분 좋은 모습으로 팔짝팔짝 뛰어오는 것은 다름 아닌 비토리오였다.

그는 당황한 그녀의 어깨에 손을 얹더니 헌팅남처럼 이상할 정도의 친근한 태도로 이야기를 시작했다.

"이것참, 크레에 양. 너 센스 있어! 평범한 사람은, 여기서 NO를 해버린다고! 그걸 받아들이는 담력! 나 감탄! 앞으로 친하게 지내자고! 다음에 데이트할래? 수족관 같은 데 갈래?"

확실히 이것은 성가시다.

성스러운 진영으로서 비토리오를 상대하던 때에는 그를 싫어하는 요나요나의 태도 역시도 모략의 일환인가 생각했지만, 실제로 이라교로 신앙을 바꾼 지금이라면 확실하게 알 수 있었다.

이것은 사실이다. 그저 단순히, 이 남자는 성가시다.

크레에 안에서 급속하게 대리 교조인 요나요나에 대한 동정심이 샘솟았다.

"야, 바보 교조. 여성을 가볍게 건드리지 말라고!"

"크헉!"

새로운 감정에 당황한 크레에를 도와준 것 또한 요나요나였다.

그녀는 분노한 모습으로 재빨리 달려와서는 크게 휘두른 주먹으로 기세 좋게 비토리오를 때리고 크레에를 돌아봤다.

어디 굴러다니는 행주 따위는 금세 기억에서 지우고, 크레에는 요나요나를 가만히 바라봤다.

"어, 뭐냐. 이런저런 일이 있는 모양이지만, 저게 말하는 것처럼 친하게 지내자. 으—음, 성녀였던가? 그 아이도 바로 데려와. 이미 이래저래 위험하잖아?"

"아, 예……."

웃으면서 그렇게 손을 건네는 요나요나와 악수를 나누었다.

수인이라 업신여기던 마음은 이미 어딘가로 사라지고, 다정한 그 대응에 감사하는 마음이 샘솟았다.

틀림없이 그녀와 함께라면 잘 지낼 수 있을 것이다.

비토리오를 제외하고 가장 오래 접한 상대가 요나요나이기에 그렇게 판단할 수밖에 없었지만, 그녀들의 말대로 이쪽에서의 생활도 그다지 나쁘진 않을 것이다.

제한만 가득했던 성교보다 지내기 편할 가능성도 있다…….

이곳이라면, 네림도 분명히.

이곳이라면 틀림없이 그녀를 함부로 대하지는 않을 것이다.

그저 평범한 소녀로서 지낼 수 있을 것이다.

비토리오의 말마따나, 모든 것이 행복으로 인도되려 하고 있었다…….

하지만.

"으—음."

어느샌가 부활한 비토리오가 드물게도 복잡한 표정으로 팔짝 팔짝 돌아왔다.

무언가 생각하는 것이 있는지, 양손을 맞잡으며 살짝 기분 나쁘다는 분위기도 있었다.

평소부터 자신을 감추고 모든 것을 비웃은 이 영웅치고는 보기 드문 태도에, 조금 전부터 철저하게 무시하던 요나요나 역시도 걱정이 되어 물었다.

"응? 왜 그래?"

"여기까지 왔다면 이제는 승리뿐인가 생각했는데, 이것 참 어쩌면 좋을지."

불가사의한 말에 모두가 머리에 물음표를 띄웠다.

대체 무슨 뜻인가? 그 물음을 던지기 전에, 새로운 인물이 이 자리에 나타났다.

"이건, 이건……. 사람은 어리석기에, 때로 스스로의 바람에 따라 멸망으로 향하는 걸음을 옮깁니다. 그리고 치명적인 과오를 저지를 때, 툭하면 그들은 최선의 선택을 했다고 믿는 경향이 있는 겁니다."

"네, 네림……."

그것은 크레에가 무엇보다도 소중히 생각하고, 무엇보다도 돕기를 바란 소녀.

모든 것을 버리고, 성스러운 신조차 버리고서 행복해지기를 바란 소녀.

《일기의 성녀 리트레인 네림 쿠오츠》였다.

"그 이상은 그만두는 겁니다, 불쌍한 성녀 아가씨. 제게 존재하는 일말의 자비로 건네는 충고라고요."

비토리오가 드물게도 진지한 말투로 경고했다.

조용히 입을 다문 소녀는, 눈앞에 있을 터인데도 어딘가 끝없이 먼 곳에 있는 것처럼 느껴졌다…….

# 제15화 극광

한 걸음. 네림이 앞으로 나섰다.

그녀가 스스로 그렇게 바라고, 용기를 내어 내디딘 한 걸음이었다.

누군가가 부탁했으니까, 누군가가 청했으니까. 그런 이유가 아니라, 그녀가 그렇게 바랐기에 나선 한 걸음.

"이플레이스 심문관. 전 이제까지 당신에게 많은 걸 받았어요."

떨리는 목소리는 그녀의 긴장을 드러내고 있지만, 하지만 동시에 그 안에 감추어진 강한 결의마저도 나타내고 있었다.

"당신이…… 계속 절 걱정하던 건 알고 있었어요. 하지만 저는 저대로 한계라서, 시키는 대로 누군가를 돕는 걸로 한계라서, 당신에게 감사하는 것도 잊고 말았어요."

천천히 이야기했다. 크레에는 조용히 고개를 가로젓고, 아니라며 부정하려고 했다.

하지만 앞으로 벌어진 그녀의 결단에 겁을 먹고, 말이 나오지 않아 눈물만을 흘렸다.

"사실은 제대로 이름도 부르기로 했는데, 그것도 잊어버려서. 저는 언제까지나 어린아이고, 그러니까 항상 보호만 받을 뿐이고, 도움만 받을 뿐이었어요. 하지만—— 당신도 괴로웠던 거군요."

최후의 이별을 하고자 찾아온 크레에의 방. 그 참상을 보고 네림은 간신히 깨달은 것이었다. 눈앞에서 우는 인물이 얼마나 자신을 생각하며 발버둥 쳤는지를.

성스러운 가르침을 버리고 사악으로 굴러떨어질 때까지, 자신을 구하고자 했다는 것을.

네림이 일기를 꽉 끌어안았다.

마치 그 안에 있는 여러 추억들을 곱씹듯이. 그것이야말로 그녀를 움직이게 만드는 원동력이라고 그러듯이.

추억에서 사라진 많은 사람들에게 용기를 받듯이.

"하지만…… 더 이상 잘못하지 않아요. 지금이라면 말할 수 있어요. 제 힘, 제 추억은 이때를 위해서 존재했다고. 모두를 구하는 것보다, 당신을 구하고 싶어요. 선한 행위라서 하는 게 아니라, 제가 그러고 싶으니까. 그러니까 이제까지 계속 당신에게 받은 것들을 지금 여기서 갚을게요. 괜찮아요, 제 마음은, 당신과 함께 있어요."

"아, 안 돼…… 그런 게 아닙니다. 아니에요, 네림."

멈출 수 없음을 깨달았는지, 멈추지 않음을 깨달았는지.

크레에는 그저 눈물을 흘렸다.

최선을 바라고 결단을 했을 터인데, 현실은 최악의 결과를 초래하고 말았다.

누가 잘못한 것은 아니었다. 그곳에 사악한 의도나 악의가 존재한 것은 아니었다.

그저 모두가 지나치게 다정했기에, 비극은 벌어진다.

"그러니까 울지 마요. 어둠에 지지 마요."

"기다려, 네림!"

"제가 구할게요."

소리치며 달려가려는 크레에를 보이지 않는 충격파가 날려 버렸다.

휘잉휘잉. 하얗게 빛나는 성스러운 파동이 네림 주위를 감싸고, 모든 방해를 튕겨내고 경건한 기도를 성취로 이끌었다.

"신이시여. 제가 가진, 소중한 사람에 대한 기억 모두를 바칠게요——."

조용히, 하지만 확실하게.

그 자리에 있는 모든 존재에게 그 선언은 닿았다.

신을 향한 기도. 기적의 성취.

네림의 모든 것을 바친, 진지한 기도는 이윽고 성스러운 신에게 닿았다.

"——그러니까, 크레에 씨를 구할 수 있을 만큼의 힘을 주세요."

세계를 비출 정도의 극광(極光)이, 소녀를 따뜻하게 뒤덮었다.

성스러운 빛은 밤이라는 사실을 잊게 만들 정도로 주위를 강하게 비추었다.

그 중심에 있는 소녀는 지금 어떤 상황일까? 극광에 다가가는 것도 거의 불가능해서, 그저 크레에는 그 자리에 무릎을 꿇고 한탄하는 것밖에 허락되지 않았다.

"아아, 네림…… 어째서. 소관은—— 나는 그저 네가 행복해지길 바랐을 뿐인데…….”

후회의 목소리가 새어 나왔다. 어디서 잘못되었는가, 어떻게 해야 하는가.

과연 저 빛이 끝난 뒤에 나타나는 것은, 대체 누구인가?

“시답잖은 짓이로군요. 멋대로 불행해져서, 멋대로 비극의 주인공이 되는 거야 간단하다고.”

드물게도 씹어뱉듯이 비토리오가 모멸의 말을 던졌다.

그것은 누군가를 향한 것도 아닌, 그저 이 상황에 순수한 불쾌감을 느끼는 모양이었다.

“하지만……. 이것 참, 어떻게 돌아가는 건지.”

하지만 한순간 엿보인 그의 맨얼굴은 금세 평소처럼 사기꾼의 가면으로 가려지고, 이 사태의 앞길을 경박한 태도로 지켜봤다.

긴장감이 주위를 뒤덮었다.

요나요나랑 엘프루 자매는 이미 임전태세였다. 상대가 크레에를 구하겠다고 선언한 것이다.

그렇다면 이제부터 벌어지는 일은 굳이 생각할 필요도 없이 바로 알 수 있었다.

이윽고 빛이 가시고…… 조금 전과 다름이 없는 소녀가 그곳에 나타났다.

허나 유일하게 다른 것은…….

“응―? 어라? 나, 왜 여기 있는 걸까?”

치명적으로, 무언가 돌이킬 수 없는 일이 되어 버렸다는 사실뿐이었다.

"으─음! 모르겠네! 여기 어디야?"

순진무구한 목소리가 엉뚱한 장소에서 울렸다.

외모와 어울리는 천진난만한 모습이었지만, 조금 전 네림의 말을 들은 사람의 입장에서는 그저 위화감만이 느껴졌다.

그러기는커녕 전혀 상황을 모르는 태도라서 보는 쪽도 이상한 기분이 들게 만들었다.

……모든 기억을 바친 그녀는, 절대적인 힘을 얻었다.

하지만 그 대가로 모든 것을 잃었다. 그러니까 그녀는 본래 이루어야 하는 목적 또한 잃은 것이었다.

지금의 네림에게는, 아무것도 없다. 텅 빈, 아무것도 이해하지 못하는 순진무구한 소녀가 그저 곤혹스러워할 뿐이었다.

──하지만.

"어라? 뭘까?"

소녀가 일기를 손에 들었다.

팔락팔락 그것을 읽는가 싶더니, 이어서 엄청난 속도로 페이지를 넘기기 시작했다.

이윽고 거대한 일기를 탁 닫고, 가볍게 옆구리에 품었다.

"아, 그런가…….."

곧이어 천천히 고개를 들고.

"──나쁜 사람을, 물리쳐야지."

눈을 크게 부릅뜨고서 마이노그라의 사람들을 응시했다.

그 순간, 성스러운 힘이 폭풍처럼 그녀 주위에 휘몰아쳤다.

조금 전과 같거나, 아니, 그것조차도 능가하는 이 힘의 격류야

말로 그녀가 모든 기억을 바치고 신에게 받은 기적의 힘이다.

그 마음이 얼마나 고귀한 것이었는지, 거리를 뒤덮고서 휘몰아치는 그 빛을 보면 잘 알 수 있었다.

신은, 확실히 희생에 걸맞을 정도의 힘을 불쌍한 이 소녀에게 준 것이었다.

그리고 기적은 더더욱 밝게 빛나고, 더더욱 큰 기적을 불렀다.

"신님! 나쁜 사람을 물리칠 힘을 줘!"

그 순간, 그렇게나 강력하던 네림이 발하는 성스러운 기척의 규모가 더욱 커졌다.

대체 어째서? 이미 희생을 통해 신의 기적은 내려왔다. 네림은 크레에를 도울 수 있을 만큼의 힘을 얻었을 터.

그럼에도 불구하고 벌어진 현상은, 마치 네림이 더더욱 큰 힘을 얻은 것처럼도 보였다.

"그렇군, 그런 구조입니까. 이건 성가시군, 여러분 주의하시길."

비토리오의 이마에 땀이 흘렀다.

그만은 그 구조를 깨달은 것이었다.

기억을 모두 바친다는 행위로 절대적인 힘을 얻을 수 있다. 하지만 그것은 양날의 칼이다.

아니다──파멸로 향하는 길이라고 해도 과언이 아닐 것이다.

왜냐면 기억을 모두 잃는다는 것은 목적을 모두 잃는 것과 같은 일이니까.

확실히 모든 일의 의미나 단어, 몸을 움직이는 방법 따위는 남겨져 있으니까 얼핏 평범한 인간과 똑같아 보인다.

하지만 그 안에는 그 어떤 추억도 존재하지 않고, 그렇기에 추억을 바탕으로 하는 바람이나 갈망도 태어나지 않는다.

사람을 사람답게 만드는 것은 기억이다. 그렇기에 네림은 이제까지 계속 괴로워했던 것이다.

그것들을 모두 잃으면 그저 살아서 대화가 가능할 뿐인 인형이 태어날 뿐이리라.

그것이 본래의 결말. 도리에 벗어난 기적을 원하여 욕망 그대로 모든 것을 바친 자에게 주어지는 신의 벌. 압도적인 힘을 가진, 텅 빈 인형으로서의 운명.

하지만 그녀가 가진 일기가 모든 것을 바꾸었다.

기억 따위는 관계없이, 이미 뇌에 습관으로 새겨진 일기를 읽는다는 행위가 그녀에게 목적을 주고, 텅 빈 인형이 가야 할 길을 제시했다.

신조차 예상하지 못했던 예외가 그곳에 존재하고, 그 결과로 리트레인 네림 쿠오츠라는 존재는 그야말로 모든 자를 구할 수 있는 완전한 성녀로서 다시 태어난 것이었다.

그리고 그것은 동시에 터무니없는 폭탄을 남겼다.

——알 방도도 없는 일이지만, 일기의 성녀에게 주어진 능력은 먼저 기적을 넘기고 그 후 걸맞은 만큼의 기억을 성녀에게서 없앤다는 살짝 변칙적인 설계로 되어 있었다.

신의 이 설계에서 기억을 모두 바친 자가 더더욱 신의 기적을 바란다는 행동은 검토되지 않는다.

일기를 읽는 것으로 텅 빈 인형이 기적을 청하는 상황 따위는 고려되지 않는다.

그 대책도 설정되지 않았다.

신의 설계 미스…… 이 세계에 시스템이라는 불가사의한 현상이 버젓이 통하는 상황을 바탕으로, 비토리오가 순식간에 추측하여 판단한 결론.

다시 말해, 신의 기적은 무한히 내려진다.

일기의 소녀가 바라면 바라는 만큼.

"아니, 진짜냐……. 솔직히 엄청 성가시다고요, 저거."

너무나도 조잡한 설계에 비토리오조차도 무심코 노성을 퍼부을 뻔했다.

하지만 전투를 고하는 빛의 파열로, 안타깝게도 그 사고는 중단되었다.

넘쳐나는 정의의 빛이 사악한 자들을 무찌른다.

홀로 선 성스러운 군세는, 그저 압도적인 힘으로 마이노그라의 전사들을 덮쳤다.

"모두 물러나는 거예요!"

이미 임전태세에 들어간 캐리어가 비전투원에게 피난 지시를 내렸다.

동시에 자신의 무기를 들고, 틈만 보이면 목숨을 빼앗고자 날카로운 시선을 향했다.

달밤에 의해 강력해진 엘프루 자매의 시선에 네림도 흥미가 생겼는지, 일체의 악의도 느껴지지 않는 순진무구한 표정으로 바라봤다.

"아! 너희는 누구야? 으—음! 그런가!《이라교》사람이구나! 나쁜 사람이야! 물리치자!"

지면이 폭발하고, 어느샌가 눈앞에 일기의 성녀 네림이 존재하고 있었다.

마구잡이로 휘두른, 신의 가호를 두른 일기를 자신의 무기——할버드로 필사적으로 방어하며, 캐리어는 시선을 언니에게 흘끗 향하고서 외쳤다.

"언니!"

쌍둥이 자매는 의사소통도 용이하다. 그 말만으로 금세 의도를 파악한 메어리어는, 손에 든 쌍검으로 아직 캐리어 쪽에 의식이 집중되어 있는 네림을 베었다.

하지만…….

"와앗! 위험했어! 하지만 그 정도로 안 당해!"

당황한 태도와는 반대로 마치 예상했다는 듯 메어리어의 공격을 흘려 넘긴 네림은, 그대로 거리를 벌리고 또다시 일기를 확인하기 시작했다.

"내 능력이 통하지 않아…… 전부 잊어버렸다는 걸까?"

"칫! 얌전히 배신하면 될 것을!"

메어리어의《백치 감염》도 캐리어의《역병 감염》도 조금 전부터 전혀 효과가 없었다.

아마도 압도적인 성스러운 오라로 방해를 받는 것이리라.

그녀들의 능력은 완벽하지 않다. 물론 둘도 없이 강력하기는 하지만 그 정도 레벨—— 역량을 가진 자라면 저항하는 것이었다.

적어도 눈앞의 성녀는 달밤의 힘으로 거의 최대한 강화된 마녀로서도 도저히 닿을 수 없을 만큼 높은 곳에 있음을 이해할 수 있었다.

게다가 사태는 더더욱 빠르게 악화될 뿐이었다.

"신님! 힘을 줘! 더 많이! 나쁜 사람을 쓰러뜨릴 힘을!!"

"'꺄——!'"

신의 기적이 내려지고 자매가 튕겨 날아갔다.

동시에 세계에 비치는 빛으로, 대낮처럼 환해진 주위에서 어둠을 밀어냈다.

전력의 우세는 이미 명백.

세계 전체를 비출 것 같은 극광에 달의 모습이 가려졌다.

힘의 근간인 달빛이 사라지며 약체화된 자매로서는, 네림을 막기는 힘들 것이다.

압도적인 그 힘에 신도들의 철수를 지시하고자 그 자리에 남아 있던 요나요나는 그만 목소리가 떨렸다.

"대, 대체 무슨 힘이야…… 저게 성녀의 진심이야?"

"아니아니, 전혀 아니라고요. 본래 《일기의 성녀》의 힘은 한정적이며 희생이 필요한 것. 기억과 함께 절대적인 능력을 얻었을지라도, 모든 기억을 잃어서야 인격도 상실하죠. 본래라면! 본래라면 그녀는 그저 강한 힘을 가지고 있을 뿐인 인형이 되는 운명이었어!"

요나요나 옆에서 유유히 상황 설명을 시작한 것은 비토리오.

전투 능력이 없기에 어쩔 수 없다고는 해도, 너무나도 상황에

맞지 않았다.

하지만…… 그의 말로 요나요나는 어느 정도 상황을 이해했다.

"일기인가! 저걸 읽고서 행동을 결정하는 건가!"

"아마도 일기를 읽는다는 행위가 습관으로 배어 있겠군요. 그러니까 기억을 잃고서도 잊지 않는다. 그리고 한번 읽으면 자신이 무엇을 해야 할지 알 수 있겠죠."

그가 말하다시피 네림은 또다시 일기를 읽기 시작했다.

빈틈투성이라 마치 공격해 달라고 그러는 것 같은 상태였지만, 그것이 네림 본인이 의도하지 않은 자연스러운 함정임은 누가 보더라도 명백했다.

그녀 주위를 뒤덮은 무한이나 마찬가지인 빛이 모든 방해를 허락지 않고, 그녀를 지키고 있었다.

마치 소중한 사람과의 기억을 대신하듯…….

"하지만 뭐, 아버지와의 추억을 희생해서 얻은 힘은 이렇게나 굉장한 것입니까! 이것 참, 아름답군요, 애절하군요! 이런 것도, 저는 정말 좋아합니다!"

껄껄껄 비토리오가 웃었다.

이 마당에 이르러서야 어쩔 도리가 없는 상태. 감언이설로 상황을 휘젓는 것이 본인의 영역인 그가 할 수 있는 일은 없었다.

물론 능력 구사도 무의미했다. 그녀 주위를 뒤덮은 성스러운 수호가 그것을 허락하지는 않을 것이다.

그러니까 방관자의 입장이었지만…….

"거기 당신, 시끄러워! 나쁜 사람이 잔뜩 떠들게 두는 건 좋지 않다고, 이 일기에 적혀 있어!"

한 박자 후, 비토리오의 눈앞에 네림이 출현했다.

그대로 눈에 보이지 않을 정도의 속도로, 일기로 비토리오의 두개골을 후려치려고 했다.

"우오오오! 긴급 회피이이이이!"

아슬아슬하게 회피. 하지만 공격은 한 번으로 그치지 않는다.

공격이 빗나가며 네림은 살짝 휘청거렸지만, 금세 자세를 바로 잡고 그 기세 그대로 일기를 휘둘러서 사기꾼의 몸통을 노렸다.

다음 공격이야말로 회피 불가능. 비토리오의 목숨은 여기까지로 여겨지던 그 순간.

쏜살같은 속도로 파고들어 네림의 공격을 무기로 받아 낸 것은 캐리어와 메어리어였다.

"쌩큐! 진짜로 덕분에 살았습니다!"

"칫! 수다나 떨 여유가 있다면 어떻게든 하는 거예요! 쓸데없이 잘 돌아가는 그 머리는 뭘 위해서 달려 있는 건가요?!"

"빨리 어떻게든 좀 해줘, 변태 씨. 이대로라면 다들 당해 버린다고?"

저마다 폭언을 쏟아내면서도 두 사람의 표정에서는 초조함이 보였다.

조금 전의 공격을 받아 낸 것도 둘이서 힘을 합쳐 간신히 해낸 상황으로, 네림이 살짝 진심을 발휘해서 공격으로 전환한다면 금세 상황이 무너질 것은 명백했다.

"흐음. 그렇군요……."

시선을 흘끗 네림에게 향했다. 그녀는 또다시 멍하니 어딘가를 바라보고, 떠올랐다는 듯이 일기를 확인하기 시작했다.

빈틈투성이인 이 행동이 있기에, 지금은 마이노그라 측이 어떻게든 방어할 수 있었다.

지금 이 타이밍에 무언가 방법을 내라는 것이, 넌지시 전해지는 쌍둥이들의 요구였다.

하지만 이 상황을 뒤집을 방법이 과연 있을까? 아니면 이 상황조차 비토리오에게는 그다지 어려운 문제가 아닌가? 긴박한 상황 가운데, 하지만 설화의 영웅은 잠자코 움직이지 않았다.

"네림! 네림! 이제 그만! 이제 그만해요!"

"으—음, 당신은 누구야? 잠깐만 기다려……."

그리고 변함없는 상황에 초조한 사람 또한 있었다.

조금 전까지의 압도적인 상황과 순식간에 벌어진 공방을 따라가지 못해서 망연자실하게 있던 이단심문관 크레에였다.

그녀는 소중한 소녀의 변해버린 모습에 절망하면서도, 결코 희망은 잃지 않았다는 듯 말을 건넸다.

그 말에 감화되었는지…… 네림은 그때까지보다 조금 길게 일기를 확인했다.

"아앗! 크레에 씨! 내가 신세를 졌다고 적혀 있어! 항상 날 걱정해 준 사람! 다정하게 대해 준 사람! 정말 좋아하는 사람! 그녀를 도와주라고 적혀 있어! 무엇을 희생해서라도, 반드시 도와주라고 적혀 있어! 으—음. 눈물이 흘렀네, 이 페이지."

이젠 사라진, 다정한 소녀의 말로 표현할 수 없는 마음이 그 일기에는 확실하게 적혀 있었다.

네림은 이런 결과가 될 것을 예상했을까? 자신이 사라질 것을 알고 있었을까? 미래의 자신을 향한 필사적인 바람은, 순진무구한 소녀에게 희망이라는 이름의 방향성을 주었다.

……그런 듯 여겨졌다.

"하지만 어째서일까? 당신은 사악으로 물들어 있어. 으─음, 나쁜 사람은 쓰러뜨려야 하는데, 크레에 씨는 도와줘야 한다…… 으─응? 어쩌면 좋을까?"

이 시점에, 최악이 고개를 쳐들었다.

일기에 적혀 있는 크레에를 도우라는 바람과, 일기에 적혀 있는 악을 무찌르라는 바람이 충돌한 것이었다.

텅 비어 새로이 바뀐 소녀에게 정반대의 다른 방향성이 주어졌다.

모순의 판단을 어떻게 하면 좋은지, 네림은 곤혹스러운 태도로 일기 페이지를 몇 번이고 확인했다.

"우선은…… 크레에 씨 말고 전부 쓰러뜨리면 될까?"

"네림! 이야기를 들어줘요! 이런 행위는 아버님께서 슬퍼하십니다!"

"아버님? 나한테 아버지가 있었어? 그건 멋져! 어디 있지? 으─음…… 어라? 아무것도 안 적혀 있어."

하나, 크레에는 큰 실수를 저질렀다.

네림의 일기에는 아버지에 대한 내용이 적혀 있지 않다. 그것은 그녀가 아버지만큼은 결코 넘기지 않겠다며 필사적으로 계속 생각한 결과였다.

조금이라도 일기에 적고 만다면 언젠가 사라져 버릴 것 같다.

그런 소녀의 불확실한 고집이, 일기에 그 내용을 적는 것을 망설이게 만든 것이었다.

그리고, 그렇기에…… 지금의 네림은 어떠한 수단을 쓰더라도 아버지의 존재를 알 수 없었다.

그녀 앞에서 아버지의 이름을 꺼내어도 헛수고다.

'아버지 따위는 일기의 성녀에게는 존재하지 않는 것'이니까.

기묘하게도 그것은 그녀가 성녀가 되었을 때에, 베르델의 영향력을 배제하고자 했던 매정한 성직자들이 매일같이 건네던 말과 같았다…….

"세, 세상에……."

"날 속였구나, 역시 나쁜 사람이야. 죽어."

네림의 무자비한 공격이…… 절망에 우두커니 멈춰 선 크레에의 안면을 꿰뚫으려고 했다.

"너도! 수다나 떨지 말라는 거예요!"

"윽──!"

목숨을 구한 것은 캐리어 엘프루.

아마도 공격이 오리라 예상하고 아슬아슬한 참에 커버로 돌아선 것이리라.

하지만 조금 전처럼 공격을 막아 낼 수는 없었다.

대신에 크레에의 몸통에 발차기를 날려서 그녀의 몸을 아득히 후방으로 날려 보내는 것이 고작이었다.

대미지는 적지 않았지만 안면이 박살 나는 것보다는 나으리라.

"어라? 왜 동료를 다치게 하지? 이플레이스 심문관은 나쁜 쪽 사람이잖아?"

그 말에 침묵으로 답하는 캐리어.

메어리어도 등 뒤에서 틈을 노리지만, 결정타를 가하기 위해 그다지 적극적으로 움직일 생각은 없는 듯했다.

아득히 후방에서 크레에가 배를 부여잡고 신음하며 일어섰다.

"응—? ……아! 그렇구나! 역시 나쁜 사람은 누군가와 친하게 지낼 수가 없구나! 후후후. 너무하네!"

한 걸음, 앞으로 나왔다.

무심코 뒤로 물러난 캐리어는 자신의 유약함에 작게 혀를 찼다.

이어서 한 걸음. 네림이 또다시 걸음을 옮겼다.

"어라? 나 뭘 하는 걸까? 어라? 너희는 누구야?"

조금 전까지의 대화가 없었던 것처럼, 또다시 네림이 기억을 잃었다.

신에게 무언가 기적을 청했는가, 아니면 이미 기적의 구조에 이상이 발생하고 있는가.

여하튼 점멸하듯이 기억을 잃는 그 소녀는 꺼림칙한 수준을 넘어서 도리어 애처로웠다.

"아, 그 전에. 사람들을 도와야지! 도와주면 좋은 일이 있다고 적혀 있는걸! 좋은 일이 있다니, 어떻게 되는 걸까? 뭐, 됐다. 일기에 적혀 있으니까, 그런 거겠지!"

천천히, 두 사람은 네림에게서 거리를 벌렸다.

조금 전의 기억상실로 틀림없이 목숨을 건졌다.

지금 그녀의 흥미는 또 다른 곳으로 넘어갔다. 그 말을 믿는다면 사람들을 구하는 것을 우선시할 것 같았다.

이라교 포교로 이 땅에 역병과 망각은 이미 존재하지 않는다.

그것들은 전부 퍼뜨린 본인들의 손으로 사라졌다.

그러니까 구한다는 말은 적잖이 기묘하게 느껴졌다.

"신님! 신님! 힘을 줘! 더 많이! 사람들을 돕기 위한 힘을 줘!"

또다시 극광이 주위를 뒤덮었다.

사악한 자에게 이 빛은 지나치게 눈부시다. 직접적인 광량이라는 의미에서도 그렇지만, 그 안에 담긴 성스러운 성질이 그들의 존재를 날카롭게 비추어 불태우려 하는 것이었다.

눈부신 그 광경을 찡그린 표정으로 바라보고, 하지만 네림에게서 결코 시선을 떼지 않고 사태의 추이를 주시하는 엘프루 자매.

그런 두 사람의 등 뒤에서 요나요나가 작게 말을 건넸다.

"캐리어 씨, 메어리어 씨. 이 도시에서 이라교의 신도가 점점 줄어들고 있슴다."

그것은 이라교 신도 상실.

대리 교조라는 입장이기에 파악할 수 있는 이라교 신도의 동향.

특이한 그 능력이 이 땅에서 급속하게 신도가 줄어들고 있다는 사실을 요나요나에게 전했다.

"신의 기적인가요…… 너무나도 강하네요. 캐리어의 역병도 전혀 효과가 없으니까, 이래서는 좀 위험하겠어요. 어쩌죠?"

단언할 수는 없지만 아마도 이라교의 가르침이 거두어지고 또

다시 성교로 변경되는 것이리라.

캐리어는 눈앞에서 비토리오의 능력에 따른 교화를 잔뜩 보았다.

그 정도 일이라면 얼마든지 일어날 수 있다고 인식했다.

그렇다고는 해도 그것이 마이노그라 측에게는 받아들이기 힘든 일임은 피할 수 없는 사실이었지만.

"쿡쿡. 우리한테는 짐이 좀 무겁네. 빨리 안 하면 희생자가 나올 거야, 변태 씨. 그건 실패겠지. 임금님 낙담할 거야."

메어리어가 재차 재촉했다.

슬슬 행동에 나서라는 경고였다. 왕의 이름―― 그러니까 타쿠토를 끄집어낸 것도 이 이상은 못 기다린다는 의사표시일 것이다.

그가 이라 타쿠토를 굳게 신봉하는 것은 주지의 사실이었다.

왕의 이름을 꺼내면 평소처럼 자유분방하게 움직이지 못한다는 것도 자매는 잘 알고 있었다.

다만 너무 지나치면 대책을 취할 테니까 어디까지나 최후의 수단이지만.

이번에는 그것이 통한 모양이었다.

"뭐, 때가 되었군요. 저도 이렇게까지 사태가 악화되리라고는 생각하지 않았습니다. 지금 바로 도망치고 싶은 참입니다만……."

비토리오가 네림에게 흘끗 시선을 향했다.

운이 나쁘다고 해야 할까 타이밍이 좋다고 해야 할까, 어리둥절한 표정의 네림이 그곳에 있었다.

"어라? 너희는 누구야?"

흥미가 이쪽으로 향했다.

또 기억을 잃고, 조금 전에 품었던 사람들을 구한다는 목적도 잊었을 것이다.

그렇다면 그녀가 할 행동은 눈앞의 상황에 대한 대처다.

……탁, 일기를 닫았다.

"으—음. 나쁜 사람일까? 그렇다면 쓰러뜨려야지!"

"제가 후미를 맡겠습니다."

어딘가 긴장감을 머금은 목소리로 비토리오가 그렇게 선언했다.

………

……

…

모든 사람이 떠나고 단둘만이 남겨진 과거 이라교 본거지.

거대한 빛의 기둥 아래에, 사악 하나가 스러지려 하고 있었다.

"크흑……."

만신창이인 비토리오에게 이미 힘은 남지 않았다.

팔다리는 으스러지고 몸통도 멍이나 상처로 너덜너덜했다.

하지만 번쩍번쩍 빛나는 어둠의 눈동자만은 네림을 분명하게 응시하고, 마치 자신의 긍지라고 하듯이 불쾌한 미소는 더욱 깊어졌다.

"후우…… 힘들어라. 이 사람 엄청 잘 도망치는걸. 나 깜짝 놀랐어. 하지만 이제 끝이야!"

일기가, 성녀의 소중한 기록이 양손에 들려 있었다.

그 모습을 뇌리에 새기고자 눈을 한계까지 뜨고, 비토리오는 드높이 최후의 말을 외쳤다.

"나의 왕이시여, 이라 타쿠토여…… 명령하신대로, 저는 죽습니다! 오오, 위대한 신이시여! 나의 신이시여——."

"이걸로 안녕이야."

둔탁한 소리가 주위에 울렸다.

그것뿐, 그것으로 끝났다.

남은 것은 적막, 주위에 꺼림칙할 정도의 적막과 공허가 찾아왔다.

이윽고 소녀는 놀란 듯 주위를 둘러보고, 신기한 듯 피에 젖은 일기를 읽기 시작하는 것이었다.

# 제16화 재연

아믈리타 교외.

《이라교》── 그러니까 마이노그라의 멤버들은 비토리오가 보여준 최후의 헌신으로 무사히 성녀 리트레인의 흥미 밖으로 탈출했다.

"추격자는…… 안 오는 것 같네. 아플 정도로 강렬한 빛의 기척은 여전히 아믈리타 안에만 있어……."

사람은 거의 없었다……. 요나요나랑 엘프루 자매는 당연하지만, 그 외의 신도는 숫자가 압도적으로 적었다.

미처 도망치지 못한 것이 아니다. 아는 얼굴이 다수 있으니, 아마도 그들과 함께 찾아온 기존의 신도는 무사할 것이다.

그러니까 이곳에 와서 새로이 얻은 신도가 고스란히 다시 탈환당한 것이었다.

"놓친 건가. 아니면 흥미가 없나……."

피로 가득한 모습으로 멍하니 도시 방향을 바라보는 요나요나.

여전히 도시 중심부에서는 빛의 기둥이 올라오며 그 장소에서 성녀의 기적이 남발되고 있음을 나타냈다.

"후자겠지. 틀림없이 일기에 적혀 있는 우선순위는, 사람을 구하는 것이 먼저였어."

"이제 아무것도 모른다는 느낌이었죠. 그 점은 다행인 거예요."

제아무리 엘프루 자매라도 지친 모양이었다.

하늘에 떠 있는 달은 그녀들에게 또다시 힘을 주었지만, 그럼에도 극한 상태의 전투에 따른 정신적인 부담은 그녀들에게서 평소의 모습을 빼앗아 간 것이리라.

그렇다고는 해도 여기까지 오면 어지간한 일이 없는 한 안심일 것이다.

이제는 밤을 틈타서 아군 영역까지 물러나면 그만이고, 그것은 어둠에 속한 그녀들의 장기라고도 할 수 있는 분야다.

"그래서, 당신은 어떻게 할 거야?"

일단락된 참에, 요나요나는 작은 문제를 정리하기로 했다.

시선 끝에는 이단심문관 크레에 이플레이스. 망연자실한 그녀를 엘프루 자매가 안아 들어 함께 퇴각한 것이었다.

아니…… 전 이단심문관이라고 하는 편이 나을까. 적어도 그녀는 이미 자신이 믿는 신을 버렸으니까.

"소관은…… 나는. 더 이상 어떻게 하면 좋을지 모르겠습니다. 더는…… 대체."

"음――……. 뭐, 힘들 때야말로 일단 멈춰서 휴식이 필요하다고! 뭐, 우리는 그런 거 잘하거든. 어찌 됐든 원래 나라로 돌아가진 못하겠지? 그렇다면 같이 가자."

그러면서 밝게 크레에의 등을 툭 두드려 줬다.

인생의 고뇌는 바로 해답을 찾을 수 없는 법이다.

적어도 그녀에게 자신의 입장과 앞으로의 목표에 대해서 즉답을 요구하는 것은 지독한 일이리라.

지금 크레에에게 필요한 것은 휴식이다.

따듯한 마실 것과 침상. 푹 쉬고, 몸과 마음의 피로를 풀고, 그러고서 간신히 미래로 시선을 향할 수 있다.

요나요나 자신의 경험과 이제까지 그녀가 이끌던 사람들과의 경험이, 크레에게 가장 적절한 말을 던졌다.

대리 《교조》라는 입장은 딱히 이름만이 아니었다. 그녀는 그에 충분할 만큼의 자질을 가지고 있었다.

게다가 크레에는 위대한 신인 이라 타쿠토에게 순종의 뜻을 나타낸 것이다. 자신이 믿는 성스러운 신을 버리고서.

그렇다면 위대한 신이 그녀의 고뇌를 무시할 것으로 여겨지지는 않았다.

성스러운 신과는 달리 사악한 신은 괴로워하는 사람을 반드시 구제하니까……

"그건 그렇고……."

말없이 끄덕이고 또다시 조용히 걷기 시작한 크레에게 다정한 시선을 보내며 요나요나는 중얼거렸다.

그 말에 주위에 있는 귀 밝은 이들은 그녀가 무슨 말을 하고 싶은지 순식간에 이해하고, 동시에 이제까지 생각하지 않으려고 했던 어느 남자를 떠올렸다.

"죽어 버렸네."

"맥없었던 거예요."

비토리오가 후미를 맡았다는 것은, 다시 말해 자신의 목숨을 희생하여 그녀들을 지켰다는 것이기도 했다.

물론 생사는 확인하지 않았기에 아직 살아있을 가능성은 있지만, 상대인 성녀의 역량을 생각한다면 희망은 희박할 것이다.

비토리오는 원래 전투에 맞는 영웅이 아니다. 그 사실은 그와 오래 어울린 사람이라면 누구라도 이해하고 있었다.

인지를 초월한 그의 두뇌가 그 자리에서 탈출을 가능하게 만들 묘안을 찾아내었을 가능성도 없다면 거짓말이다.

하지만, 안타깝게도…….

요나요나와 엘프루 자매는 조금 전까지 어렴풋이 남아 있던 어둠의 기척이, 지금 막 도시 중앙에서 완전히 사라진 것을 느끼고 있었다.

"정말이지, 바보 교조 자식. 잔뜩 휘두르고, 잔뜩 엉망진창으로 만들고, 멋대로 죽는 건 아니잖아……."

쓸쓸한 듯, 중얼거렸다.

엘프루 자매는 그 말에 대답하지 않았다. 그녀들로서는 헤아릴 수 없는 관계성이 요나요나와 비토리오 사이에 존재했다는 것을 잘 알고 있으니까.

슬픔에 잠긴 사람에게 쓸데없는 말은 가시가 된다.

잃어버리는 슬픔을 알기에, 침묵을 관철하는 것이 다정함이라 이해하고 있었다.

"설교할 예정도, 두들겨 줄 예정도, 그리고 너한테 감사할 예정도 허사가 됐어……."

휘잉, 바람이 불었다.

살갗을 찌르는 그 밤바람은, 그녀들의 몸에 담긴 열기를 급속하게 빼앗았다.

식은 열기와 함께 무언가 소중한 것도 사라져 버린 듯한, 그런 쓸쓸함이 점차 마음을 지배했다.

"일단 셸드치로 돌아가는 거예요."

"거기서 임금님한테 앞으로의 방침을 상담하자."

쌍둥이의 말에 모두가 천천히 걷기 시작했다.

밤의 이동은 익숙했다. 추격자가 없는 한, 남쪽에 있는 지배하의 도시 셸드치로의 여정은 딱히 문제없을 것이다.

하지만 상황은 좋지 않았다.

경우에 따라서는 셸드치도 포기할 필요가 있다.

기껏 손에 넣은 남방주에서도 유수의 도시를 다시 놓는 것은 아까웠지만, 적어도 그 성녀가 상대라면 그저 도망칠 수밖에 없었다.

그리고 그들의 왕인 이라 타쿠토가 어떠한 판단을 내리고, 어떠한 수단을 명령하느냐에 따라서.

이제 그녀들이 한 켠으로 의지하던 신산귀모는 존재하지 않으니까…….

마지막으로 자신의 눈동자에 그 광경을 새기겠다는 듯, 요나요나는 아플리타 방향을 한 번 돌아봤다.

"……변변치도 않네."

툭하니 중얼거린 말은 밤바람에 실려 흘러갔다.

그녀의 말에 대답하는 사람은 아무도 없었다.

"어리석은 인간이 보여주는 드라마는 무엇보다도 빛나고 아름다워. 평온을 바라는 마음이 클수록, 손에 넣었을 터인 그것이 빠져나갈 때의 통곡은 사랑스럽지."

사기꾼이 이야기한다.

죽었을 터인 그 남자는, 마치 그것이 당연하다는 듯 그 자리에서 연설을 시작했다.

"아아, 그런 것입니다. 저는 정말로 저 불쌍한 소녀에게 자비를 베풀었던 것입니다. 저의 신이 제게 유일하게 살아갈 희망을 주었듯이. 옳은 선택 끝에 있는 것은, 구름 한 점 없는 순수한 행복이었을 터인데!"

"허나! 아아, 그렇지만! 사람은 어째서 이다지도 선택을 그르치는 것인가! 그리고 저는 어째서 이다지도 사람의 불행을 좋아하는 것인가!"

"갓 지은 따끈따끈한 밥이 이곳에 없다는 것이 그저 분할 따름입니다아아아아!"

착! 포즈를 취하고 사나운 미소를 짓는다.

주위에 불빛이 켜지고 그곳이 어디인지 명확해졌다.

익숙한 목제 책상에, 마구 일그러진 여러 가구들.

옥좌에 앉은 사람과 그 옆에 선 그림자 하나.

"기도는 성취되고, 축제의 그때는 이곳에서 이루어지나니. 본래라면 최강의 성녀라 이름 높은 《신위의 성녀》를 끌어낼 생각이었지만, 그래도 《일기의 성녀》가 그 역할을 맡아 주다니 수고를 덜었군요."

"영웅의 힘을 가진 꼬맹이들조차 저항할 수 없는 강력한 적대자 출현. 그야말로, 그야말로 제가 바라마지 않던 것! 이것으로, 이것으로 당신의 책략은 모두 봉인되었습니다!'

빙글빙글. 정말로 기쁜 듯. 진심으로 기쁜 듯.

비토리오는 이야기한다.

모두 작전 그대로라고. 당신의 패배라고.

"그렇죠?"

그는 옥좌에 앉은 인물에게 승리를 선언했다.

"위대한 신── 이라 타쿠토여!"

## Eterpedia

### ✿ 행복해지는 설화 비토리오
#### 전투 유닛

《사악》《영웅》《광신》《선동》《세뇌》《설득》《협박》《설법》《선교》
《파괴 공작》《마력 모염》《문화 쇠퇴》《분서》《사기》
《통화 위조》《스파이》《은밀》《위장》《잠복》《도주》

※이 유닛은 조작할 수 없다.
※이 유닛은 전투에 참가할 수 없다.
※이 유닛은 일부 지도자 커맨드를 사용한다.
※**이 유닛은 사망해도 거점에서 부활한다.**

마이노그라【궁전】. 알현실.

자신의 능력으로 후미를 맡아서 사망하고, 한발 앞서 대주계로 돌아온 비토리오는 그야말로 멀쩡한 모습으로 자신의 주인에게 승리를 선언했다.

비토리오가『Eternal Nations』에서 가장 성가신 영웅으로 취급되는 가장 큰 이유가 이것이었다.

한번 세계에 소환한 뒤에는 그를 게임 상에서 배제하는 것은 무척 힘들다.

여하튼 격파해도 거점에서 부활해서는 아무 일도 없었다는 듯 태연하게 활동을 재개하는 것이었다.

전투 능력이 없기에 가진 절대적인 보너스.

그가 세계에 초래하는 악영향을 생각하고 고민하는『Eternal Nations』플레이어가 많았다는 것도 납득이 갈 것이다.

참고로 그는 예외적으로 소환자인 마이노그라가 멸망해도 계속 남는다.

출현한 순간에 게임 밸런스가 붕괴될 위험성을 가졌다고 하면, 그가 얼마나 꺼려지는지를 상상하는 데 도움이 될 것이다.


"위대한 신—— 이라 타쿠토.

그것은 세계를 멸망시킬 재앙이자, 죽음과 공포를 초래하는 존재이다.

그것은 미쳐 날뛰는 불꽃이자, 냉혹한 눈보라이자, 사납게 울리는 천둥이다.

그것은 피와 칼날과 비명이다.

그것은 세계를 비추는 태양이자, 가라앉게 만드는 밤이다.

그것은 무한한 지혜를 가지고, 무한한 권능을 가진다.

그것은 영원의 생명과 영원의 육체를 가지고 있기에 금속, 단단한 것, 부드러운 것, 여섯 원소, 겨우살이, 그 어떤 것으로도 상처 입힐 수 없다.

그것은 최초에 있고, 최후에 있는 자. 완전하고 없는 자.

위대한 신을 칭송하라——."

설화의 영웅이 펼치는 대담하기 그지없는 승리 선언에도 타쿠토는 자신의 페이스를 무너뜨리지 않았다.

그의 손에는 이전에 입수한 사서가 펼쳐져 있었다.

지금 낭독한 것은 신의 항목—— 그러니까 타쿠토에 대해서 언급하는 부분이었다.

"그렇구나……. '오랜 성녀의 신탁서'에 적힌 『파멸의 왕』에 대한 기술. 이걸 베이스로, 더욱 완전한 존재가 되도록 덧붙였어."

"우후후—."

그 내용은 거만했다.

이라 타쿠토가 어떠한 인물인지에 대해서 적혀 있는 곳에 그다지 이상한 부분은 없다. 하지만 상세한 그 힘에 대해서는 큰 차이가 있었다.

실제 타쿠토에게는 존재하지 않는 능력이나 힘이 여봐란 듯이 나열되고, 타쿠토라는 존재를 더욱 신격화하는 진수가 곳곳에 들어 있었다.

현실과 서적의 내용에 차이가 있다는 것은 자칫 문제가 생길 수 있다.

특히 이렇게 신앙심을 증폭시키거나 특정한 인물의 모습을 선전하는 내용에는 크든 작든 과장된 부분이 존재할 것이다.

하지만 그 내용이 이상할 정도라는 사실은, 타쿠토 본인을 아는 사람이라면 누구라도 이해할 수 있었다.

그리고 그 내용이야말로 비토리오가 준비한 책략이었다.

"내가 《이름도 없는 사신》이라는 걸 이용한, 이라 타쿠토 재정의인가. 대담하게 나왔네."

히죽, 번쩍번쩍 눈을 빛내며 비토리오가 깊이 인사를 했다.

비토리오가 이상적으로 생각하는 이라 타쿠토의 모습이, 그 사서에는 적혀 있었다.

"대상이 그릇되지 않도록 우상 숭배를 금지한 이유도 이건가. 신의 새로운 정의를 확실하게 내게 전하고자, 나와 《이라교》가 믿는 신은 반드시 동일시해야만 했어. 쓸데없는 개념이나 해석이 들어갈 여지를 꺼린 거야. ——그렇다면 다크 엘프들이나 대주계의 부하들, 그리고 안텔리제 도시장같이 나를 아는 사람들에게 이라교 입문을 권하지 않았던 것도 이해할 수 있어. 우스꽝스러운 태도와 행동으로 혐오감을 부추기고, 고려할 가치가 없다고 판단하게 만든 수완은 훌륭해."

타쿠토의 말에 살짝 눈을 동그랗게 뜨는 비토리오.

거기까지 파악했나 하는 놀라움이 살짝 있었다. 하지만 이 마

당에 이르러서는 역전시킬 방도는 존재하지 않는다. 승자의 여유
는 광대를 수다스럽게 만들었다.

"《이름도 없는 사신》의 힘은 무척 위험합니다. 우리의 신께서
의식을 상실한 것은 바로 그것이 원인. 그러니까 온갖 존재를 모
방한다는 행위는 자아를 변질시키는 법. 이라 타쿠토라는 본질을
희박하게 만드는 어리석은 책략일 뿐입니다."

"누구도 될 수 있지만, 누구도 아니다. 그런 애매모호한 존재가
이라 타쿠토라는 개인을 자칭하는 것은 모순된다는 이야기구나."

"그렇습니다! 허나! 취급에 주의가 필요하기에, 그 부분에서 승
산이 보인다! 애매모호한 존재라면, 확실하게 고정하면 그만!《이
름도 없는 사신》의 설정이 없는 부분은, 그것을 가능하게 한다!"

이름이 없다── 다시 말해 그것은 공백을 의미한다.

공백이라면 자기 마음대로 이름을 붙일 수 있다. 자기 마음대
로 색을 더할 수 있다.

그것이 비토리오가 타쿠토 부활과 동시에 떠올린 불손한 책략
이다.

물론《이름도 없는 사신》에게 방향성을 주더라도 실제 그대로
새로운 신이 태어나는가? 그런 의문은 남는다.

하지만 그 점에서는 이미 확인을 마쳤다. 비토리오가 이라교를
만들고, 이윽고 타쿠토가 눈을 뜨며 그의 추론은 정답이었음이
증명되었으니까.

"그러니까 타쿠토 님께서 기억을 잃은 건, 힘을 잃은 탓이 아니
라고? 존재가 애매모호해졌으니까…… 그런 이야깁니까?"

"그렇게 생각할 수 있겠네."

옆에서 대화를 지켜보던 아투의 물음에 타쿠토가 애매하게 대답했다.

수준 높은 이 심리전에 이미 그녀는 따라오지 못하고 있었다.

그저 쭈뼛쭈뼛 일이 돌아가는 것을 지켜볼 뿐이었다. 자신의 주인이 가진 힘을 믿지만 만에 하나의 사태가 있다면 어떻게 하는가 하는 불안이, 아투의 마음에는 분명히 존재했다.

"그렇기에 비토리오는 이라교를 만들고, 사서에 나라는 존재를 새겼어. 많은 신도들을 통한 인식의 힘으로 마이노그라의 주인이자 이라교의 신인 이라 타쿠토라는 존재를 고정하려고. 말하자면 이건 이름 없는 신에게 이름을 붙이는 행위. 신의 재정의야."

《이름도 없는 사신》의 능력을 이용한 이라 타쿠토의 재정의.

비토리오의 책략은 성과를 확실하게 거두었다.

"그리고 그 신은 진짜 이라 타쿠토, 그러니까 내가 아니야."

흘끗, 타쿠토가 자신의 신격에 대해서 적힌 부분을 살폈다.

그곳에 적혀 있는 것은 가장 치명적인 한 문장.

그러니까——.

"『위대한 신 이라 타쿠토는 설화의 영웅 비토리오를 가장 으뜸가는 부하로 여긴다』……인가. 전에 말한 덜렁이 토끼 귀 미소녀 발언은 진짜였구나."

"위대한 신께는 위대한 반려가 필요하겠죠. 우수하고, 사랑스럽고, 순종적이고, 가슴은 크고! 뭐, 제 능력이 있다면 성전환도 간단! 바로 신의 이상적인 아내가 되겠습니다!"

"내 취향을 멋대로 단정하고, 멋대로 신부 선언을 하진 말아 줬으면 하는데……."

역시나 그 말에는 타쿠토도 질렸다는 표정이었다.

하지만 그가 진심이라는 사실은 타쿠토도 이해하고 있었다. 그의 눈빛에는 그만한 광기가 있었던 것이다.

마이노그라에 사는 사람들은 광신의 능력을 가지고, 걸핏하면 타쿠토에게 광신적인 신앙을 바치는 경우가 있다.

하지만 비토리오의 그것은 타의 추종을 불허할 만큼 강대했다.

"하지만 뭐, 자기 지위를 올리고자 하는 건 그래도 이해할 수 있지만, 나를 이상 그대로 개조하려 드는 건 영 알 수가 없네. 네가 가진 나에 대한 신뢰는, 그런 행위를 꺼릴 터인데……."

비토리오의 광기를 타쿠토는 이해하고 있다.

하지만 그렇기에 이것 하나만은 끝내 알 수 없었던 것이다.

그가 자신을 진정한 주인으로 인정한다면, 그것을 개조한다는 그릇된 수단을 결코 취하진 않으리라는 예상이 있었다.

그 예상을 뒤집은 것은 대체 어째서인가? 그것을 알고 싶었던 것이다.

해답은, 타쿠토가 예상하지 않았던 것이었다.

"당신 탓입니다."

"나?"

"제가 경애하는 이라 타쿠토가 이 정도일 리는 없다! 제가 아는 이라 타쿠토는 더욱 위대하고, 더욱 훌륭하고, 더욱 지혜가 넘치고, 더더욱 악의로 가득해!"

그 말을 듣고 타쿠토는 미간을 찌푸렸다.

　근본적인 이유를 이 시점에서 알았으니까.

　"이런 계집과 불장난을 할 법한, 그런 유약한 존재가 아니야! 그런 어둠의 요정에게 마음이 부서질 법한, 유약한 존재가 아니야! 적보다 뒤처져서 영웅을 잃을 법한, 유약한 존재가 아니야!"

　그 말에 옆에서 상황을 지켜보던 아투가 반응하려고 했다.

　그것을 손으로 제지하더니, 타쿠토는 분노가 담긴 비토리오의 독백을 끝까지 들었다.

　"당신의 훌륭함은! 당신이 가진 무한한 지혜와 힘은, 무엇보다도 나 비토리오가 이해하고 있습니다! 당신은 더더욱 훌륭한 분이다! 이런 곳에서 걸음을 멈출 분이 아니다!"

　비토리오는 불만이었던 것이다.

　자신의 주인이 적에게 뒤처졌다는 사실이. 자신이 인정한 주인이 꼴사나운 모습을 드러냈다는 사실이.

　그는 결코 주인을 버리지 않는다. 그런 불손한 사고는 그에게 존재하지 않는다.

　그렇기에 그는 그가 바라는 그대로, 그의 주인을 더욱 드높이 추어올린다.

　"그렇기에! 제가 진정한 이라 타쿠토를 현현시키겠습니다! 저야말로 가장 이라 타쿠토를 아는 자! 이 세계의 누구보다도, 이라 타쿠토라는 존재를 사랑하는 자! 그렇기에——."

　비토리오는 틀림없이 이라 타쿠토의 부하다.

　그의 충심은 언제 어떠한 때라도 흔들리지 않는다.

"당신의 모든 것은 제가 준비하죠. 지휘, 힘, 부하, 적, 전부전부, 저 비토리오가 준비하도록 하죠."

이것이야말로 축제다.

모든 과오와 실수를 과거의 일로 넘기고, 본래의 이라 타쿠토를 강림시키는 경건한 의식.

진정한 마이노그라를 이 땅에 펼치기 위한 축복받은 첫걸음.

"자, 위대한 플레이어 이라 타쿠토! 저와 함께, 또다시 그 무렵과 같이! 이번에는 저와 세계 정복을! 부디! 그것만이 제 바람입니다아아아!!"

비토리오는 드높이 선언했다.

그의 마음에는 영광스러운 마이노그라의 번영과 찬란한 주인과 자신의 미래 정경이, 마치 그곳에 존재하는 것처럼 선명하게 그려지고 있었다……

"──응. 좋네. 참으로 좋아. 하지만 그 제안은 기각할게."

"……예?"

타쿠토의 말에 비토리오는 얼빠진 목소리를 흘렸다.

그는 자신의 주인이 무슨 말을 하는지 알 수 없었다.

아니, 그 말의 의미는 이해할 수 있었다. 하지만 왜 그런 말을 꺼내는지 전혀 이해할 수 없었다.

"아니, 정말로. 내가 아는 비토리오라는 느낌이야. 진심으로 이야기해 줘서, 나는 기뻐."

"왜……?"

책사가 왜냐고 묻는 것은 어리석은 행위다.

하물며 상대를 희롱하려는 것이 아니라 자신이 이해할 수 없는 상황에 해답을 원한다는 행위는, 자신의 패배를 인정하는 것과 같은 뜻이었다.

비토리오도 그것은 자연스럽게 이해하고 있었다.

이해하고서, 그 말밖에 나오지 않았다.

"어라? 내가 예스라고 말할 거라 생각했어? 뭐, 확실히 이 사서에는 비토리오를 가장 신뢰하는 부하라 정의하고 있으니까. 유일하게 그의 말에만 귀를 기울인다고, 그렇게 적혀 있지."

욕심쟁이구나──. 그렇게 덧붙이고, 타쿠토는 엷게 웃었다.

그의 말은 진실이다. 그리고 비토리오가 이렇게까지 자신에 차서는 그의 앞에서 기나길게 연설을 한 근거이기도 했다.

타쿠토는 비토리오가 창설한 이라교의 신도들이 만들어 낸 인식의 힘으로 의식을 되찾았다.

그것은 다시 말해 사서의 설정이 틀림없이 《이름도 없는 사신》에게 통했다는 것을 의미하고, 그러니까 그것은 적혀 있는 그대로 타쿠토가 비토리오를 으뜸가는 부하로 여기며 그의 말을 받아들이는 것을 의미한다.

그것만이 아니다. 비토리오는 몇 가지 책략을 준비했다.

이라교라는 거대한 두 번째 국내 세력을 준비하여 마이노그라의 국력을 크게 늘렸고, 게다가 종교라는 국가에 구애되지 않는 지배 수단도 마련했다.

또한 결과론이기는 하지만 일기의 성녀라는 거대한 적을 마련하고, 이제까지의 타쿠토로서는 전력상으로 대응 불가능한 상황도 만들어 냈다.

사서가 그리는 최강 무적 이라 타쿠토의 존재를 거부하는 것은 이치의 측면에서도 이해하기 힘들었다.

그 이전에 이라 타쿠토가 가장 신뢰하는 첫째 부하인 비토리오의 작전을 거부하는 것은 있을 수 없는 일일 터. 그렇게 만들었다.

무언가…… 큰 잘못을 저질렀다.

비토리오의 눈빛이 흔들렸다. 자신의 작전이 토대부터 무너지는 것 같은, 그런 말도 안 되는 현상이 그의 가슴속을 지배하기 시작했다.

"처음부터 위화감을 품었거든. 너의 그 행동은 무척 바람직한 것이지만, 어딘가 조심스러운 느낌이지 않나 싶어서. 네가 내 능력을 불신했듯이, 나도 네 행동을 비슷한 느낌으로 불신하게 되었지."

타쿠토가 이야기한다.

그것은 마치 그가 비토리오의 책략을 꿰뚫어 봤다는 것 같은 말투였다.

하지만 그것은 이상하다. 그가 깨어난 시점에서 이미 그는 비토리오가 이상으로 그리는 이라 타쿠토로 변화하고 있었다.

설화의 영웅을 으뜸가는 심복으로 생각할 터인 이라 타쿠토가 어떻게 그런 사고를 할 수 있을까? 그렇기에 지난번 알현 당시에 오니의 아투가 그 자리에 없었던 것이 아닌가? 자신의 심복은 비토리오라고 내외에 알리기 위해서…….

하지만 비토리오의 혼란을 비웃듯이 타쿠토는 참으로 가볍게 이야기를 계속했다.

그것은 마치 오랜만에 만난 친구에게 근황을 이야기하듯 가벼운 태도였다.

"뭐, 확실히 나는 조금 한심한 작전이 많았고, 사태를 얕보다가 실패한 적도 있었어. 그 점에서는 네가 낙담할 부분은 있었다고 생각해. 그러니까 나도 이것저것 대책을 취했거든."

이상하다, 너무나도 이상하다.

무언가 잘못되고 있다. 비토리오는 머리를 필사적인 기세로 굴리며 자신이 이제까지 한 행동을 되돌아봤다.

하지만 어디에도 실수는 존재하지 않고, 어떠한 실책도 존재하지 않았다.

자신은 대체 어디서 타쿠토에게 그 작전을 들키고, 그는 대책을 취한 것인가? 경악과 충격, 그리고 기이하게도 일종의 기쁨을 느끼며 비토리오는 주인의 말을 기다렸다.

"──이전에 너는 세컨드 플랜은 항상 필요하다고 그랬지. 기억해?"

"아, 예, 물론. 잊을 리 없지요."

세컨드 플랜. 그러니까 대체 수단이다.

모든 작전에는 예상 밖의 일이 벌어진다. 그에 대비해서 다양한 대책을 짜는 것은 책사의 상식.

비토리오가 준비한 것은 대리 교조 요나요나.

다만 요나요나는 비토리오가 무언가의 문제로 행동할 수 없게 된 경우에 이라교를 컨트롤하기 위한 존재이지만.

그런 의미에서 대리 교조라는 입장은 요나요나를 정확하게 표현하는 것이었다.

하지만 타쿠토가 말하고 싶은 것은 요나요나에 대한 이야기가 아니리라. 모든 일에는 예비가 필요하다는 수단의 이야기다.

그 의도는 즉──.

"그런가, 다행이네. 그렇다면 이걸로 알았을 테지."

눈앞에 있는 타쿠토의 모습이 흔들렸다.

그곳에 나타나는 이형의 갓난아기.《의태》능력을 가진, 타쿠토의 강력한 부하였다.

"확실히 내가 이라 타쿠토로서《이름도 없는 사신》의 힘을 지나치게 사용한 탓에 이 문제가 벌어졌어. 네 작전도 참으로 멋지다고 할 수밖에 없겠지. 다만 나는 이 문제에 아무 생각도 없었던 게 아니야. 일단 대책은 세워 뒀거든."

갓난아기의 입에서 타쿠토의 말이 흘러나왔다.

《의태》를 간파하려면 그에 걸맞은 능력이 필요하다. 비토리오도 의태와 비슷한 능력을 가지고 있지만 안타깝게도 간파하는 것은 그의 분야가 아니었다.

전혀 예상하지 않았다면 거짓말이지만…… 그 의도가 영 보이지 않았다.

"바,《반편이》!! 모방 능력과 텔레파시로 연기했던 겁니까! 하지만, 왜?! ──설마!!"

기억을 다시 떠올렸다.

지난번 알현 당시, 자신은 뭐라고 말했던가? 그 상대는 정말로 이라 타쿠토였나? 의태 능력을 가진 저 갓난아기 괴물에게 충성을 맹세하고 아첨의 말을 늘어놓았다면? 아니…… 그렇다면 전제가 무너진다.

우상 숭배를 금지하는 가르침에. 이라 타쿠토 이외의 존재를 받들어서는 안 된다는 절대적인 가르침에.

신에 대한 인식이 분산되고 해석의 여지가 생긴다.

그것을 자신이 저지르고 말았다. 다름 아닌 이라교의 교조인 자신이!

"저, 저를 속인 겁니까?!"

그 말에 타쿠토는 후후, 가볍게 웃었다.

어디에 있는지 알 수 없지만 진짜 그는 어딘가에서 이쪽의 상황을 항상 감시하고 있을 것이다.

확실히 타쿠토가 가진 지도자로서의 능력은 아직 돌아오지 않았다고 들었지만, 그것도 처음부터 거짓말이었던 것이다.

당했다. 감쪽같이 속았다.

"너와의 지혜 대결은 항상 나를 두근두근하게 만들어 줘. 그립네, 매번 네 계획을 맞출 때마다 손뼉을 치며 기뻐했지."

이미 상황은 정반대로 돌아가고 있었다.

비토리오의 책략은 모두 막히고 타쿠토의 승리가 확정되었다.

설화의 영웅에게 지금부터 다시 반격할 수단은 없는 것이나 마찬가지. 상대의 수단이 전혀 짐작가지 않는 것이었다.

그 상태로 기사회생의 방법을 찾는다니, 제아무리 비토리오라도 그런 무른 생각을 품지는 않았다.

"하지만! 그럴지라도 납득이 가진 않습니다! 제가 한 재정의는 당신께 확실히 닿았을 터! 그렇지 않다면 지금도 여전히 의식을 잃고 계셨을 테죠! 이런 책략을 쓸 수 있을 리가! 저는! 당신이 유일무이하게 신뢰를 두는 심복이라고요!"

"네가 내 의식 상실을 《이름도 없는 사신》의 능력 탓에 벌어진 일이라고 추측한 건 확실히 옳아. 파멸의 왕이나 마이노그라의 지도자와 마찬가지로, 나를 구성하는 성질이라 생각하는 것도 틀리진 않아. 단 하나 착각한 건, 어디까지나 그건 플레이어 이라 타쿠토의 이야기이지 인간 이라 타쿠토의 이야기가 아니라는 거야."

그 말에 비토리오는 크게 숨을 삼켰다.

상황을 대략 파악할 수 있었던 것이다. 하지만 그것은 그에게 큰 굴욕을 주는 일이었다.

타쿠토의 말이 사실이라면 비토리오는 그야말로 처음부터 혼자 놀아나고 있던 것에 불과했으니까…….

"너라면 이미 어느 정도 이해한 거 아냐? 이 세계가 일종의 다중구조로 되어 있다는 걸."

천천히 끄덕였다.

이 세계에 존재하는 자들에게는 절대로 넘어설 수 없는 일종의 벽이 존재한다는 것을 비토리오는 대략적이지만 이해하고 있었다.

예를 들면 다크 엘프들같이 세계에 원래부터 있던 존재는, 일반적으로 게임의 NPC 같은 존재와 동등 혹은 하위에 있다고 정의할 수 있다.

반대로 플레이어 등의 전생자는 상위의 존재이고, 그리고 그들을 이 세계로 불러냈다고 여겨지는 신들은 더욱 상위에 위치한다.

그것들에게 결정적인 단락이나 외모의 차이가 있는 것은 아니지만 압도적인 힘의 차이로 구별이 가능했다.

"플레이어 이라 타쿠토는 어디까지나 『Eternal Nations』에서의 인격에 불과해. 그리고 그건 더욱 상위의 존재인 인간 이라 타쿠토의 일부야."

《이름도 없는 사신》은 어디까지나 『Eternal Nations』 세계 1위 플레이어, 이라 타쿠토의 일개 성질에 불과하다.

체스의 말이 플레이어를 공격할 수 없듯이 하위의 존재 또한 상위의 존재에게 직접 영향을 미치는 일은 무척 어려움이 뒤따른다.

플레이어 이라 타쿠토라는 존재가 사라지더라도 인간 이라 타쿠토라는 존재가 사라지는 것은 아니다.

특히 그것이 정신이나 존재 의식의 이야기라면 더더욱…….

그것은 세계의 법칙이다.

"그러니까 처음부터 플레이어 이라 타쿠토가 《이름도 없는 사신》의 힘 때문에 인격을 잃더라도 나한테 영향은 없었던 거야."

인간 이라 타쿠토는 이 세계에 전생자로서 찾아온 뒤로 항상 『Eternal Nations』의 플레이어로서 행동했다. 그것이 마이노그라의 지도자이자, 《파멸의 왕》이자, 《이름도 없는 사신》이다.

하지만 그의 본질은 어디까지나 이라 타쿠토라는 인간이다.

가장 사랑하고 마음에 드는 캐릭터와 함께 다수의 플레이를 클리어했고 젊은 나이에 죽은, 게임을 좋아하는 남자.

그것이 타쿠토라는 인간이고, 쉽게 흔들리지 않는 본질이다.

"다만 뭐…… 오랫동안 지도자로서 보낸 탓인지, 살짝 주의할 필요는 있었지만."

타쿠토가 자아를 상실한 것은 사실 게임 멀미 같은 것이었다.

게임에 빠진 나머지 게임의 인물과 자신을 혼동한다. 충격적인 영화를 보고 발작을 일으키는 인간이 있듯이, 타쿠토 역시도 플레이어 이라 타쿠토라는 개념의 영향을 받아서 일시적으로《이름도 없는 사신》의 성질에 끌려들게 되었다.

하지만…… 그것조차도 타쿠토 안에서는 상정하던 범위의 일이었다.

그리고 해결 방법은 하나.

"예를 들자면, 그렇지…… 가장 신뢰하는, 수만 번 플레이를 반복하며 나를 잘 알아주는 아이가── 인간 이라 타쿠토와의 추억을 계속 이야기하고, 내가 누구인지를 떠올릴 수 있게 해준다. 라든지?"

그의 옆에 아투가 있는 것.

아투가 자리보전한 자신에게 추억을 이야기해 주며 자기의 본질을 다시 불러내어 게임 속 이라 타쿠토의 주박에서 풀려났다.

마치 동화 같은 이야기였지만 타쿠토의 예상대로 참으로 빨리 복귀하는 것이 가능해졌다.

물론 아투가 그렇게 해줄 보증은 높은 확률로 존재했다.

왜냐면 자신이 반대 입장이라면 그렇게 할 테니까.

타쿠토가 부활한 것은 비토리오의 책략 덕분이 아니었다. 우연히 타이밍이 맞았을 뿐, 사실은 아투의 헌신 덕분이었던 것이다.

아투가 궁지에 빠지면 타쿠토가 구하고, 타쿠토가 궁지에 빠지면 아투가 구한다.

부끄러워서 말로 표현하지는 않지만, 그곳에는 절대적인 신뢰가 있었다.

"모든 사람을 뛰어넘는 지모를 가지고, 모든 것을 조종하며 비웃는 자. 하지만 달리 말하면 그건 한 번도 속은 적이 없다는 의미이기도 하지."

타박타박, 발소리가 들렸다.

문이 끼익 열리고 누군가가 들어왔지만 망연자실한 비토리오에게는 돌아볼 기력조차 남아 있지 않았다.

"그런 자야말로 자칫하면 생각지 않은 곳에서 쉽게 발목을 붙잡혀. 자신은 속지 않는다는 자부심이, 교만이 되어 자신을 죽이는 거야."

이것을 교만이라고 해도 될까? 처음부터 이미 패배가 결정되어 있었다. 자신이 소환되기 전부터 이미 책략은 펼쳐져 있었고, 완벽할 만큼 준비가 갖추어져 있었다.

이것에 반격한다니 비토리오에게도 불가능에 가까웠다.

과거를 바꿀 수 없듯이, 완성된 부활극에 끼어들 틈 따위는 없으니까.

"그러네. 알기 쉽게 결론을 이야기할게."

등 뒤에서, 목소리가 들렸다.

아아, 이것이다. 이 목소리다.

비토리오를 유일하게 컨트롤하고 손바닥 위에서 춤추게 만드는 절묘한 그 기술.

모든 지식을 쌓고, 그 지모로 모든 것을 비웃는 설화의 영웅을 제어하는 자.

"──처음부터, 아투만 있으면 전부 해결되도록 구성했어."

툭, 등 뒤에서 어깨에 손을 얹었다.

비토리오의 눈에서 눈물이 흘렀다.

애타게 기다리던 주인이 눈앞에 있다는 사실이 무엇보다도 기쁘다고, 역시 자신이 믿은 주인은 그의 믿음대로 위대한 존재였다고.

아아, 빨리, 빨리 말해 다오.

자신이 패배의 굴욕을 맛보게 해다오.


**"너는** 세컨드 플랜이야, 비토리오. 아무래도 차례는 없었던 모양이지만."


정면으로 다가온 타쿠토가 비토리오에게 시선을 맞추었다.

다정하게 건넨 그 말이 무엇보다도 고귀했다.

처음으로 상대하는 주인이 건네는 말.

패배의 맛은, 비토리오를 무엇보다도 강하디강하게 미치도록 만드는 것이었다.

## 제17화 흐름

설화의 영웅. 《파멸의 왕》에게 패하다.

아니다—— 처음부터 승부조차 아니었던 것이다.

타쿠토는 아투가 그를 소환하기 아득히 전부터 이번 흐름을 예측하고 대책을 취했다.

아투가 타쿠토의 존재를 다시 떠올리게 만들어서 의식을 되찾는다면 좋고, 초조해서 비토리오에게 도움을 청하더라도 그것 역시 좋고.

어떻게 굴러가더라도 처음부터 타쿠토의 승리에 흔들림은 없었다.

『Eternal Nations』에서 이라 타쿠토야말로 비토리오를 가장 잘 다룬다는 그 평가는 아무런 과장도 없는 순수한 사실이었다.

"타, 타쿠토 니이이임!!"

조금 전까지 마치 장식 같은 신세였던 아투가 타쿠토에게 달려와서 그를 끌어안았다.

갑작스러운 일에 타쿠토는 조금 놀랐지만 태연한 척할 수 있었던 것은 성장의 증거일까.

"저는, 저는 감동했어요오오오!"

하지만 그런 타쿠토가 품은 마음속의 동요와는 달리 아투는 그저 감동했다.

그렇게나 화려하게 비토리오를 꺾은 것이었다.

밉살스러운 라이벌이 패배하는 통쾌함도 물론이거니와, 타쿠토가 언제나 자신을 선택해 주었다는 사실이 그녀를 행복의 절정으로 이끌었다.

"굉장해! 타쿠토 님 굉장해! 이렇게나 화려하게 저 비토리오의 책략을 간파하고 박살 내다니! 저 감격했어요!"

참고로 타쿠토는 아투에게 끌어안겨서 딱딱하게 굳어 있었다.

태연한 척은 할 수 있었지만, 어차피 타쿠토는 여기까지. 딱히 재치 있는 소리를 하지도 않고 그저 기분이 최고조에 다다른 사랑하는 심복이 시키는 대로 당하고 있었다.

"하지만 어째서 저한테 설명해 주시지 않았나요? 저는, 저는 정말로 타쿠토 님께서 사라지시는 건 아닐까 이만큼 걱정했는데!"

"아니, 제대로 설명했었는데. 전혀 이해하질 못했구나, 아투."

"…………타쿠토 니이이임!!"

적당히 넘겼구나…….

꽉 끌어안겨서는 식은땀을 흘렸다.

분명히 타쿠토는 이른 단계에서 아투에게 이 작전에 대해 이야기했다.

그것은 그녀가 너무나도 걱정하니까, 그리고 덧붙여서 그녀가 착각해서는 폭주하는 일이 없게 협력을 얻는다는 이유가 있었으니까.

하지만 이 태도를 보기에는 그다지 이해하지 못했던 모양.

아투는 원래 이런 계략을 다루는 영웅이 아니고, 할 필요도 없으니까 어쩔 수 없다고 할 수는 있겠지만, 조금 더 자기 이야기를 이해하려고 노력해 준다면 좋겠다며 타쿠토는 조금 곤혹스러웠다.

하지만 당사자는 그런 사실 따위는 전혀 개의치도 않으니.

적에게 빼앗긴 자신을 경애하는 주인이 탈환해 준 것은 물론, 그 후의 트러블도 모두 그의 손바닥 위에서 해결해 버린 것이었다.

그녀의 기분이 하늘 끝까지 올라가는 것도 어쩔 수 없다고 할 수 있으리라.

그렇다고는 해도 조금 지나치게 들뜬 것 같아서 꺼려지기는 했지만…….

"훗훗훗! 하지만 이걸로 이해했을 테죠. 타쿠토 님의 심복은 역시나 저! 너 정도로는 저랑 타쿠토 님 사이에 들어올 수는 없다고요, 비토리오!"

아투의 승리 선언.

대체 그녀가 무엇을 했느냐는 의문은 있었지만, 일단 승리 선언은 꼭 해야만 했나 보다.

경애하는 자신의 주인을 빼앗기지 않겠다는 조금 어린아이 같은 감정을 바탕으로, 아투는 이제 네가 나설 차례는 없다며 비토리오에게 현실을 들이밀었다.

그리고 압도적인 패배를 만끽한 설화의 영웅은…….

"으아아아아아아앙!"

갑자기 크게 울음을 터뜨리며 그 자리에서 데굴데굴 구르기 시작했다.

""어, 어어…….""

갑작스러운 기행에 그만 기겁하고 만 타쿠토와 아투.

사이좋게 끌어안고서 마치 친밀한 부부처럼 같은 반응을 보이는 두 사람의 태도에 비토리오는 더더욱 목소리를 높였다.

"눈앞에서 펼쳐지는 갑작스러운 NTR! 내 뇌가 파괴된다아아!"

"아니, NTR이고 뭐고 처음부터 시작하지도 않았는데……."

"도를 지키세요! 도를 지키세요!"

비토리오 안에서는 경애하는 주인을 갑자기 어디서 굴러먹던 누구인지도 모를 계집애한테 빼앗긴 상황일 것이다. 타쿠토도 아투도 전력으로 부정했지만, 타이른다고 받아들일 정도라면 설화의 영웅이라 불리지도 않는다.

여전히 두 사람에게 원망하는 목소리를 높이며 NTR이 사람의 마음을 어떻게 파괴하는지 비토리오는 역설했지만, 막상 두 사람은 그런 이야기를 일체 듣지 않았다.

"아, 그리고 아투. 그게…… 조금 가까울지도."

"아! 죄, 죄송해요! 그게, 타쿠토 님께서 저를 생각해 주셨다고 생각했더니 그만……."

"으, 응. 나도 고마워. 그게…… 아투가 계속 날 간병해 줬으니까 그만큼 빨리 돌아올 수 있었던 거야."

"여, 연모하고 있으니까요……."

"어, 어어."

"와―악! 와―악! 지금 그거 취소! 지금 그거 취소예요, 타쿠토 님!"

간신히 서로 끌어안고 있다는 것을 깨달았나.

얼굴을 새빨갛게 물들이고서 떨어지는 두 사람. 아무래도 두 사람의 세계에서는 이미 비토리오는 존재하지 않는 듯했다.

비토리오 이야기를 듣고 있다가는 영원히 안 끝날 테니까 내버려 두자——.

타쿠토와 아투의 판단은 우연히도 같아서, 어떤 의미로 그것이 정답이라고 할 수 있었다.

물론 눈앞에서 주인을 빼앗긴 불쌍한 영웅의 분노는 가라앉지 않았다.

"빌어먹을! 막 사귄 중학생처럼 달콤쌉쌀한 러브코미디나 연출하기는……. 제가 이 작전에 얼마나 심혈을 기울였는지 알고서 그러는 겁니까!"

"사, 사귄다니……! 어머, 어머나! 저랑 타쿠토 님은 엄—청 사이가 좋으니까요! 처음부터 당연히 해피엔딩이었던 거예요! 세컨드 플랜은 주제를 파악하고, 앞으로 제 시야에 들어오지 않는 곳에서 마이노그라에 헌신하도록! 그렇죠—! 타쿠토 님—!"

"그, 그러네, 아투."

"에헤헤—!"

아투는 그저 순수했다. 타쿠토를 향한 마음이 넘쳐서 진심으로 그에 대한 사모를 표명한 것에 불과했지만, 그것이 더더욱 비토리오의 신경을 거슬렀다.

비토리오는 좀처럼 진심으로 분노를 드러내지 않지만, 이것만큼은 의외로 진지하게 확 끓어오른 모양이었다.

그런 의미에서는 틀림없이 아투와 비토리오는 견원지간으로 영원한 라이벌일 것이다. 그야말로 물과 기름이라는 표현이 어울리는 관계였다.

"진 히로인인 척하는 건가?! 아직 레이스는 끝나지 않았다고요!"

"아니, 어째서 당신이 히로인 레이스에 참가하는 게 전제인가요? 당연히 당신 자리는 없겠죠!"

"시끄러워어어어! 저는 포기하지 않습니다, 위대한 신 이라 타쿠토여! 언젠가 거기 머리가 꽃밭인 연애뇌를 밀어내고, 신의 반려로서 덜렁이 토끼 귀 미소녀가 되겠습니다!"

"그 이야기…… 아직도 계속하는구나."

타쿠토도 어이없다는 표정이었다.

그의 책략이 성공했다면 지금쯤 덜렁이 토끼 귀 미소녀가 된 비토리오를 가장 아끼는 부하로서 세계 정복을 시작하는 최강 무적의 이라 타쿠토가 깜짝 탄생했을 참이었다.

본인은 온갖 수단을 사용해서 정말로 반려로서 어울리게 변신할 테지만, 바탕이 비토리오니까 혐오감이 엄청나다.

틀림없이 그 세계에서는 아투도 【궁전】에서 쫓겨나서, 길가에서 불쌍하게 구걸을 하는 운명이 기다리고 있었을 것이다.

그야말로 최악 그 자체. 무사히 그의 계략을 꺾을 수 있어서 정말 다행이었다.

"전 포기하지 않아요! 포기하지 않으면 꿈은 이루어진다! 네버 기브업, 네버 기브업이라고요, 저는!"

"포기해요! 이제 기회는 없어요! 저랑 타쿠토 님의 승리예요! 시합 종료! 게임 세트!"

꺄―꺄―, 두 영웅이 참으로 시답잖은 말다툼을 시작했다.

하지만…… 여하튼 이것으로 일단락되었다고도 할 수 있을 것이다.

비토리오에게 진정한 의미에서 지배자로서의 격을 보여주었고 자신의 힘도 되찾았다.

아투도 여전히 자기 곁에 있고, 국가의 운영도 손을 댈 곳이 많지만 어떻게든 궤도에 오르고 있었다.

비토리오의 행동으로 성스러운 군세가 더욱 힘을 얻는 결과가 되었지만 뭐, 그것도 불가항력이다. 난이도는 높은 편이 더 보람이 있다.

《이라교》라는 재미있는 조직도 생겼으니까 앞으로 더더욱 해야 할 일도, 할 수 있는 일도 늘어날 것이다.

목적은 잊지 않았다. 《차원 상승 승리(어센션 빅토리)》를 거두어 잃어 버린 모든 것을 되찾는다는 목적은 타쿠토에게 방심이라는 두 글자를 주지 않고 걸음을 옮기게 만들었다.

"뭐…… 비토리오가 있어 주는 건 든든해. 앞으로도 날 위해서 지혜를 빌려줘. 노는 건…… 적당히 하고."

"으으으음! 물론, 물론, 옛서! 《행복해지는 설화 비토리오》! 이제까지도, 그리고 앞으로도 당신만을 위해, 제 모든 것을 바치겠습니다아아!"

이것으로 이번 소동은 무사히 종막.

이미 지도자로서의 권능으로 아믈리타에서 벌어진 전투와, 이라교 신도들이 퇴각한 셀드치의 상황은 파악하고 있었다.

엘프루 자매를 다시 부르고 요나요나에게 새로운 지령을 내리고 부대를 재편할 필요는 있겠지만, 전체를 보면 국토를 늘리는 결과가 되어서 성과는 더할 나위 없을 것이다.

뭐, 급격하게 지배 영역이 늘어났으니 또다시 다들 서류 작업으로 분주히 일해야 할 테지만, 이미 그런 부분은 피할 수 없는 숙명일지도 모른다.

생각해 보면 이렇게 차분히 앉아서 전력을 짜는 것도 오랜만이었다.

비토리오를 포함해서 이어지는 전략을 생각하는 것이 너무나도 기대되었다.

"그러니까 저는 바로 이어질 작전을……."

물론 비토리오가 말을 들을 리는 없으니까 어느 정도 못을 박아 둘 필요는 있었다.

충성의 말을 늘어놓으면서도 동시에 암약하려고 드는 설화의 영웅에게, 타쿠토는 알고 있다는 듯 충고했다.

"그 전에, 제대로 모두에게 설명은 해두도록."

"글쎄, 모두라고 하시면?"

"요나요나랑 엘프루 자매야."

"…………이런."

본인도 까맣게 잊고 있었을 것이다. 아니면 흥미가 없었던가.

그는 자신의 죽음을 위장해서 《일기의 성녀》로부터 도주했다.

게다가 그대로 방치해서, 자신의 부활 능력과 무사하다는 사실을 동료에게 알리지 않은 것이다.

그녀들이 어떠한 감정을 품고 있었는지는 타쿠토도 알 수 없지

만, 표면상의 태도를 보기에도 상당한 징계를 당할 것으로 여겨
졌다.

"뭐, 자업자득이야. 처벌은 각오하도록 해. 게다가 너는 죽지
않으니까 무슨 짓을 당하든 문제없겠지──."

씨익 웃었다.

뭐, 주위에 잔뜩 민폐를 끼쳤으니까 이 정도는 당연하게 받아
들여야 할 것이다.

쌤통이라는 생각이 적잖이 존재한다는 것을 이해하며, 타쿠토
는 자신의 영웅에게 그리 전했다.

그런 주종의 대화가 끝을 맞이하려던 그때였다.


『아, 아──. 테스트테스트──. 잘 들려?』


""""──윽?!""""

갑자기 세계 전체에 울려 퍼지는 것 같은 거대한 목소리가 주
변 일대에 울렸다.

바로 그 목소리가 들리는 곳을 찾고자 임전태세에 들어가는 셋.

가장 빨리 기척과 소리 발생원을 깨달은 것은 아투였다.

"타쿠토 님! 밖이에요!"

황급히 밖으로 나갔다.

예상 밖의 일에 셋 다 험악한 표정이지만, 이 세계에서 예상 밖
의 일은 일상다반사.

이 정도로 마음이 흔들려서야 승리는 머나먼 저곳에. 놀라기는

했지만 동요하지는 않았다.

하지만…….

『이드라기아 대륙에 사는 여러분, 안녕하신가. 여러분의 야한 반찬, 서큐버스 바기아 누나야♡』

하늘 가득 비치는 거대한 반라의 치녀를 보고는, 그 전제도 뒤집혔다.

"저 치녀는 또 뭔가요…….”

아투의 어이없다는 목소리에 무심코 동의.

하늘을 뒤덮을 것 같은 거구. 희미하게 등 뒤에 배경이 보이니까 무언가 마법적인 기술로 만들어 낸 환영일 것이다.

만화나 게임 등에서 가끔씩 볼 수 있는 악역의 연출과 비슷하지만, 그곳에 비치는 것이 여러 의미로 눈에 해로운 요염한 미녀여서야 제아무리 타쿠토라도 판단하기 곤란했다.

"에, 엘 나의 치녀인가. 움직임은 없었을 텐데, 갑자기 대담한 행동으로 나오는구나.”

시선은 이쪽을 보고 있지 않았다. 즉, 자신들에게만 말하는 것이 아니었다.

아마도 대륙 전체를 향한 방송 같은 것이리라.

실제로 그녀의 입에서 나오는 내용은 그 추측을 긍정하는 것이었다.

『이 세계에 있는 모든 플레이어, 조직, 국가에게 제안할게♡ 다들 생각하는 바는 있을지도 모르겠지만, 서로를 모르는 채로 싸우다니 넌센스! 지금은 일단 휴전하고 평화적으로 대화를 나누자♡

그를 위한 준비가 나, 마녀 바기아한테는 있거든♡』

　타쿠토는 이미 테이블 토크 RPG 세력의 플레이어를 격퇴했다.

　그 충돌은 돌발적인 일이었고, 그 결과 역시도 어중간했다.

　이쪽이 세계 정복을 노린다고는 해도 테이블 토크 RPG 세력의 목적은 명백히 불명이었고, 그야말로 엘 나나 그 땅을 지배한 마녀의 목적도 불명이었다.

　결국 이쪽이 할 일은 변함이 없을지라도, 상대가 어떠한 생각을 가지고 있는지를 아는 것은 나쁘지 않게 여겨졌다.

　특히…… 이 세계에는 자신들을 불러낸 신들이 존재한다.

　그들의 의도를 알아낸다는 관점에서도 흥미 깊은 제안이었다.

『각 조직에는 나중에 사자를 보낼게♡ 그럼 이《확대의 신》의 사도인 마녀 바기아의 이름 아래, 여러분의 참석을 기대할게~♡』

　하고 싶은 말만 하고 꺼졌다.

　사자를 보내겠다는 것은 어느 정도 이쪽의 정보도 파악하고 있다는 의미일 것이다.

　엘 나의 마녀, 마녀 바기아와 서큐버스 군세의 존재에 대해서는 거의 전혀라고 할 수 있을 정도로 정보가 없었다.

　퀼리아나 레네아와의 싸움에 정신이 팔려 있었다고는 해도, 정보의 측면에서는 한 발짝 뒤처진 것이 확실했다.

　"타쿠토 님, 이건 대체……."

　곤혹스러운 듯 아투가 물었다.

　모처럼 조금은 차분해지겠다고 생각했는데 또 성가신 일이 벌어지는 것인가? 그런 불만이 태도에서 드러났다.

타쿠토로서도 그것에는 동의했다.

퀼리아와의 국경을 강화하고 틀어박혀서 국력을 증강시킨다는 예정이, 초반부터 틀어져 버린 기분이었다.

그렇지만…… 움직이기 시작한 세계는 기다려 주지 않는다.

"으—음……."

"마침내 움직이기 시작했다는 느낌이로군요."

제아무리 비토리오라도 어안이 벙벙하다는 모습이었다.

그도 어떤 의미로 화려하게 날뛰는 것을 즐긴다지만, 그것을 웃도는 연출에 나름대로 생각하는 바가 있었을 것이다.

타쿠토는 그가 이상한 대항심을 느끼지는 않으면 좋겠다고 생각했지만, 그런 보증은 어디에도 없다는 것을 잘 이해하고 있었다.

그리고 운명의 흐름은 그들을 기다려 주지 않는다.

"응?"

작은 전조가 타쿠토의 뇌리를 지나가고, 이어서 그것은 전달되었다.

이제 와서 시스템 메시지.

게다가 이것은 아마도 이 세계에서 벌어지는 싸움 그 자체에 대한 내용이었다.

덧붙여서 신이라는 말이 나왔다…….

"이건 바빠지겠어……."

그만 정보의 격류에 빠질 뻔했지만, 세계의 도전을 상대로 타쿠토는 희미하게 웃는 것이었다.

# 후기

카즈노 페후입니다.

『이세계 묵시록 마이노그라』 6권을 구입해 주셔서 감사합니다.

이 인사도 벌써 여섯 번째라니, 어쩐지 감개무량합니다.

여러분도 카즈노 페후의 인사를 여섯 번이나 읽고 싶지는 않으시겠지만, 모쪼록 이번에도 어울려 주시기를. 그리고 개인적인 의욕으로는 앞으로 아홉 번 정도는 더 하고 싶네요.

자자, 이번 6권에서는 신규 등장 캐릭터가 다수 나왔습니다.

물론 어느 캐릭터든 정성을 다해서 설정과 성격을 만들었습니다만, 그중에서 가장 마음에 드는 캐릭터라면 역시 《행복해지는 설화 비토리오》가 먼저 떠오릅니다.

마이노그라에 소환된 새로운 영웅. 『Eternal Nations』 사상 최저 최악이라 일컬어지는 강렬한 개성. 무척 매력적으로 완성되지 않았을까요. 여러분은 어떠실까요?

또 이번 서적판에서는 각종 소설 투고 사이트에 게재하고 있는 인터넷 연재본에서 대폭적으로 재구성+브러시 업을 진행했습니다.

전체적으로 슬림해졌습니다만, 그 반면에 이야기의 요점이나 정보가 정리되어서 흐름을 더욱 즐길 수 있게 되었다고 자부합니다. 마음에 드신다면 좋겠습니다.

그러고 보니 여러분은 앙케이트 특전 단편 등은 읽으셨을까요?

본 서적 띠지 안쪽에 있는 QR 코드를 통해 앙케이트에 응해주시면 특전 단편을 읽을 수 있습니다.(원서의 이야기)

상당한 볼륨이니까 여러분 그쪽도 모쪼록 본편과 함께 봐주시기를.

그렇지, 선전입니다만 미도리하나 야사이코 선생님이 그리는 만화판 『마이노그라 04』가 2023년 2월에 발매됩니다.

아직 읽지 않으신 분. 서적판과 함께 만화판도 잘 부탁드립니다.

현재 만화판은 원작 3권 종반부. 그러니까 이슬라와 관련된 중요한 장면.

미도리하나 선생님이 그리는 비극에 저도 처음 봤을 때는 그저 감동했습니다.

그렇다고 할까 지금도 감동으로 가득합니다. 이 감동과 흥분을 여러분께도.

그리고 지면도 적당히 남았습니다.

항상 보내드리는 감사 코너입니다. (공지 코너 같은 느낌으로)

일러스트레이터 준 님, GC 노벨즈 편집부 및 담당 카와구치 씨.

교열 담당, 디자인 회사, 그밖에 협력해주시는 많은 분들. 그리고 독자 여러분.

이번에도 감사했습니다. 다음도, 그 다음도, 그리고 94회 뒤에도, 찾아뵐 수 있기를 기대하겠습니다.

6권 발매,
축하합니다!

Jun

Mynoghra the Apocalypsis −World conquest by Civilization of Ruin− Vol.06

©2023 by Fehu Kazuno / Jun
First published in Japan in 2023 by Fehu Kazuno
Korean translation rights reserved by Somy Media, Inc.
Under the license from MICRO MAGAZINE, INC., Tokyo JAPAN

# [이세계 묵시록 마이노그라 6]

**2024년 2월 15일 1판 1쇄 발행**

| | |
|---|---|
| 저　　　　자 | 카즈노 페후 |
| 일 러 스 트 | 준 |
| 옮 긴 이 | 손종근 |
| 발 행 인 | 유재옥 |
| 이　　　　사 | 조병권 |
| 출판본부장 | 박광운 |
| 담 당 편 집 | 정지원 |
| 편 집 1 팀 | 박광운 최서영 |
| 편 집 2 팀 | 정영길 조찬희 박치우 정지원 |
| 편 집 3 팀 | 오준영 이해빈 이소의 |
| 디자인랩팀 | 김보라 박민솔 |
| 디지털사업팀 | 박상섭 김지연 윤희진 |
| 라이츠사업팀 | 김정미 맹미영 이윤서 |
| 영업마케팅팀 | 최원석 박수진 |
| 물 류 팀 | 허석용 백철기 |
| 경영지원팀 | 최정연 |
| 인쇄제작처 | ㈜코리아피엔피 |
| 발 행 처 | ㈜소미미디어 |
| 등　　　　록 | 제2015-000008호 |
| 주　　　　소 | 서울시 마포구 토정로222, 403호 (신수동, 한국출판콘텐츠센터) |
| 판매 및 마케팅 | (070) 8822-2301 |

ISBN 979-11-384-8117-5 [04830]
ISBN 979-11-6611-722-0 (세트)